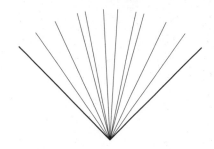

毛姆閱讀課

最偉大的10部文學經典

Ten Novels and Their Authors

William Somerset Maugham

威廉・薩默塞特・毛姆——著

譯——趙安琪

方舟文化

你正在閱讀的書對於你的意義，
只有你自己才是最好的裁判。

——毛姆

CONTENTS

CONTENTS

PART 1

如何找到讀書的樂趣

閱讀小說就是為了開心好玩，
如果不能給讀者帶來快樂，
這部小說就一文不值。

從這一點來說，
每位讀者都是最好的評論家，
因為只有他本人才知道自己喜歡什麼、
不喜歡什麼。

書單緣起

我很樂意與本書讀者分享創作這些文章的契機。在美國的某天，《紅書》（*Red Book*）的編輯想讓我列一份書單，包括我認為世界上最好的十部小說，我沒有多想便照做了。這份書單十分主觀，我本來可以列出另外十部在其他方面同樣優秀的作品，並提出選擇它們的合理理由。如果讓一百位博覽群書、文化底蘊深厚的人列出這樣一份書單，他們也許會提到兩、三百本書。但我相信，在所有書單中，我所選的小說都會占有一席之地，而對此有不同的意見也可以理解。

一本書吸引特定讀者的理由有很多，即使判斷再慎重，也有令他動容的地方。也許他在人生中某個時期或某種境況下閱讀此書，令他十分容易被這本書打動；也有可能是因為他的喜好或社交圈的不同，這本書的主題或背景對他來說有著非同一般的意義。我能想像得到，一個狂熱的音樂愛好者會將亨利．漢德爾．理查森（Henry Handel Richardson）的《莫里斯．格斯特》（*Maurice Guest*）[1]列入十大最佳小說；五鎮的居民會因為喜歡阿諾德．貝內特（Arnold Bennett）對當地居民及其特點的忠實描述，就把《老婦人的故事》（*The Old Wives' Tale*）加入書單。這兩部小說都是好小說，但我不覺得它們是當之無愧的世界十大最佳小說。

讀者的國籍會讓他們對某些作品產生興趣，更容易誇大這些作品的長處。十八世紀時，英國文學在法國廣為流傳，二十世紀時，法國人對本國以外的任何文學作品都不太感興趣，我甚至認為法國人不會像我一樣，在世界十大最佳小說書單裡列入《白鯨記》（*Moby Dick*）或《傲慢與偏見》（*Pride and Prejudice*），除非他是一個見識廣博的人，不過肯定會把拉斐特夫人（Madame de La Fayette）的《克萊芙王妃》（*La Princesse de Clèves*）加入書單。《克萊芙王妃》確實是一本佳作，也許是有史以來第一部情感和心理小說，故事感人，人物刻畫鮮明，寫作也富有特色，而且很簡短，在法國上學的小男孩都熟知書中的社會背景。讀過皮耶・高乃依（Pierre Corneille）和讓－巴蒂斯特・拉辛（Jean-Baptiste Racine）作品的人，對書中的道德氛圍也不會陌生，它具有與法國歷史上最輝煌時期相互聯繫的魅力，對法國文學的黃金時代有著巨大的貢獻。但英國讀者可能會認為主角的寬宏大量是不人道的，對話也站不住腳，行為也令人難以置信。我不認為這種想法是對的，但是有這種想法的人就絕對不會把《克萊芙王妃》列為世界十大最佳小說之一。

1 澳大利亞女作家理查森的小說，講述一個學習音樂的學生之愛情故事。

聰明的讀者都會跳讀

我還為《紅書》寫的書單中附上一份短評，其中寫道：**「聰明的讀者如果學會跳讀這個技巧，就會從閱讀中獲得最大的樂趣。」明智的讀者不會把閱讀當成任務，只是當作消遣。**他們準備讓自己對書中的人物感興趣；關心主角在特定情境下的行為及遭遇，對他們的不幸表示同情，為他們的快樂感到高興；設身處地為他們著想，在某種程度上，過著他們的生活。這些主角的人生觀，以及對人類永恆主題的思辨，無論是用言語表達，還是用行動表現，都在讀者的身上激發一種驚奇、愉悅或憤怒的反應。但讀者本能地知道自己的興趣所在，他受興趣的指引，就像獵犬追蹤著狐狸的氣味一樣。**有時，由於作者的失敗，讀者會失去嗅覺，隨後又不斷在掙扎中，等待嗅覺再次恢復。在這種情況下，他就會跳讀。**

每個人都會跳讀，但想做到不遺漏卻很困難。據我所知，跳讀是一種天賦，或是必須透過經驗獲得的東西。塞繆爾．詹森（Samuel Johnson）博士[1]很擅長跳讀。誠如詹姆士．博斯韋爾（James Boswell）所說，他自己有一種特殊的能力，就是無須自始至終費心閱讀，就能一下子掌握任何一本書中有價值的內容。毫無疑問，博斯韋爾指的是資訊類或教化類書籍。如果閱讀小說是一件苦差事，讀者都別看了。不幸的是，幾乎找不到從頭到尾都讓人讀得津津有味的小說，其中原因稍後詳解。雖然跳讀可能是一個壞習慣，但讀者也是不得已而為之。讀者會發現，一旦開始跳讀就很難停下來，儘管會因此錯過書中許多有益之處。

在我為《紅書》列出的書單發表後不久，一位美國出版商建議，要再版我提到十部小說的縮寫本，每一本都加上我寫的序言。他的想法是：除了講述作者必須講述的故事，揭露他的相關思想，展示他創造的人物外，其他全部省略。如此一來，讀者就能夠閱讀這些優秀的小說——若不是刪除那些被不公平地看作枯燥無味的東西，他們本來不會閱讀這些小說。因此，書中只剩下精華，就盡情享受精神上的歡愉吧！起初我很吃驚，不過後來我想，雖然我們之中的一些人已經學會透過跳讀來滿足自己的需求，但是大多數人並未掌握這個訣竅，如果有一位機智又有辨別能力的人幫助他們跳讀，就再好不過了。我滿喜歡這個為圖書寫序言的想法，馬上著手進行。當然，一些文學專業的學生、教授和評論家，會認為縮寫一部名著是令人震驚的事情——讀者應該閱讀名著的完整本。

但這要看是怎樣的名著了，**我認為如《傲慢與偏見》那樣引人入勝，或像《包法利夫人》（*Madame Bovary*）那樣結構嚴密的小說，一頁都不能省略**。理智的評論家喬治・聖斯伯里（George Saintsbury）寫道：「很少有小說能像狄更斯的小說一樣禁得起濃縮和凝鍊。」刪減是無可厚非的，如同大多數劇目在排練時，劇本的情節內容都會或多或少刪減。很多年前的一天，我和喬治・蕭伯納（George Bernard Shaw）共進午餐時，他告訴我，他的戲劇在德國比在英國成功，並歸因於英國大眾的愚蠢和德國人的聰明。其實他錯了，在英國，他堅持

1 英國知名作家、文學評論家和詩人（一七〇九－一七八四）。

自己所寫的每個字都應該演出來。我在德國看過他的戲劇，德國導演無情地刪除那些對戲劇表演沒有幫助的廢話，為大眾提供一種淋漓盡致的視聽歡愉。不過，我覺得不該把這件事告訴他。我不懂為什麼不能對小說也這麼做。

山繆・泰勒・柯勒律治（Samuel Taylor Coleridge）在談到《唐吉訶德》（*Don Quijote*）時表示，這是一本可以只瀏覽一遍的書。他的意思很可能是，書中的部分內容是如此枯燥，甚至荒謬，一旦你發現這一點，重讀一遍便是浪費時間。這是一本偉大而重要的書，一個文學院學生當然應該通讀一遍（我自己從頭讀到尾，用英語讀了兩遍，用西班牙語讀了三遍），但是對為快樂而閱讀的一般讀者來說，就算跳過那些枯燥的部分也不會遺漏什麼，他肯定更喜歡書中那些直接敘述這位文雅騎士和樸實隨從的冒險與談話段落，這些段落是如此有趣和感人。事實上，一位西班牙出版家在一個版本中單獨收錄這些段落，讀起來也很不錯。還有另一種小說也十分重要，卻很難被稱為偉大的作品，好比塞繆爾・理查森（Samuel Richardson）的《克拉麗莎》（*Clarissa, or the History of a Young Lady*）[2]，只有最頑固的讀者才不會被它的篇幅嚇跑。要是沒有找到縮寫本，我肯定不會閱讀這本書。該書的縮寫本精簡得很完美，沒有遺漏任何情節。

大多數的人都會承認，馬塞爾・普魯斯特（Marcel Proust）的《追憶似水年華》（*À la recherche du temps perdu*）是二十世紀最偉大的小說。普魯斯特有很多狂熱的崇拜者，我也是其中之一，我可以饒有興趣地閱讀書中的每個字，有一次甚至放話說：「我寧願被普魯斯特煩死，也不願被其他作家逗樂。」但是閱讀三遍之後，我已經準備承認，書中各個部分的價值是不等同的。我懷疑，未來的讀者將不再對普魯斯特所寫的那些散漫無邊的長段思考感興趣，這種寫作手法在當時很流行，然而現在已經過時了。普魯斯特是偉大的幽默大師，他創造獨到、多樣、栩栩如生的人物，令他在文壇上與歐諾黑・德・巴爾札克（Honoré de Balzac）、查爾斯・狄更斯（Charles Dickens）和列夫・托爾斯泰（Leo Tolstoy）平起平坐。而在未來，這個事實將更加顯而易見。也許有一天，他的巨著會被精簡，刪除那些被時間剝奪價值的段落，只保留小說中的精髓和依然具有持久吸引力的內容。這樣一來，儘管《追憶似水年華》篇幅仍然較長，但會更加出色。我從安德烈・莫洛亞（André Maurois）的著作《普魯斯特傳》（*A La Recherche De Marcel Proust*）繁雜的敘述中得知，普魯斯特打算將小說分成三卷出版，每卷大約四百頁。第一次世界大戰爆發時，第二卷和第三卷已出版，但延遲發行時間。由於健康狀況太差，普魯斯特無法在軍中服役，於是利用閒暇時間在第三卷中添加大量內容。莫洛亞說：「新增的許多內容都是心理學和哲學論文，其中都是以書裡的一位智者（我認為這是作者本人）的口吻對人物行為的評論。」他還說：「人們可以用米歇爾・德・蒙田（Michel de Montaigne）[3]的方式，從中彙編出一系列文章——論音樂的作用、論藝術上的

---

2 英國小說家理查森（一六八九－一七六一）創作的書信體小說。

3 法國哲學家（一五三三－一五九二），代表作為《隨筆集》（*Essais*）三卷。

新奇、論風格之美、論少數人類類型、論醫學上的天賦等。」的確如此，但它們能否增加小說的價值，我認為就要取決於讀者對形式的基本功能的看法。

針對這一點，每個人的看法都不同。赫伯特・喬治・威爾斯（Herbert George Wells）寫了一篇有趣的文章，命名為〈當代小說〉（The Contemporary Novel）。「據我所見，」他說，「這是唯一的媒介，透過它，我們可以探討人類在當代社會發展中提出的絕大多數問題。」未來的小說「將會成為社會調解器、理解的載體，以及自我反省的工具，還能展示各種不同的道德觀，促成風格之間的交流，孕育不同的風俗習慣，對法律和制度及社會教條和思想進行批評」。「我們要處理政治問題、宗教問題和社會問題。」威爾斯認為，這不是一種消遣的方式，他直截了當地表明，自己不會把小說看成是一種藝術形式。奇怪的是，他討厭自己的小說被視為宣傳，「因為在我看來，宣傳這個詞彙只適用於指稱某些有組織的政黨、教會或教義所進行的明確服務。」不管怎麼說，宣傳這個詞彙的意義都要更廣一些，指的是透過口頭、書面及廣告，透過不斷地重複，讓人們覺得，什麼是正確而適當的、好的和壞的、公正和不公的，應該讓所有人接受並採取行動。而威爾斯的小說主要目的在於傳播某些教義和原則，這就是宣傳。

歸根究柢，我們要探討的問題是，小說是不是一種藝術形式？它的目的是教導還是娛樂？如果它的目的是教導，就不是一種藝術形式，因為藝術的目的是令人愉悅。在這一點上，詩人、畫家和哲學家的意見是一致的。但這是一個讓很多人感到震驚的事實，因為基督教會以懷疑的眼光看待快樂，將它視為陷阱。把快樂看成是一件好事似乎更合理，但要記住，某些快樂會招致惡果，避免這種快樂才是更明智的。人們普遍認為，快樂只是感官上的，這並不奇怪，因為感官上的快樂比智力上的愉悅更強烈。但這顯然不是事實，因為精神和身體上都有快樂，精神上的快樂即便沒有那麼強的刺激性，但是更加持久。

《牛津英語詞典》（*Oxford English Dictionary*）為藝術下了這樣一個定義：「審美領域中技巧的運用，如詩歌、音樂、舞蹈、戲劇、演說、文學作品等。」這是非常精準的定義。下面接著補充道：「尤其是在現代背景中，其運用技巧的過程體現的完美程度，也成為藝術本身。」我想這是每一位小說家的目標，但正如我們所知，很少有人達到這個目標。我們可以把小說看成是一種藝術形式，也許並不是很高尚，但它的確是一種藝術形式。然而，其本質上是一種不完美的形式。我在許多演講中曾討論這個問題，現在要說的也不比當時講得更好，我就允許自己簡短地引用一下。

我認為，**把小說當作講臺是不合適的，讀者要是認為可以從閱讀中輕鬆獲得知識，其實是被誤導了**。想要獲得知識，只有埋頭苦讀，這是一件令人討厭的事。倘若能用小說的糖衣包裹知識這一味苦口良藥，好讓我們大口嚥下，就再好不過了，但事實是我們也無法確定面前美味可口的藥粉是否有益身心，再加上小說家給的知識存在偏見，因此並不完全可靠。與其獲得扭曲的知識，倒不如不懂。一個小說家做好本分，成為優秀的小說家就夠了，他應當對多方面的知識有所涉獵，但是大可不必成為某個學科的專家，這麼做有時反而對自己有害。想知道羊肉的味道，不必吃下一整隻羊，只要一小塊羊排就夠了，再對吃過的羊排發揮想像力和創造力，就能描述出愛爾蘭燉肉的美味。但他要是藉此提出自己對養羊、羊毛業和澳大利亞政治局勢的看法時，有保留地聆聽才是明智之舉。

小說家任由自己的個性擺布，他選擇的題材、創造的人物，以及對這些人物的態度都受到個性的影響。他寫下的文字是與生俱來的本能和情感經驗的展現，無論多麼努力地保持客觀，他仍是自己性格的奴隸；無論多麼努力地保持公正，都禁不住有所偏袒。他是擲骰子的人，只憑小說開篇對人物的介紹，就能讓你對該角色產生興趣和同情。亨利・詹姆斯（Henry James）[4]一再堅持，小說家必須向劇作家靠攏，儘管說得有點晦澀，但這足以告訴我們，小說家必須以一種吸引人們注意力的方式來安排情節。因此，必要的話，作者會犧牲真實性和可信度來達到他想要的效果，這就不是一部具有科學或資訊價值作品的寫作方式。**小說家的創作目的不是傳授技能，而是取悅讀者。**

4 英國、美國作家（一八四三－一九一六），代表作為《仕女圖》（*The Portrait of a Lady*），曾多次獲得諾貝爾（Nobel Prize）文學獎提名。

兩種不同人稱的小說

小說的寫作主要有兩種方式，各有優缺點，一種是用第一人稱敘述，另一種則是從全知的角度寫作。就後者而言，作者會給予他認為必要的內容，讓讀者領會故事情節，瞭解人物特點，他能從人物內心描述其情感和動機。如果有一個人要過馬路，作者可以告訴你，他為什麼要這樣做，以及會發生什麼事。他可以先把注意力放在一組人物和一連串事件上，然後又暫時不予理會，將注意力轉移到事件的另一方面和另一組人物上。透過把故事複雜化，重新喚起讀者的興趣，讓讀者感到生活的豐富多彩、複雜多樣。可是這麼做的風險在於，有些角色會比另一些角色更加有趣，從而產生不平衡。拿《米德爾馬契》（*Middlemarch*）來說，看到那些自己毫不感興趣人物的命運時，讀者就會感到厭倦。全知視角的小說很容易被看成乏味冗長、主題渙散的作品，就算是寫作能力無與倫比的托爾斯泰，也難以避免這些不足。這種寫作手法對作者提出很多要求，這些要求往往是作者無法全部滿足的。他必須深入每個角色的內心，感其所感，想其所想。然而作者也有本身的局限性，只有當自己身上有其創造角色的某種特性時，才能做到這一點，不然只能從外部觀察，這個角色也就會缺乏說服力，很難讓讀者信服。

我想，正是因為詹姆斯關注小說的形式，他才意識到這些缺點，並創造出另一種全知寫法——作者仍是無所不知，但焦點只集中在一個人物身上，由於這個人物容易犯錯，所以作者也不是完全無所不知。這就體現在作者寫下「他看見她笑了」，而不是「他看見她微笑中的諷刺」。因為諷刺是作者賦予微笑的含義，也許並不合理。以《奉使記》(*The Ambassadors*)的主角斯特雷特為例，該故事透過他的所見所聞、所感所想來講述，其他相關人物的角色也由此展現出來，這就很容易避免無關緊要的內容，小說結構也會很緊湊。讀者只要把注意力放在一個人身上，便會不知不覺相信他說的話。讀者應該知道的事實是透過講述故事的人逐漸瞭解，因此當那些令人費解、晦澀難懂的真相一步步被揭曉時，讀者會非常喜歡。這種方法使這部小說具有偵探小說的神祕色彩，和詹姆斯一直渴望獲得的戲劇性品質。然而，一點一滴地揭露一連串事實的危險在於，讀者可能比小說中的人物更機智，在作者揭露真相之前就能猜出答案。我想，任何讀過《奉使記》的人都會對斯特雷特的遲鈍感到不耐煩，他不知道明擺在眼前的事實，但身邊的每一個人都心知肚明，這是人盡皆知的祕密，而斯特雷特卻不知道。這就體現出這種方法的缺陷，把讀者看得愚蠢是不可取的。

既然大多數小說都是站在全知立場上寫的，就代表小說家認為這是解決他們困難的最佳方式。不過用第一人稱講故事也有一定的好處，能讓敘述更加逼真，並迫使作者堅持自己的觀點，因為他只能告訴你，自己的所見所聞和所作所為。這種方法對十九世紀偉大的英國小說家很有好處，可惜一方面是由於出版方法，另一方面則是由於民族特點，他們的小說往往是不成形、散漫的。使用第一人稱的另一個好處是，能引起你對敘述者的同情，你可能不認可他，但他將你的注意力集中在自己身上，你便不得不對他抱持同情。不過這種方法也有一個缺點：如果敘述者像《塊肉餘生錄》（*David Copperfield*，又名《大衛・科波菲爾》）中的大衛・科波菲爾一樣也是一個英雄，他便不能直接表達出自己的英俊和迷人，在講述自己的英雄事蹟時也容易顯得虛榮；當讀者都明白女主角對他的愛意，而他卻渾然不覺時，便會顯得愚蠢。但是這類小說的作者仍然未能完全克服的一個更大的缺點在於：比起他所關心的人，作為中心人物的英雄敘述者很可能顯得薄弱。我想過為什麼會這樣，唯一的原因就是，既然作者在主角身上看見自己，因此他看待主角的角度是從內部出發，帶有主觀性。作者講述主角看到的事情，還把自己感受到的困惑、軟弱和猶豫不決賦予主角，而他在看待其他人物時，是透過自己的想像和直覺，從外部客觀地看待他們。一個作家如果像狄更斯那麼有才華，就會以帶有戲劇張力的眼光興致勃勃地觀察人物，以他們的古怪為樂，而這也讓他們的形象脫穎而出，自己的形象反倒黯然失色。

曾經風靡這樣一種類型的小說，就是書信體小說，每封信都是第一人稱視角，但是出自不同的人。這種方法的優點是讓小說極具真實感。讀者很容易相信，這些內容都是落款人所寫，因為不小心洩露才會被自己看到。如今創作者最想努力達成的就是真實性，想讓你相信自己敘述的內容都真實發生過，即便這些故事如同《吹牛大王歷險記》（*Münchhausens unglaubliche Abenteuer*）一般奇異荒謬，或是像法蘭茲・卡夫卡（Franz Kafka）的《城堡》（*Das Schloß*）一樣驚悚怪誕。但是這個體裁的敘述方式迂迴複雜，字斟句酌令人難以容忍，讀者對這種方式感到厭倦，於是它便不復存在。有三本以這種方式寫作的書出版了，算得上是小說中的傑出作品，分別是《克拉麗莎》、《新愛洛伊斯》（*Julie, ou la nouvelle Héloïse*）、《危險關係》（*Les Liaisons dangereuses*）。

然而在我看來，有很多用第一人稱寫的小說都避免自身缺陷，還充分利用這種寫作手法的優點，也許這是寫小說最方便有效的方法。從赫爾曼．梅爾維爾（Herman Melville）的《白鯨記》中，可以看出第一人稱寫作有多大的用處。作者是故事的講述者，但不是故事的主角，講的也不是發生在自己身上的故事，他是其中一個角色，或多或少和參與其中的人有著密切聯繫。他的作用不是決定行動，而是成為那些參與行動的人的知己、調解人和觀察者。像希臘悲劇中的歌隊，他對自己目睹的情況進行反思；他可能會哀嘆、可能會提出建議，卻無法影響事件的進程。他信任讀者，把自己知道的東西和自己的希望與恐懼都告訴讀者，在讀者不知所措時，坦率地表達一切。他不必像斯特雷特這樣的人物一樣愚蠢，向讀者隱瞞些許事實，反而可以是一個機智聰敏、目光銳利的人。出於對故事人物的性格特點和行為動機的共同興趣，敘述者和讀者達成統一。作者能讓讀者像自己一樣，熟悉他所創造的人物，並獲得同樣的真實感，可以塑造一個能夠引起讀者同情的主角，為他加上主角光環，而在敘述者同樣是主角的情況下，這麼做就免不了會引起讀者的反感。要是一種寫作手法能夠促使讀者與人物更親近，並能增強小說的真實性，顯然是值得推崇的。

一部好小說的特點

現在，我冒昧地談談自己認為一部好小說應該具備的素質。首先，它應該有一個讓大多數人感興趣的主題，我指的不僅是讓評論家、教授、高官、公共汽車售票員或酒吧投標者這類小團體感興趣的主題，而是說它應該能吸引廣大普通的男男女女。**作者選用的主題應該具有長久的吸引力，而不僅僅關注當下的熱門話題，否則作品很快就會像過期的報紙一樣不值得一讀。作者要講的故事不僅應該契合主題，還應該連貫、有說服力；不僅應該有開頭、發展和結尾，而且結尾應該是開頭的自然結果。讀者應該從人物的個性出發，對其進行觀察，而人物的行為也應該符合其特徵，**絕不能讓讀者質疑：「某某絕對不會那樣做。」反而應該讓讀者由衷感嘆：「我正期待某某這麼做呢！」**如果角色本身有趣，那就更好了。**古斯塔夫·福樓拜（Gustave Flaubert）的小說《情感教育》（*L'Education sentimentale*）在許多優秀的評論家中享有盛譽，但是作者選擇一個如此空虛、毫無特色、毫無生氣的人作為主角，以至於沒人關心他做了什麼，或在他身上發生了什麼事，因此儘管這本書有很多優點，人們也很難看下去。

我應該解釋一下，為什麼要結合個性來觀察人物——要求小說家創造出全新的人物，實在是一個過高的要求。小說家以人性作為創作素材，雖然世上有各式各樣的人，但人的種類並不是無限的。小說、故事、戲劇、史詩已經有了數百年的創作歷史，作者很難再創造一個全新的角色。我讀過的小說中，唯一能讓我把注意力放在整本小說上，並且絕對原創的人物就是唐吉訶德。但是一些博學多聞的評論家竟也為他找到一個遙遠的祖先，不過我對此並不驚訝。**倘若作者能結合自己的個性看待角色，並且角色的個性夠獨特，甚至讓人誤以為這是獨一無二的創作，就再幸運不過了。**

行為產生於性格，言語也要從性格出發，上流社會的女性應該以上流社會的方式談吐、妓女要像妓女一樣說話、馬賽的黃牛說黃牛的話，以及律師的表達該有律師的樣子（喬治．梅瑞狄斯（George Meredith）[1]和詹姆斯筆下人物的說話方式，始終和兩位作家本人一樣，肯定是不對的）。對話既不應雜亂無章，也不該成為作者發表意見的機會，而是要塑造人物形象，推動情節發展。敘述的段落應該生動形象、切中要害，除了明確可信地說明人物動機及所處狀況外，不該多加贅述。好比鞋子要合腳一樣，文體應該服務於內容，讓每位受過正當教育的人都能輕鬆閱讀。**小說還應該富有趣味，雖然我把這一點放在最後說，但這是最基本的；如果不存在，就算擁有其他優點也於事無補。**小說的趣味性越能發揮啟發讀者的作用越好。「娛樂」一詞具有多種含義，其中一個意思是「提供消遣和放鬆」，對於這個定義，人們常常誤以為消遣才是唯一重要的。從《咆哮山莊》（*Wuthering Heights*）或《卡拉馬助夫兄弟們》（*The Brothers Karamazov*）獲得的樂趣，和從《項狄傳》（*The Life and Opinions of Tristram Shandy, Gentlema*）或《贛第德》（*Candide*）獲得的一樣多。雖然魅力各有不同，但都合情合理。當然，小說家有權探討與每個人有關的重大話題，即上帝的存在、靈魂的不朽，以及生命的意義和價值，儘管他們把詹森博士的忠告謹記在心：關於這些話題，新產生的說法不再可信，可信的說法卻不再新奇。如果這類主題是故事的重要組成部分，或對刻畫人物性格和影響人物行動必不可少，作者就只能希望讀者對自己要說的內容感興趣了。

即使某部小說具備我提到的所有品質——這個要求已經很高了，形式上仍會有不足之處，就像美玉微瑕，無法達到完美，這就是世界上沒有完美小說的原因。一個短篇故事是小說的一部分，根據篇幅長短可以在十分鐘到一小時讀完，它有一個單獨的、定義明確的主題，講述一個或一連串密切相關的事件，而且它們不管在精神或物質層面上都是完整的，無論增減都不切實際。這樣一來，小說可以盡善盡美，想要蒐集到完美的短篇小說也不是一件難事。但小說是一種篇幅不定的敘事作品：可以像《戰爭與和平》（*War and Peace*）一樣豐富，由一連串相關事件組成，許多人物在同一時期一同展現出來；也可以像《卡門》（*Carmen*）一樣短小精悍。為了給情節營造可能性，作者必須敘述一系列與之相關，但本身卻不有趣的事實。事件的發展往往伴隨著時間的間隔，為了保持作品的平衡，作者就必須盡其所能地填補這些空隙，而這些段落就被稱為「橋」。大多數作家隨意「過橋」，也都採用一些技巧，但這個過程無疑是枯燥乏味的。小說家也是人，也不可避免地會對所處時代流行的內容感興趣。由於小說家都十分感性，便常常會涉及這些話題，但是隨著時間的流逝，那

---

1 英國維多利亞時代詩人、小說家（一八二八—一九〇九）。

時的流行話題也會漸漸失去吸引力。

舉例來說，直到十九世紀，小說家們才開始注重景物描寫，之前都只是一筆帶過。直到以弗朗索瓦－勒內・德・夏多布里昂（François-René de Chateaubriand）[2]為代表的浪漫主義流派出現，景物描寫才開始吸引大眾的注意，為寫景而寫景也變得越發流行。就連一個人去商店買牙刷，作者都要描寫他經過的房子，以及商店裡販售的雜貨。黎明落日、繁星滿天、萬里無雲的天空、白雪皚皚的群山、漆黑的森林——都為沒完沒了的景物描寫提供素材。許多風景本身是美麗的，但是與故事情節無關：作家們花費很長時間才發現，無論他們的觀察多麼有詩意，描繪得有多美好，倘若不能推動故事情節的發展，或是有助於讀者理解人物的話，這些風景描寫就是徒勞，這是小說可能會產生的一個缺陷。小說還有一個先天性的不足：由於小說的篇幅相當長，作者在寫作上必須花一些時間，至少幾週，一般是幾個月，有時甚至要幾年。在寫作過程中，作者往往會失去創造力，於是只有靠著自己的堅持和勤奮，用自己的常規水準來完成作品。倘若光憑這些就能吸引讀者，簡直算是奇蹟。

在過去，相較於品質更好的小說，讀者更傾向於篇幅長的作品，希望自己的錢花得有價值。而小說作者在主要故事之外，往往很難為印刷商提供更多內容，於是想出一個簡單的辦法：在小說中插入一些故事，有時長到可以被稱為中篇小說，而這些故事與主題無關，充其量也只是沾一點邊。針對這一點，沒有小說像《唐吉訶德》一樣理所當然，這些增補的內容一直被視為這部偉大作品的汙點，讀者閱讀時對此很不耐煩。同時代的評論家曾狠狠批評這一點，於是作者在《唐吉訶德》的第二部裡避免這個做法，創作出一部比前作更好的續集，這是很難達到的偉業。但是這並未讓後來的作家放棄這種做法——他們顯然沒有讀過這些批評文章——繼續用這種方便的手段向書商提供長篇稿件，使之成為一本有銷售量的書籍。在十九世紀，新的出版方式為小說家提供新的誘惑。月刊把大部分版面都用於刊登所謂的「通俗小說」，並取得巨大的成功，還給作者提供連載的方式，為自己謀取利益。與此同時，出版商也嘗到把知名作家的小說按月刊登的甜頭，作者按照合約，透過提供一定數量的文字來湊足版面，這樣一來，就讓他們的文章更加散漫和冗長。在這些連載小說的作者中，即便是最優秀的那些，譬如狄更斯、威廉·梅克比斯·薩克萊（William Makepeace Thackeray）[3]和安東尼·特洛勒普（Anthony Trollope）[4]，都覺得要在規定時間內交連載稿是一種可恨的負擔。難怪他們會湊數！難怪他們要在故事裡加上無關緊要的情節！我一想到小說家要面對這麼多的障礙，要避免這麼多的陷阱，就對最偉大的小說也不完美這件事不覺得驚訝，只驚訝它們的不足竟然只有這些。

2 法國作家、政治家及外交家（一七六八－一八四八）。

3 英國維多利亞時代與狄更斯齊名的小說家（一八一一－一八六三），代表作為《浮華世界》。

4 英國維多利亞時代最出色的長篇小說家之一（一八一五－一八八二）。

故事是抓住讀者興趣的救生索

為了提升自己，我曾經讀過不少討論小說的書籍。整體來說，這些書的作者都和威爾斯一樣，不願意把閱讀小說看成一種消遣的手段，但他們都一致認為，小說中的故事並不重要。他們認為，故事情節會阻礙讀者專注於小說中的重要內容。他們彷彿沒有意識到，小說的故事和情節是作者抓住讀者閱讀興趣的救生索，在他們看來，講故事是一種低級的把戲。我覺得奇怪，在我看來，聽故事的欲望和占有慾是人類骨子裡根深柢固的東西。在過去，人們就喜歡圍坐在篝火旁或是聚在市集上聽別人講故事。如今大眾對偵探小說的熱情，更顯示他們對故事一如既往的熱愛。然而，要是把小說家只當成說故事的人，就是瞧不起他，我敢說世上沒有單純說故事的人。作者大多是透過他所選的事件、人物，以及對這些事件的態度，提出對生活的批判。也許這個批判既非獨創，亦不深刻，但它確確實實存在。因此，即便作者尚未察覺，他也已經以一種謙遜的方式成為道德家。道德和數學不同，它並非一門精確的科學。道德作為人類行為的規範，並非一成不變，因為眾所周知，人類是虛榮多變、搖擺不定的。

我們生活在一個動亂的世界裡，前途未卜，自由受到威脅，我們正處於焦慮、恐懼和挫折之中，一直以來被奉為理所當然的價值觀，如今也受到質疑。這些都是嚴肅的問題，小說作者可能意識不到，讀者可能會覺得和這些話題相關的小說有些沉重。由於避孕用品的發明，人們不再對貞潔懷有崇高敬意。小說家很快就意識到性愛描寫為小說帶來的不同，因此每當他覺得有必要採取一些措施來維持讀者微弱的興趣時，就會讓筆下人物沉浸在男歡女愛中。我不認為這是一個明智的做法。關於性愛，菲利普・切斯特菲爾德（Philip Chesterfield）爵士說過，快感只有一瞬間，付出的代價卻是驚人的。如果他還在世，有機會讀到當代小說，或許還要說上一句：「反覆描寫這種單調行為實在太過乏味。」

如今比起描繪情節，現在的作者往往傾向詳細地刻畫人物。只有你夠瞭解小說中的人物，並能感同身受，才會關心他們的遭遇。著重描寫人物性格多於敘事是小說寫作的一種手法。單純描述情節，不在乎人物性格描寫的小說也同樣存在，有幾本還寫得非常好，比如《吉爾・布拉斯》（*L'Histoire de Gil Blas de Santillane*）[1]和《基度山恩仇記》（*Le Comte de Monte-Cristo*）。我想，要是《一千零一夜》（*The Arabian Nights*）中的雪赫拉莎德沉迷於描繪人物性格，而不是他們的冒險經歷，恐怕她很快就會人頭落地。

在接下來的章節中，我將分別介紹每位作者的個性特點，展現他們的生活。這樣做一方面是為了取悅自己，另一方面也是為了讀者。因為在我看來，**只有瞭解作者，才能更好地理解和欣賞其作品**。只有瞭解福樓拜，才能解釋讀者對《包法利夫人》產生的大量困惑；而要是瞭解艾蜜莉・勃朗特（Emily Brontë）本來就少為世人所知的生平，就能更為她那奇異而

1 法國作家阿蘭－勒內・勒薩日（Alain-René Lesage）的代表作，法國著名流浪漢小說。

偉大的作品平添幾分哀傷。身為小說家，我是從自己的角度來寫這幾篇文章，但是這麼做也有風險，因為小說家更容易欣賞與自己作品類似的東西，並以自己取得的成果來衡量其他作品的好壞。為了對本來不能感同身受的作品保持完全公正，小說家就必須保持操守，不帶偏見，並且抱持寬宏大量的態度，而這些要求對於這個易怒的群體來說卻很難做到。另外，評論家本身並不是創作者，對小說寫作的技巧知之甚少，因此他們的評論僅僅是個人觀點，並沒有多大的價值。除非他們像德斯蒙德·麥卡錫（Desmond MacCarthy）[2]那樣，是一位博覽群書、見多識廣的文學家，否則就會嚴格按照一套刻板的標準來做出判斷，作品必須完全符合這些標準，才能得到他們的認可。就好比鞋匠只會做兩種尺碼的鞋子，要麼合腳，要麼不合腳，反正鞋匠也不在乎。

寫這些隨筆的初衷是吸引讀者閱讀感興趣的小說，而為了不讓他們掃興，我必須盡量避免透露情節，這樣就很難對作品進行充分探討。在重寫這些文章時，我想當然地認為讀者已經瞭解自己提到的這些小說，這樣一來，就算我洩露小說作者故意放到最後才說的事實，對讀者也不會有什麼影響。我毫不猶豫地指出這些小說在自己眼裡的優缺點，對人們眼裡的經典作品不加區別地大肆讚揚，對普通讀者而言是沒有好處的。在讀完之後，讀者也許會發現這些小說有動機不具說服力、角色不太真實、情節不相關、描述單調乏味等問題。倘若他是急性子的人，就會高聲抗議，說那些誇獎這部小說是佳作的評論家都是傻子；假如他的性格謙卑，就會在自己的身上找原因，覺得自己才疏學淺，不適合閱讀這部作品；還有一種性格固執的人，就算覺得百無聊賴，也會執著地讀完。但閱讀小說就是為了開心好玩，如果不能給讀者帶來快樂，這部小說就一文不值。從這一點來說，**每位讀者都是最好的評論家，因為只有他本人才知道自己喜歡什麼、不喜歡什麼。**

因此我認為，小說家總會覺得自己沒有受到公正對待，除非他的讀者必須有閱讀一本三、四百頁書籍的能力，還要具備充分的想像力，能感受書中人物的悲歡、危難與冒險。其實，如果讀者不下功夫，就理解不了小說要傳達的意思。然而，閱讀小說從來就不是讀者的義務。

---

2 英國作家、文學和戲劇評論家（一八七七－一九五二）。

PART 2

十部小說及其作者

沒有哪一部小說是完全真實的，
對於那些常見的荒誕情節，
讀者都已經習以為常。
小說家並不是把生活搬到紙上，
而是創作一幅畫作；
如果他是一個現實主義者，
會努力讓作品接近生活，
要是讀者相信他，他就成功了。

亨利・費爾丁
和
《湯姆・瓊斯》

Henry Fielding
&
Tom Jones

要介紹亨利・費爾丁（Henry Fielding）實在是一件難事，畢竟他的生平鮮為人知。一七六二年，亞瑟・墨菲（Arthur Murphy）在費爾丁去世八年後，將他的一生記錄成一篇簡短的傳記，作為費爾丁文集的引言。墨菲是費爾丁晚年的朋友，他手中的素材寥寥無幾，大概是為了湊滿八十頁的紙張，傳記中充滿與主題無關的長篇大論，後來經過研究發現，其中大部分內容是不準確的。另外一位詳細敘述費爾丁生平的作者是彭布羅克學院（Pembroke College）院長霍姆斯・杜登（Homes Dudden）博士，他在兩本厚重的著作中對費爾丁做了足夠細緻的描寫，對當時的政治環境進行生動描繪，記錄「小僭君」[1]在一七四五年災難性的冒險，為主角曲折的人生增添幾分色彩和深度。

費爾丁是紳士出身，父親是索爾茲伯里（Salisbury）的教士約翰・費爾丁（John Fielding）的第三個兒子，祖父則是德斯蒙德（Desmond）伯爵的第五個兒子。德斯蒙德家族是登比（Derby）家族中較年輕的分支，自稱為哈布斯堡（Habichtsburg）家族的後裔。《羅馬帝國衰亡史》（*The History of the Decline and Fall of the Roman Empire*）的作者愛德華・吉朋（Edward Gibbon）在自傳中寫道：「查理五世（Charles V）的繼承人可能不承認他們的英格蘭同胞，但是《湯姆・瓊斯》（*The History of Tom Jones, A Foundling*）這部精準刻畫人類百態的傳奇作品，比埃斯科城堡及奧地利王室的雄鷹徽章更能流芳百世。」這句話引起很多人的共鳴，但遺憾的是，這些王室貴族的說法並無根據。關於費爾丁這個姓氏，還有一個著名的故事，當時有一位伯爵問費爾丁姓氏的來源，他回答說：「我想大概是因為我的家族比您的家族更早學會寫字吧！」

費爾丁的父親曾在馬爾伯勒（Marlborough）的軍隊中服役，他英勇善戰，享有盛譽，後來娶了英國最高法院的法官亨利・古德爾（Henry Gould）爵士的女兒莎拉・古德爾（Sarah Gould）。一七〇七年，費爾丁出生了，兩、三年後，費爾丁的父親又添了兩個女兒。隨後，一家人搬到多塞特郡（Dorsetshire）東斯托爾（East Stour），這是費爾丁的父親為女兒準備的房子。在那裡，費爾丁夫婦又生下三個孩子。一七一八年，費爾丁夫人去世。次年，費爾丁進入伊頓公學（Eton College）學習，並在那裡結交幾個珍貴的朋友。正如墨菲所說，如果費爾丁一直在這裡學習，這位「精通希臘文學和早期拉丁古典文學的大師」必定會對古典文學產生熱愛的情感。晚年的費爾丁在病入膏肓、窮困潦倒時，從閱讀馬庫斯・圖利烏斯・西塞羅（Marcus Tullius Cicero）的《安慰》（*Consolatio*）中獲得精神慰藉。臨終前，他在乘船前往里斯本的旅途中，還隨身帶著一本柏拉圖（Plato）的書。

離開伊頓公學後，費爾丁沒有上大學，而是和祖母古爾德夫人一起在索爾茲伯里居住一段時間，費爾丁當時閱讀一些法律書籍和大量的雜文。那時的費爾丁英俊瀟灑，身高六呎（約一百八十三公分）；身強體壯，性格開朗；眼睛深邃，鼻梁高挺。他的上唇很薄，微微捲曲，顯得有些冷酷；他的下巴突出，看起來有幾分執拗。費爾丁愛上一位名為莎拉・

---

1 英國斯圖亞特王朝的查爾斯・愛德華・斯圖亞特（Charles Edward Stuart，一七二〇－一七八八），人稱「小王位覬覦者」，因為他自稱是合法的君王，儘管當時英國政權已經落入漢諾威王朝的手中。

安德魯絲（Sarah Andrews）的小姐，優渥的家境更為這位小姐增添幾分魅力。於是費爾丁便策劃一場私奔，不惜一切也要娶這位小姐為妻。但是最終事跡敗露，這位年輕女子匆匆逃走，嫁給一位門當戶對的追求者。在接下來兩、三年裡，費爾丁在祖母的資助下，和其他相貌英俊、風度翩翩的年輕人一樣，在倫敦盡情尋歡作樂。一七二八年，在表妹瑪麗・沃特莉・孟塔古（Mary Wortley Montagu）和一個美麗卻不純潔的女演員安妮・奧爾菲爾德（Anne Oldfield）幫助下，費爾丁的第一部戲劇《歌舞會上的戀愛》（*Love in Several Masques*），由科雷・西伯（Colley Cibber）搬上德魯里巷的劇院，總共演出四場。不久後，他憑著父親給的每年二百英鎊生活費進入萊登大學（Leiden University）學習。但是一年後，他的父親再婚了，無法繼續提供生活費，於是費爾丁回到英格蘭，他當時的處境十分窘迫，卻仍樂觀地自嘲，說自己要麼成為馬車夫，要麼只能做窮困的文人。

在《英國文人系列》（*The English Men of Letters Series*）圖書中，奧斯汀・多布森（Austin Dobson）為費爾丁寫了一部傳記，裡面提到，費爾丁的愛好和機遇引領他走上舞臺。「愛好」指的是費爾丁樂於替別人表達意見，這是成為劇作家的必要因素；而「機遇」也許是在委婉地說，費爾丁的長相英俊，充滿男子氣概，還贏得一位年輕女演員的愛慕——取悅女主角是年輕劇作家讓自己的戲劇得以上演的最好辦法。除此之外，他還有高昂的情緒、幽默風趣的性格、對時代場景敏銳的觀察能力，並且獨具匠心，文章結構巧妙。一七二九年至一七三七年，費爾丁創作和改編二十六部戲劇，其中至少有三部為全鎮人民帶來巨大的歡樂。其中一部戲劇讓強納森・史威夫特（Jonathan Swift）捧腹大笑，據這位主教回憶，他有生以來只看過兩次如此有趣的戲劇。在嘗試純喜劇時，費爾丁的表現欠佳，但是他自創一種表演方式，獲得卓越的成功。他設計的這種表演中，包括歌曲、舞蹈、專題小品，以及對社會名流的模仿與影射，其中很多內容和現在流行的時事諷刺劇沒有多大的差別。據墨菲所說，費爾丁的寫作能力非常強，他的滑稽劇大多只需兩、三個上午就能寫完。杜登認為這種說法太過誇張，但是我認為不見得，因為其中有些作品的篇幅很短，我也聽過只用一個週末創作輕喜劇的事，而且劇本也不差。費爾丁寫的最後兩部戲劇抨擊政治的腐敗，使得內閣通過一項授權法案，要求劇院經理只有獲得亞瑟・內維爾・張伯倫（Arthur Neville Chamberlain）勛爵的授權才能製作戲劇，這項法令至今仍在折磨英國的戲劇創作者。在此之後，費爾丁就很少再為劇院創作劇本，就算寫了也只是因為缺錢。

我翻過幾頁他的戲劇，讀到幾個場景，其中的對話自然又活潑，最有趣的部分是費爾丁仿照當時流行的風格，在《悲劇中的悲劇》（*The Tragedy of Tragedies*）中對人物的描述：「她是一個完美的女人，就是有點愛喝酒。」這些劇本不像威廉・康格里夫（William Congreve）[2]的作品那樣具有文學性，但劇本寫作的目的是供人表演，而非讓人閱讀。劇本有文學性當然再好不過，卻不是成為優秀劇本的必要條件，反而可能讓作品更難被演繹出來。費爾丁的戲

2 英國王政復辟時期劇作家、詩人（一六七〇－一七二九）。

劇在很大程度上取材於現實，所以它的生命也就像報紙一樣短暫，但是必然有其優點，因為光憑他的一腔熱血或人氣女演員的推崇，絕對無法讓劇院經理把這位年輕人的作品搬上舞臺，觀眾是最好的裁判，劇院經理要是猜不透觀眾的品味，就只能等著破產。費爾丁的戲劇至少能吸引觀眾觀看，《悲劇中的悲劇》演出至少有四十場、《巴斯昆》（*Pasquin*）演出六十場，都快追上《乞丐歌劇》（*The Beggar's Opera*）[3]了。

費爾丁對自己的戲劇並未抱持幻想，他說過在本來應該開始時，就放棄為舞臺而創作，而是為了錢寫劇本，並不考慮觀眾是否理解。在排練一齣名為《結婚日》（*The Wedding Day*）的喜劇時，演員加里克（Garrick）對其中一個場景很不滿，並要求費爾丁刪除。費爾丁卻回答道：「想都別想！如果這個場景不好，就讓觀眾們自己看看。」最終這一幕還是上演了，觀眾們大聲表達自己的反感。加里克回到休息室時，這位劇作家仍沉浸在自己的才華中，還為自己開了一瓶香檳。酩酊大醉的他抬頭看了看演員，嘴角還掛著幾根菸絲，說道：「怎麼回事，加里克？外面在吵什麼？」

「怎麼回事？還不是因為我要你刪掉的那幕戲！我早知道這樣不行，現在的情況太嚇人了，我整晚都沒辦法平靜下來。」

「去他們的吧！」劇作家回答道，「被他們發現了？」

這個故事出自墨菲之口，我很懷疑真實性。我認識一些像加里克一樣的演員兼劇院經理，並和他們打過交道，如果一幕戲會破壞整場演出，他們必定不會同意讓它上演。但是這則傳聞也有可信之處，至少能說明費爾丁的朋友是這麼看他的。

創作劇本只是費爾丁生涯中的一個插曲，如果我在這個方面說得過多，也是因為這段經歷對他將來成為小說家而言有著重要的意義。許多有名的小說家都曾嘗試劇本創作，但是很少有人在這方面大放異彩。小說寫作和劇本創作的技巧完全不同，會寫小說並不意味著能把劇本寫好。小說家寫作時永遠都在圍繞文章的主題，可以詳細地描繪人物，透過表述動機讓讀者瞭解行為。倘若他的技巧嫻熟，便能早早埋下伏筆，逐漸引人入勝，將故事推向高潮（克拉麗莎在信中坦白自己遭到誘姦，就是一個最好的例子），甚至能把不可能發生的事情變成現實。作者不用展現人物的具體行動，可以只做描述或是讓人物相互對話，篇幅由人物說了算。但戲劇就不一樣了，它不僅由行動構成，還由行動展現。當然，我說的並非從懸崖墜落或被汽車碾過這樣的暴力行為；在戲劇中，遞給人一杯水這個簡單的動作，也可能蘊含著強烈的戲劇衝突。

觀眾的注意力是有限的，只有連貫的情節才能持續吸引他們，所以戲劇要開門見山，並且有連貫的新鮮內容。主題的發展也必須有跡可循，對話必須言簡意賅、一語中的，讓觀眾不用費時思考就能理解。人物形象必須完整，能抓住觀眾的目光，他們的性格可以複雜，但是必須符合現實。另外，情節不明晰是戲劇的大忌，不管是多麼不起眼的情節都要有根據，

---

3 由約翰・蓋伊（John Gay）創作，一七二八年在倫敦首度製作演出，在英國獲得空前的成功。

確保結構完整。

如果一位作者具備這些條件，創作的劇本也獲得觀眾的喜愛，寫小說時就會占有優勢。他知道文章應該簡明扼要，知道突發事件對情節的幫助；他不會在無關的內容上浪費時間，而是緊跟著主題，讓人物透過自身的言行來展現自己。在創作長篇小說時，他能發揮自己身為劇作家的特長，讓作品更加栩栩如生，令人動容，富有戲劇性。所以，寫劇本的經驗對費爾丁創作小說是很有幫助的。

一七三四年，費爾丁娶了夏洛特．克拉多克（Charlotte Craddock）為妻，岳母是索爾茲伯里的一位寡婦，有兩個女兒，除了她的美麗與迷人外，人們對克拉多克夫人所知甚少。克拉多克夫人是一個有些世故、意志堅強的女人，由於費爾丁沒有穩定的工作，她對這樁婚事很不放心。儘管克拉多克夫人極力制止，卻還是未能阻止——最終這對戀人私奔了。在《湯姆．瓊斯》中，費爾丁把妻子刻畫成索菲婭，《阿米莉亞》（*Amelia*）中的同名女主角也是以她為原型，這樣一來，讀者就能準確瞭解她在費爾丁眼中的模樣。一年後，克拉多克夫人去世，留給女兒一千五百英鎊。這筆錢來得正是時候，因為費爾丁年初寫的一部劇本慘敗收場，此時的他非常缺錢。

費爾丁過去常到母親曾經的莊園小住，如今帶著新婚妻子在那裡居住九個月，他大方地宴請朋友，享受鄉村帶來的種種樂趣。回到倫敦時，他用妻子得到的剩下遺產，租下草市街的小劇院，並在那裡上演自己最成功的戲劇之一——《巴斯昆》。

劇院檢查法案開始生效時，費爾丁的戲劇生涯也隨之結束。他這時已經有兩個孩子，但口袋裡的錢不多了，必須想辦法謀生。三十一歲時，費爾丁進入中殿律師學院（The Honourable Society of the Middle Temple）學習法律，他工作很努力，即使考取律師執照，卻很少接到辯護案，大概是因為當時人們對一個以輕喜劇和政治諷刺劇作家著稱的人抱持懷疑態度。擔任律師三年後，由於頻頻遭受痛風的困擾，害他經常無法出庭。為了賺錢，他不得不為報紙寫稿；與此同時，他也開始自己第一部小說《約瑟夫·安德魯傳》（*Joseph Andrews*）的創作。兩年後，妻子去世了，費爾丁十分悲痛，路易莎·斯圖爾特（Louisa Stuart）夫人寫道：「費爾丁熱烈地愛著妻子，妻子也以同樣的愛回應他。但由於生活總是窮困潦倒，很難過上安穩的日子，他們並不幸福。人人都知道費爾丁揮金如土，如果他的手裡有一點小錢，必定留不到第二天。他們時而住在舒適體面的房子裡，時而藏身於簡陋的閣樓，有時人們甚至還能在債務人拘留所和其他藏身之處發現他們。費爾丁樂觀的情緒幫助他度過這一切，但是與此同時，擔憂和焦慮卻不斷折磨著妻子脆弱的心靈，她日漸衰弱，感染風寒之後，在費爾丁的懷中離世了。」這個說法有一定的真實性，一定程度上在費爾丁的小說《阿米莉亞》中得到佐證。小說家們都習慣在生活中找靈感，費爾丁在創造比利·布斯這個角色時，不僅以自己和妻子作為人物的原型，還把自己婚姻中發生的事情套用到小說裡。在妻子死後四年，費爾丁又娶了女僕瑪麗·丹妮爾（Mary Daniel），當時對方已經懷孕三個月了，費爾丁的朋友都對這樁婚事感到震驚。原配死後，一直和費爾丁住在一起的妹妹此時也離家而去。

費爾丁的表妹孟塔古，對他「歡天喜地和女傭結婚」感到不屑一顧。丹妮爾不算嫵媚動人，卻十分優秀。雖然費爾丁從未提起她，但是對她充滿尊敬和愛意。她是一位得體的女性，無微不至地照顧著費爾丁，既是好妻子，又是好母親，為費爾丁生下兩男一女。

費爾丁還在努力創作劇本時，就已經向有權有勢的羅伯特・沃波爾（Robert Walpole）爵士示好了。儘管費爾丁熱情地恭維對方，並獻上自己的劇本《摩登丈夫》（*The Modern Husband*），但這位不領情的大人並不願意幫他。於是，費爾丁決定轉頭投靠沃波爾的反對黨，向一位領袖切斯特菲爾德勛爵示好。誠如杜登博士所言：「只要這個黨派願意雇用他，他隨時準備發揮自己的幽默和聰明才智。他的暗示再明顯不過了。」最終，他們讓費爾丁擔任《勝利者》（*The Champion*）的編輯，這份報紙是為攻擊和嘲笑沃波爾爵士及其部下而創辦的。沃波爾在一七四二年垮臺，接替的是亨利・佩勒姆（Henry Pelham），費爾丁所效力的政黨現在已經掌權。幾年來，他為支持與捍衛政府的報紙從事編輯和寫作的工作，自然希望自己的貢獻能獲得回報。在伊頓公學結交的朋友中，費爾丁還和喬治・萊特爾頓（George Lyttelton）保持聯繫，對方出身顯赫的政治世家，也是慷慨的文學贊助人，在佩勒姆的政黨中擔任財政大臣。一七四八年，費爾丁在他的幫助下，成為威斯敏斯特（Westminster）的治安法官，不久後，他的管轄權擴大到米德爾塞克斯（Middlesex），於是就和家人在鮑爾街的官邸安頓下來。由於以前曾接受律師培訓，擁有智慧和天賦，費爾丁很適合這份工作。他還表示，在自己上任前，這個職位每年能貪汙五百英鎊，而他只拿三百英鎊的合法收入。

透過貝德福（Bedford）公爵，費爾丁從公共服務經費中獲得一筆養老金，每年大約一、兩百英鎊。一七四九年，費爾丁出版《湯姆．瓊斯》，這本書是他在為政府編輯報紙時寫的。費爾丁總共得到了七百英鎊，當時等額金錢的購買力至少是現在[4]的五倍，大約相當於現在的四千英鎊。

此時費爾丁的健康狀況很差，痛風頻繁發作，必須經常到巴斯（Bath）療養，或者住進位於倫敦附近的小別墅，但卻並未因此放棄寫作，他撰寫幾本和自己工作相關的小冊子，其中《對近期搶匪猖獗原因的調查》（*An Enquiry into the Causes of the Late Increase in Robbers*）還促成《禁酒法》（Gin Act）[5]順利頒布。在這段時間，他還創作《阿米莉亞》，編輯另一份報紙《考文特花園報》（*The Covent-Garden Journal*）。他的身體狀況也一天不如一天，無法在飽爾街任職。一七五四年，他將職位讓給同父異母的弟弟約翰．費爾丁（John Fielding）後，就乘坐葡萄牙女王號（The Queen of Portugal）離開祖國，前往里斯本。他在八月到達，很快就去世了，享年四十八歲。

＊　＊　＊

4 指二十世紀。

5 由於人們大量飲用琴酒造成的社會問題越發嚴重，英國政府開始於一七二九年實施一連串《禁酒法》。

當我透過自己搜尋到為數不多的材料，回顧費爾丁的一生時，一種奇特的情感油然而生，很少有小說家會像他一樣，在書中傾注這麼多的心血。我在閱讀他著作的過程中，感覺就像遇見多年的舊友。費爾丁身上有些現代氣質，這種氣質在當代的英國人身上都很難見到。費爾丁是很有禮貌的紳士，長相俊美，本性善良，待人和藹可親，很容易相處。他雖然不是特別有教養，卻很尊重有教養的人。他喜歡女人，常常因此被傳喚到法庭。費爾丁並非勞苦大眾，也沒有必要成為這樣的人。儘管他整天無所事事，但是絕非遊手好閒。他有充足的收入，足以自由支配。要是戰爭爆發，費爾丁一定會從軍，他的英勇是有目共睹的。他為人善良，人人都喜歡他。隨著歲月流逝，他不像以前那麼富裕，生活也沒有那麼輕鬆，他放棄狩獵，但仍舊是打高爾夫球的好手，人們還常常能在俱樂部的棋牌室裡看到他。中年時費爾丁娶了舊情人，是一位有錢的寡婦，他成為好丈夫，安定下來。如今的世界已經沒有他的生存空間了，我想費爾丁就是這樣一個人，他碰巧擁有成為作家的天賦，只要辛勤創作就能成為作家。費爾丁喜好喝酒，也喜歡女人。談到美德時，人們經常會想到性，但貞操不過是美德中的一種，或許算不上是主要的美德。費爾丁聽從自己的激情，他能溫柔地愛人，但愛和性不是同一回事，雖然愛情植根於性，但是就算沒有愛情，性慾也依然存在，否認這一點是虛偽和無知的。性慾是動物的本能，並不比口渴或饑餓更羞恥，也沒有理由不去滿足。如果費爾丁在這方面有些不檢點，也只是犯了男性的通病。和大多數人一樣，他後悔自己犯下的「罪行」，不過只要一有機會，他還是會這麼做。費爾丁的脾氣暴躁，但心地善良，慷慨大方；在那個虛偽的時代，他能保持誠實正直，還是溫柔的丈夫和慈愛的父親。他勇敢誠實，是一位好友，朋友們對費爾丁忠貞不渝，直到他去世為止。雖然他能容忍其他人的過失，卻討厭暴力和雙面人。他並不因為成功而自負，只要有雞肉和葡萄酒，就算是逆境也能頑強度過。他懷抱樂觀和幽默的態度，盡情享受生活。他和自己筆下的湯姆．瓊斯很像，也有點像比利．布斯，是很正派的人。

儘管我經常引用彭布羅克學院院長杜登博士的成果，但是我描繪的費爾丁形象，與他在巨著中所說的不完全一致。他寫道：「直到最近，大眾中流行的說法是，費爾丁是一個天才，他有一顆善良的心和許多友好的品質，但是同時放蕩又不負責任，做了一些令人遺憾的蠢事，甚至還有些嚴重的惡習。」他極力說服讀者，這是對費爾丁嚴重的誹謗。

然而，杜登博士極力駁斥的這個觀點，卻正是費爾丁同時代的人對費爾丁的普遍看法。熟悉他的人都這麼看待。他在自己的時代確實遭到政治和文學上仇敵的猛烈抨擊，這些指控很可能誇大，但是並非沒有可信度。舉例來說，已故的斯塔福．克里普斯（Stafford Cripps）[6]爵士有許多仇敵急切地想要破壞他的名聲，於是說他背叛自己的階級。但他們絕對不會用沉迷酒色這樣的罪名誹謗，因為大家都知道他是品德高尚、極其節制的人，這樣的指控只會讓人覺得荒唐。一個名人的傳言也許並不屬實，但人們之所以會相信，是因為具有

6 英國工黨政治家、律師和外交官（一八八九－一九五二）。

合理性。墨菲表示，有一次費爾丁為了繳稅，提前向出版商領取稿費，在回家路上遇到一位情況更糟的朋友，於是就把錢給了對方。稅務員來的時候，他說：「友誼已經提前取走了錢，請稅務員下次再來。」杜登博士認為這則傳聞並不可信；但大家認為費爾丁揮霍無度，正是源於他一貫的漫不經心、情緒高漲、樂於交際和不在乎金錢。他經常負債累累，常常被討債人和法警纏上；在經濟上走投無路時，他只能向朋友們求助，朋友們也樂於幫忙，高尚的艾德蒙．伯克（Edmund Burke）也是其中之一。

身為劇作家，費爾丁在戲劇界混了很多年。無論過去還是現在，劇院在任何國家都不是教導年輕人自制的好地方。在奧爾菲爾德的幫助下，費爾丁的第一部戲劇才得以上演，如今她被安葬在西敏寺，但是由於她曾被兩位紳士包養，還有兩個私生子，因此不允許為她建立紀念碑。如果她不偏愛費爾丁這樣一位英俊的年輕人才奇怪，當時的費爾丁身無分文，就算她拿自己的贊助者給的錢幫助費爾丁也不足為奇。也許並非心甘情願，但是出於貧窮，費爾丁還是接受了。

如果說青年時期的費爾丁常常尋花問柳，他也只是和很多年輕人一樣。他經常在晚上喝得爛醉，但是這無可厚非。隨著生活狀態的改變和年齡的增長，道德觀也會發生變化。如果作為神學博士，輕佻淫亂是不可容忍的，但若是普通年輕人，就再正常不過了；大學校長喝得爛醉可是大忌，但換成是學生，就在意料之中。

費爾丁的批評者指責他是政治上的走卒倒也沒錯，他隨時準備發揮聰明才智為沃波爾爵士鞠躬盡瘁，但是發現自己的天賦不受重視後，也同樣準備好為敵對黨派效勞。這不需要特別犧牲自己的原則，因為那時當權者和反對黨的區別，只在於是否享有公職薪酬。腐敗是普遍存在的現象，面對利益時，連大領主們也願意改變立場。值得稱讚的是，當沃波爾發現自己處於險境，向費爾丁開出條件，希望他能背棄反對黨，重新加入自己的陣營時，費爾丁拒絕了。他很聰明，沃波爾不久後就垮臺了。費爾丁在上流社會和藝術界有很多的朋友，但是從他的作品來看，卻很喜歡與那些地位低下、聲名狼藉的人做伴，為此他還遭到嚴厲的責難；但若不是這樣，他便不可能將底層生活描寫得如此生動鮮活。當時，人們普遍認為費爾丁行為放蕩、揮霍無度。雖然這是事實，但如果他像杜登博士說的那樣，是簡樸、節制、忠貞的人，就不太可能寫出《湯姆．瓊斯》這樣的作品。我認為，杜登博士之所以會為費爾丁粉飾，是因為他沒想到互相矛盾的特質可以在一個人身上和諧共存，對一個一門心思做學問的人來說，忽略這個事實再自然不過了。在這位院長看來，由於費爾丁慷慨善良、誠實正直、情深義重，所以不可能揮霍無度、不可能向有錢的朋友索取一頓晚餐或幾塊錢，也不可能酗酒傷身，或是一有機會就去尋歡作樂。杜登博士說，第一任妻子在世時，費爾丁對她絕對忠誠。但他又是怎麼知道的？費爾丁當然愛她，全心愛著她。然而如果情況允許，他也不會是第一個一面尋花問柳，一面深愛妻子的丈夫，他很可能像自己筆下的布斯上尉一樣，犯下錯誤時懊悔不已，但一有機會還是會再次出軌。

孟塔古夫人在一封信中寫道：「我為費爾丁的死感到遺憾，不僅是因為再也讀不到他的作品，而且我相信他比其他人失去得更多。沒有人比他更會享受生活，儘管很少有人有理由這麼做。他最大的愛好就是放縱在罪惡和苦難的深淵。相較之下，組織夜間婚禮都成為一項更高尚、不那麼噁心的工作。他的性格樂觀（即使他煞費苦心地毀了一半），只要有一桌好肉或一壺好酒，就能把一切都拋到九霄雲外。我敢說，他比世上的任何一位王子都更懂得快樂的滋味。」

* * *

有些人讀不了《湯姆．瓊斯》，我指的是那些樂意被人稱為知識分子的人，那些樂於一遍一遍地讀著《傲慢與偏見》，沾沾自喜地看著《米德爾馬契》，懷抱崇敬的心情閱讀《金碗》（*The Golden Bowl*）的人，他們可能從未想過要看《湯姆．瓊斯》。也許這些人試著讀過，卻未能讀下去，這本書讓他們厭煩，因此也沒必要說他們應該喜歡這本書。**讀書沒有「應該」或「不應該」，我再強調一遍，對普通讀者來說，閱讀小說是為了消遣，如果從中無法獲得快樂，就沒有任何意義。**即便你不覺得閱讀有趣，也沒人有權責怪你，這和沒有人可以因為你不喜歡牡蠣而責怪你一樣。然而，我不禁想要捫心自問，到底是什麼讓讀者對這樣一本書掃了興？吉朋稱這本書是人類百態的精美圖畫；華特．史考特（Walter Scott）稱讚這部作品本身就是真理和人性本身的展現；這本小說受到狄更斯的欽佩，並令他受益良多。薩克萊寫道：「《湯姆．瓊斯》在內容上是一部極其精美的小說，在文章結構上堪稱奇蹟。

穿插在其中的智慧、觀察力以及巧妙的轉折和思考……這部小說體現了偉大戲劇史詩的多樣性，讓讀者永遠感到欽佩和好奇。」是讀者對兩百年前的生活方式和風俗習慣不感興趣，還是對這本小說的寫作風格不感興趣？**這本小說的語言樸實自然，曾經有人說過（我已經忘了是誰，也許是費爾丁的朋友切斯特菲爾德勛爵），好的寫作風格應該像有教養的人的談吐，費爾丁的寫作風格正是如此，他為讀者講述瓊斯的故事，就像他坐在餐桌旁，一邊喝著酒，一邊跟朋友們講故事一樣。**他不忌諱自己的語言，美麗善良的索菲婭顯然已經聽慣「妓女」、「混蛋」、「淫婦」之類的詞彙，出於某種原因，費爾丁一律寫成「婊子」。事實上，索菲婭的父親——鄉紳韋斯頓，也常常隨意地把這些詞彙用在女兒的身上。

在運用對話的方式創作小說時，作者為了取得讀者的信任，把自己對人物和情景的真實想法告訴讀者，這種寫作手法存在風險：作者總是陪在讀者左右，這樣一來，就妨礙讀者與人物直接交流，讀者只想繼續看故事，厭煩那些關於道德或社會問題的長篇大論，而且一旦脫離主題，文章就會變得乏味冗長。但是**費爾丁的偏題往往合理又有趣，不光內容很簡短，還會禮貌地向讀者道歉**，從這一點可以看出他品性溫和。薩克萊曾不明智地仿效此舉，但是由於過於正經、故作清高，不得不令人懷疑他的真誠。

費爾丁把《湯姆·瓊斯》分成好幾卷，在每卷的開頭都寫了一篇序言。一些評論家對此十分欽佩，認為這些序言為小說增色不少，在我看來，這樣想是因為他們對小說本身並不感興趣。散文作家在寫作時會選擇一個主題，如果這對讀者來說是一個嶄新的主題，他就會說一些新的內容。然而，找到一個新的主題是很難的，作者通常希望用獨特的觀點和立場來吸引讀者，希望讀者對自己感興趣。但小說卻不是這樣，小說的讀者在意的是他感興趣的角色，而作者只是在介紹角色，在講故事。**我再三強調，小說不應被視為一種教化或啟迪心智的手段，而應該作為一種消遣的方式**。在完成《湯姆．瓊斯》的寫作後，費爾丁寫了幾篇文章介紹小說。但是這些文章和他想要介紹的小說並沒有什麼關聯，費爾丁承認，這些文章為自己帶來很多麻煩。人們對他當初的寫作目的也十分好奇，許多讀者會認為費爾丁的小說不太道德，甚至有些下流低俗，費爾丁不可能不清楚這一點，也許正是這個原因，他才想透過這些文章來為小說增添一點光彩。這些文章寫得很明智，有時也十分精巧，要是你十分瞭解這部小說，閱讀的時候便能找到樂趣，不過對於那些第一次讀《湯姆．瓊斯》的人，最好還是跳過這些內容。

《湯姆．瓊斯》的情節一直以來備受讚賞。我從杜登博士那裡得知，柯勒律治曾發出感嘆：「費爾丁是一位多麼厲害的創作大師啊！」史考特和薩克萊對此也同樣狂熱。杜登博士引用薩克萊的話：「不論其道德與否，只要把這部傳奇當成一件藝術品看待，它就是人類最驚人的產物。這部小說中沒有哪個事件是無關緊要的，所有情節都是連貫的，並且與主題相聯繫。這樣的『文學技巧』（如果可以用這個詞彙來表示的話），在其他小說中都看不到。你大可以刪減掉《唐吉訶德》一半的內容，也可以對史考特筆下的傳奇故事進行增補、改換順序或修改，它們都不會受損。羅德里克．藍登[7]及類似的英雄們經歷一連串冒險，揭開騙局，最終與心愛的女子締結良緣。但《湯姆．瓊斯》卻首尾呼應，作者在下筆之前，一定已經在腦海中完成整體構思，這樣想來簡直是不可思議。」

這麼說有些誇張，《湯姆．瓊斯》是以西班牙流浪漢小說和《吉爾．布拉斯》為原型創作的，簡潔的結構是該題材小說的特性：主角由於某些原因離家出走，旅途中經歷一連串冒險，和各式各樣的人打交道，歷經命運的起伏，最終獲得財富，並與一位迷人的女子完婚。費爾丁仿效這個模式，但在其中插入許多不相關的故事。這樣安排的原因不只是已經提過的——作者必須寫出足夠的字數向書商交代，拿一、兩個故事打發讀者；還有可能是因為他們擔心一長串的冒險故事會讓讀者感覺乏味，也許把故事講得零散一點，能不時地刺激一下讀者；還有部分原因則是，如果作者有意寫一部短篇小說，這就是讓它公之於眾的最好辦法。評論家對此加以駁斥，但是這種做法依舊十分常見，據我們所知，狄更斯在《匹克威克外傳》（*The Posthumous Papers of the Pickwick Club*）中就採取該做法。《湯姆．瓊斯》的讀者可以跳過書中「山中人」和菲茲伯特太太講述的部分，不會影響閱讀。薩克萊表示，小說裡任何一個事件都是由之前的事件引發，推動情節的發展，這種說法並非十分準確。瓊斯和吉卜賽人相遇後便沒有下文了，對亨特太太的介紹及描寫她向瓊斯求婚的情節是沒有必要的，文中一百英鎊支票的事件也十分多餘，而且不太可能發生。薩克萊讚嘆費爾丁在小說動筆之前，

---

7 蘇格蘭詩人與作家托比亞斯．斯摩萊特（Tobias Smollett，一七二一—一七七一）所創作的惡漢小說《藍登傳》之主角。

就在腦海裡構思好小說的整個結構，我對此表示懷疑，我不相信費爾丁這麼做過，他花費的工夫大概也不比薩克萊在寫《浮華世界》（*Vanity Fair*）時來得多。我認為更有可能的情況是，費爾丁只是想好小說的主線，再設計接下來發生的情節。其中的大部分情節都設計得很巧妙，和寫流浪漢小說的前輩們一樣，費爾丁並不關心事件發生的機率，讓最不可思議的事情發生，讓人物在最驚奇的巧合下相遇，但他總是滿懷熱情地催促著你往下看，以至於你來不及也懶得抱怨。**小說中的角色用最樸素的色彩草草描繪而成，也許這樣的描寫不夠精巧細膩，但是真實生動足以彌補這個缺點。**他們的性格鮮明，即便這樣的描繪有些誇張，也是因為當時流行這種寫作風格，誇張的程度大概也在喜劇的接受範圍內。奧爾華綏先生這個人物善良得不真實，這裡費爾丁犯下很多小說家都犯過的一個錯誤：他們都想描繪一個十全十美的人物。但是經驗表明，這樣的老好人或多或少會顯得有點蠢，因為他能忍受一切，讀者對此卻很難容忍。據說奧爾華綏先生的原型是普利奧莊園的拉爾夫·艾倫（Ralph Allen）[8]，如果事實真是這樣，對他的描繪也是準確的話，就只能說明直接從現實中取材的人物形象，在小說裡不完全具有說服力。

　　另外，布力菲這個人物又因為過於邪惡而顯得不真實。費爾丁痛恨欺騙和虛偽，他如此憎惡布力菲，以至於描寫時下手太重。世間少有像布力菲這樣卑鄙無恥、鬼鬼祟祟、貪名逐利、冷血無情的人，若不是怕被人發現，他必定會成為徹頭徹尾的惡棍。如果他壞得不那麼明顯，我們就更容易相信他真的存在。他太令人反感了，沒有尤利亞·希普[9]那麼鮮活。我不禁想問自己，費爾丁是不是出於本能，故意減少對布力菲的描寫，倘若他描寫得更加生動突出的話，很可能創造出一個強大、陰險的形象，甚至讓小說的主角都黯然失色。

《湯姆．瓊斯》一問世，立即獲得大眾好評，但是評論家大多十分嚴苛，其中一些反對意見十分荒謬，盧森堡（Luxborough）夫人抱怨小說中的人物太像「現實生活中遇見的人」。不過，人們譴責這部小說是因為覺得有傷風化。

漢娜．莫爾（Hannah More）曾在回憶錄裡說過，從未看見詹森博士發那麼大的火，除了那次她提到《湯姆．瓊斯》中幾段有趣的內容以外。「真是令我震驚，妳居然引用這麼一本邪惡的書，」他說，「妳讀了這樣一本書，我感到很悲哀，任何一位端莊的女性都不該讀這本書，沒有比它更傷風敗俗的作品。」現在我想說的是，一位端莊的女性最好在婚前讀一讀這本書，它能告訴妳很多生活的真相，讓妳在結婚前對男人有更深入的瞭解。大家都知道詹森博士的看法有些偏激，他不承認費爾丁的任何文學價值，把費爾丁說成傻子，還在詹姆士．鮑斯韋爾（James Boswell）提出異議時表示：「我說費爾丁是一個傻子，是在說他是一個思想空洞的流氓。」鮑斯韋爾反問道：「先生，難道您不覺得他對人物的刻畫十分生動嗎？」「先生，您為什麼會這樣覺得呢？他刻畫的都是下層人士的生活。理查森曾說，要是自己不

---

8 英國慈善家，費爾丁的文壇保護者及贊助人（一六九三－一七六四）。

9 《塊肉餘生錄》中的人物，是一位陽奉陰違、曲意逢迎的反派人物。

認識費爾丁的話，還會以為他是一個馬夫。」

如今，我們對小說中的底層人物司空見慣，《湯姆．瓊斯》的內容已經屢見不鮮。詹森博士或許知道，費爾丁將索菲婭描繪得溫柔迷人，深深吸引著讀者。她單純而不愚昧，端莊卻不迂腐，她的個性鮮明，為人善良，長相迷人，有決心和勇氣。孟塔古夫人承認《湯姆．瓊斯》是費爾丁的代表作，但是她對費爾丁無意間把小說主角寫成無賴感到十分遺憾。我猜她指的是瓊斯先生最應受譴責的事：貝拉斯頓夫人看上他，他也準備好要滿足她的慾望了。在他看來，向一個發出求愛信號的異性獻殷勤是有教養的表現。雖然他的口袋裡一毛錢都沒有，甚至連坐車去她家的錢都拿不出來，但是貝拉斯頓夫人很富有，而且慷慨大方，這對女人來說是很不尋常的，她們往往揮霍著別人的錢，卻對自己的錢格外謹慎。貝拉斯頓夫人大方滿足他的生活需要。不過對一個男人來說，花女人的錢總不是一件好事。再說，這也未必有利可圖，因為闊太太們想要的回報很可能比金錢更有價值。從道德上來講，這並不比女人從男人那裡得到錢更糟，這是世人普遍的愚蠢看法。現在我們還發明「小白臉」這個詞彙，形容那些用自己的相貌換取錢財的男人。因此，雖然瓊斯粗俗的行為為人所不齒，但也絕非個案。在喬治二世（George II）統治時期，「小白臉」的人數絕對不比在喬治五世（George V）統治時期來得少，我對此深信不疑。值得稱讚的是，其中還有一個特別的小故事，在貝拉斯頓夫人給他五十英鎊，要他陪自己過夜的那天晚上，瓊斯被房東太太講的一個發生在自己親戚身上的悲慘故事打動，把自己的錢包給了對方，告訴她需要多少錢都可以拿。瓊斯忠實誠懇，深深愛著美麗的索菲婭，但是他與任何一位迷人輕率的女子都能陷入肉體歡愉，並且對此毫無罪惡感。費爾丁很理智，沒有讓自己的小說主角比平常人更克制。他知道，如果每個人在晚上都像白天一樣謹慎，大家都會變得更加高尚。在得知瓊斯的風流韻事後，索菲婭並沒有無理取鬧，而是表現出與女性抱持固有觀念不同的看法，這無疑是她特別吸引人的地方之一。多布森說得不錯，**費爾丁對刻畫完美的形象絲毫不感興趣，更樂於描繪一般人性，比起精細描繪，他更愛粗糙樸素；比起刻意安排，他更愛順其自然**。他希望這部作品是完全真實的，絕不找藉口粉飾或掩蓋缺點和不足，這一點正是現實主義者努力想要達到的。縱觀歷史，很多現實主義作家都因此受到批評。

其中主要有兩個原因，有很多人（尤其是年長者、富人及特權階級）抱持這樣的看法：「我們當然知道世上發生許多犯罪和不道德的行為，有很多窮苦和不幸的人，但是我們不想在小說裡看到這些東西，為什麼要自己找不痛快呢？我們對此也無能為力，畢竟世上總是有貧富之分。」還有些人依據其他的理由而譴責現實主義者，他們承認世上陰險、罪惡、殘忍、壓迫的存在，可是他們質疑：這些事適合寫進小說嗎？年輕人真的應該透過閱讀，而知道那些他們長輩雖然瞭解，但加以譴責的事情嗎？他們會因為讀到那些並不真正淫穢，卻讓人想入非非的故事而墮落嗎？小說難道不是更適合用來描繪世界有多美好，人們的善良、捨己為人、樂善好施和英雄事蹟嗎？現實主義者給出的答案是，他只想說出自己看到的真相，他不相信人性是純粹善良的，他認為人性是善和惡的結合體，他包容為傳統道德觀念所不齒的人性特質，他接受並認為這些特質是符合人性、自然的，應該被理解。他希望能把作品中的好人和壞人一樣忠實地描寫出來，如果讀者更感興趣的是這些人物的邪惡，而不是美德，也是人類的獵奇心理所導致，和作者無關。如果他夠誠實的話，就一定會承認，刻畫邪惡部分過於濃墨重彩，美德卻黯然失色。如果你問他怎麼樣才能免受荼毒年輕人的指控，他會回答，年輕人清楚知道自己將要面對什麼樣的世界，如果期望太高，結局可能會很糟糕。如果現實主義者能教會年輕人不要對別人抱持太大的期望，從一開始就讓他們知道每個人都只關心自己；教會他們想得到任何東西都要付出代價，無論是地位、財富、尊嚴、愛情或名譽；教會他們智慧在很大程度上體現為，不要為任何東西付出超出其價值的代價。他的貢獻就會超越所有的教育家和傳教士，因為他讓人們學會如何經營這艱難的一生。不過，他還會加上一句：自己不是什麼教育家或傳教士，而是一位藝術家。

珍・奧斯汀
和
《傲慢與偏見》

Jane Austen
&
Pride and Prejudice

用簡短文字就能概括出珍・奧斯汀（Jane Austen）的生平，奧斯汀家族是一個古老的家族，和英國許多最偉大的家族一樣，他們的家業建立在羊毛貿易上，羊毛貿易曾是英國的主要產業，他們在賺到錢後購置土地，慢慢成為地主階級。不過她所在的這個分支繼承的財產不是很多，後來家族沒落了，父親喬治・奧斯汀（George Austen）是湯布里奇（Tonbridge）的外科醫生威廉・奧斯汀（William Austen）的兒子。十八世紀初，醫生的社會地位並不比律師高，我們可以從《勸導》（*Persuasion*）中瞭解到，即便在奧斯汀所處的那個時代，律師也沒有什麼社會地位。書中的拉塞爾夫人是一位騎士的遺孀，在得知男爵的女兒艾略特小姐與律師的女兒克萊太太往來時感到十分震驚，她認為除了說一些客套話外，不該與此人再有其他的交集。奧斯汀的祖父很早就去世了，叔公法蘭西斯・奧斯汀（Francis Austen）把成為孤兒的父親送到湯布里奇中學（Tonbridge School），後來又送到牛津的聖約翰學院（St. John's College）。這些情況都是從羅伯特・威廉・查普曼（Robert William Chapman）的克拉克講座（Clark Lectures）中瞭解到的，他出版《關於珍・奧斯汀的事實與疑問》（*Jane Austen Facts and Problems*）一書，我要感謝這部傑作對以下內容的寫作提供幫助。

喬治成為所在學院的院士，上任後便由住在哥德瑪夏姆（Godmersham）的親戚湯瑪斯・奈特（Thomas Knight）介紹，到漢普郡（Hampshire）史蒂文頓（Steventon）擔任牧師。兩年後，叔叔就為他買下附近迪恩鎮（Deane）的牧師一職。我們對這位慷慨的先生一無所知，只能推測他與《傲慢與偏見》裡的加德納先生一樣是做生意的。

成為牧師的喬治娶了卡珊卓拉・利（Cassandra Leigh），岳父托馬斯・利（Thomas Leigh）是萬靈會（All Souls）的成員，在亨利鎮（Henley）附近的哈彭登（Harpenden）擔任牧師。妻子和地主權貴都能攀得上親戚，比如赫斯特蒙蘇（Herstmonceux）的黑爾斯（Hales）家族，對一個外科醫生的兒子來說，這是往上晉升一個等級。兩人婚後生下八個孩子——兩個女兒卡珊卓拉・奧斯汀（Cassandra Austen）和奧斯汀，還有六個兒子。為了增加收入，他還兼任教師。幾個兒子都是在家接受教育，其中有兩人到牛津的聖約翰學院上大學，因為他們的母親和學院創辦人是親戚。有一個兒子名叫喬治・奧斯汀（George Austen），我們對他知之甚少，查普曼博士說他是聾啞人士。還有兩個兒子加入海軍，取得很大成就。其中愛德華・奧斯汀（Edward Austen）是最幸運的，他被奈特收養，繼承在肯特郡（Kent）和漢普郡的遺產。

奧斯汀是小女兒，生於一七七五年。在她二十六歲時，父親把牧師一職讓給大兒子，隨後便搬到巴斯。父親在一八〇五年去世。幾個月後，他的遺孀和女兒們定居在南安普頓（Southampton）。奧斯汀與母親在一次串門子後，寫了一封信給姊姊卡珊卓拉：「我們發現只有蘭斯太太在家，她曾引以為傲的子女都不在身邊，家裡除了一架大鋼琴外，什麼都沒有……他們住在富麗堂皇的房子裡，過著富裕的生活，蘭斯太太對此十分滿意。我們把家裡說得太闊綽，過不了多久，她就會後悔交了我們這樣的朋友。」

奧斯汀太太的確生活貧寒，但是兒子們給予足夠的收入，讓她的日子過得還算舒服。在歐洲遊學後，愛德華和古德尼斯通（Goodnestone）的布魯克・布里奇斯（Brooke Bridges）男爵的女兒伊麗莎白·布里奇斯（Elizabeth Bridges）結婚了。一七九四年，也就是奈特去世的三年後，他的遺孀把哥德瑪夏姆和查頓（Chawton）的房產轉贈給愛德華，帶著養老金搬到坎特伯里。多年後，愛德華讓母親在兩處房產中挑選一處，她選擇位於查頓的房產。此後，除了偶爾走親訪友外（有時一去就是好幾週），奧斯汀一直住在這裡，後來她生病了，只好到溫徹斯特（Winchester）治病。一八一七年，她在溫徹斯特去世，遺體安葬在大教堂。

* * *

據說奧斯汀本人很有魅力，她的身材高䠷、體型苗條、腳步輕盈、步伐堅定，整個人都散發著活力。她的膚色有些深，臉頰圓潤，嘴巴和鼻子小巧秀氣，眼睛是明亮的淺褐色，棕色秀髮在臉頰周圍自然捲曲。我見過一張她的畫像，畫像上的她是一位臉頰圓胖的年輕女子，五官平平，眼睛又大又圓，也許是畫師有失公正。

奧斯汀和姊姊很要好，從小到大都住在同一個房間，形影不離。卡珊卓拉上學時，奧斯汀也會跟著一起去，雖然她還太小，聽不懂學校的課程，但是無法和姊姊分離。「就算姊姊要被拉去斬首，」她的母親說道，「珍也堅持要和她同生共死。」卡珊卓拉比奧斯汀漂亮一些，她更為理智、冷靜，不愛表露情感，個性也不那麼陽光，但優點是能控制好自己的脾氣。不過奧斯汀很幸運，她不用控制自己的脾氣。奧斯汀留存下來的大部分信件，都是她在兩人分開時寫給姊姊的。奧斯汀的很多狂熱崇拜者都覺得，這些信件沒有太大的價值，這些信顯得她有些冷酷無情，而且關心的都是一些雞毛蒜皮的小事。但是我覺得這再自然不過了，奧斯汀從未想過，除了卡珊卓拉外，還有別人會看到這些信，信上寫的都是姊妹感興趣的東西，她告訴姊姊，人們穿什麼樣的衣服、買花布用了多少錢、交到哪些朋友，以及遇見的熟人和聽到的八卦。

近年來，一些知名作家的書信集已經出版。我在閱讀這些信件時常常想著：作者是不是一開始就預料到它們將來會出版？後來得知他們還留有這些信件的副本，我的猜測似乎就得到證實。安德烈・紀德（André Gide）曾想出版自己與克勞德・李維－史陀（Claude Lévi-Strauss）的信件，但是李維－史陀似乎不想這麼做，於是說信件已經被銷毀了。可是紀德卻回答沒關係，他已經保留信件的副本。紀德曾告訴我們，得知妻子把自己寫給她的情書燒毀時，他痛哭了一週，他把這些情書視為自己文學成就的頂峰，是他吸引後代關注的主要手段。狄更斯每次外出旅行，都會寫長信給朋友，滔滔不絕地描繪在旅途中看到的風景。第一位為他寫傳記的作者約翰・福斯特（John Forster）公正地表示，這些信件可以原封不動地拿去出版。以前的人更有耐心，不過要是原本期待朋友對自己談談旅途中結交的朋友、參加的派對，為自己捎回一本書、領帶或手帕，但收到的卻是一封對山嶽古蹟大加描繪的信件，或多或少都會有些失望吧！

奧斯汀在給卡珊卓拉的一封信中寫道：「我現在已經掌握寫信的真正藝術，就是把對一個人想說的話原封不動地寫在紙上，我給妳寫信的速度和跟妳說話的速度一樣快。」她說得對，這就是寫信的藝術。她很輕易就做到了。她寫信和說話一模一樣，都是連珠妙語，以及諷刺毒辣的評論，可見她說話也十分風趣。她的所有信件都充滿歡聲笑語，以下選出幾句博諸君一樂。

「單身女子總是很容易變窮，這是她們想要結婚的主要原因之一。」

「霍爾德太太去世了!可憐的女人，這是她在世上做的唯一一件讓人無法指責的事了。」

「昨天謝伯恩的黑爾太太受到驚嚇早產了，生下一個死嬰，我猜她肯定是無意中瞧了自己丈夫一眼。」

「我們參加了M．K．太太的葬禮，我想不到有誰會喜歡她，所以對她的家屬也沒有什麼好同情的。不過我現在倒是有點為她的丈夫感到難過，他應該和夏普小姐結婚。」

「我挺欣賞張伯倫太太的髮型，不過除此之外對她就沒有別的好感。蘭利小姐身材矮小，有一個寬鼻子和大嘴巴，和她長得差不多的女孩都喜歡穿時髦的衣服，袒露胸脯。斯坦霍普上將很有紳士風度，但是他的腿太短，燕尾服又太長。」

「伊麗莎在巴頓見過克雷文勛爵一次，這次他們可能會在坎特伯里約會，預計這週他要在那兒待上一天。她對其行為舉止十分滿意，唯一的不足之處就是他有一個同住在阿什當公園的情婦。」

「W先生二十五、六歲，長得不賴，但性格卻不討喜。他不是外地人，為人很冷靜，有紳士風度，但是有些寡言少語。他們說他的名字叫亨利，上天太不公平了，我認識很多叫約翰與湯瑪斯的人就和藹得多。」

「理查．哈維太太要結婚了，但這是一個大祕密，只有一半的鄰居知道，妳千萬別說出去。」

「黑爾醫生穿著一身喪服，可能是他母親或妻子死了，也可能是他自己死了。」

奧斯汀喜歡跳舞，在信中向卡珊卓拉講述她去舞會的經過：

「舞會一共有十二支舞，我跳了九支，另外幾支沒跳是因為缺少舞伴。」

「柴郡有一位軍官，為人紳士，長相英俊，聽說他很想認識我，但是這個願望沒有強烈到讓他行動起來，所以我們至今還不認識。」

「世上的美人不多，已有的幾個也不是非常漂亮。艾爾孟格小姐的臉色太差，布蘭特太太是唯一一位看起來還不錯的，她還和九月見到時一模一樣，一張寬寬的臉，別著鑽石髮帶，穿著白色的鞋子，有一個面色紅潤的丈夫和又肥又粗的脖子。」

「查爾斯．波利特在星期四舉辦一場舞會，在鄰里之間引起一陣騷動。鄰居們對他的財務狀況十分感興趣，巴不得他早點破產，而他的妻子有著鄰居們希望的一切特質：愚蠢、易怒、鋪張浪費。」

曼特博士是奧斯汀的親戚，因為他的原因，妻子回娘家後惹來一些閒話。奧斯汀在信中寫道：「曼特博士是一位牧師，不管他的行為多麼放蕩，都給人一種高雅的感覺。」

奧斯汀伶牙俐齒，幽默感十足，她很愛笑，也很愛逗別人笑。讓一位幽默大師把趣事憋在心裡是很過分的，而且一旦幽默就得帶點毒舌，因為在人性的善良中很難找到樂子。她對人們的荒謬、虛偽、自命不凡、矯揉造作有著敏銳的鑑賞力，但這些在她的眼裡只是滑稽，而非邪惡。她很友善，不會說傷害別人的話，不過拿這些和姊姊說笑也沒有什麼壞處，即便在最尖刻的評論中也看不出惡意。她的幽默源於天生的觀察力，這也是幽默本來該有的樣子，因此在特定場合中，奧斯汀也可以很嚴肅。

雖然愛德華繼承奈特在肯特郡和漢普郡的房產，但大部分時間都住在坎特伯里附近的哥德瑪夏姆，卡珊卓拉和奧斯汀會輪流來這裡住，有時長達三個月。他的大女兒芬妮．奈特（Fanny Knight）是奧斯汀最喜歡的姪女，芬妮最終嫁給愛德華．納齊布爾（Edward Knatchbull）爵士，兩人的兒子受封為貴族，還成為布雷博恩（Brabourne）勛爵，正是他首次出版奧斯汀的信件，其中有兩封信是奧斯汀寫給芬妮的，當時這位女子正想著要如何面對向自己求婚的年輕人。這兩封信理智又不失柔情，令人嘆服。

奧斯汀的許多崇拜者驚訝地發現，彼得．昆內爾（Peter Quennell）幾年前在《康希爾雜誌》（*The Cornhill Magazine*）上刊登芬妮（當時她已是納齊布爾夫人）寫給妹妹伊莉莎白．萊斯（Elizabeth Rice）的信，信中談到自己那位有名的姑媽。這封信非常令人吃驚，也極具那個時代的特色。我取得布雷博恩勛爵的許可，在此轉載，粗體字是作者強調的部分。由於愛德華在一八一二年改名為愛德華．奧斯汀．奈特（Edward Austen Knight），在這裡有必要指出，納齊布爾夫人信中提到的奈特夫人指的就是奈特的遺孀。我們在信件的開頭就可以看出，萊斯夫人對信中提到關於珍姑媽的修養問題感到不安，因此特地寫信詢問是否確有其事。納齊布爾夫人的回答如下：

是的，親愛的，珍姑媽在很多方面的修養都和才華不相稱。倘若她多活五十年，在許多方面就會更符合我們高雅的品味。她的生活並不富裕，身邊都是一些**普通人**，談不上高雅。雖然她**非常聰明**，並且**富有涵養**，但是**行為舉止**和普通人差不多——不過在後來與奈特夫人（她為人也十分友善）的交往中得到很大的提升。珍姑媽很好地隱藏自己「**普通人**」（如果這麼說合適的話）的特質，至少和普通人交往時，學會要更加優雅。在兩位姑媽（卡珊卓拉和珍）的成長過程中，她們對這個世界的規則（我指的是流行時尚）一無所知。要不是因為父親結婚，她們有機會到肯特郡，再加上奈特夫人的好意，常常讓兩位姑媽輪流和自己住，儘管她們生來頭腦聰明，性格討喜，但還是遠低於上流社會的標準。抱歉，妳可能不愛聽我說的話，但是我感覺真相就在筆下呼之欲出。快到更衣時間了……。

妳永遠最親愛的姊姊

芬妮

這封信讓奧斯汀的崇拜者感到憤慨，表示納齊布爾太太寫這封信時已經老糊塗了，但是信中沒有跡象能證明這一點，更何況如果萊斯夫人覺得姊姊回答不了這個問題，也不會寫信詢問。在崇拜者們看來，備受奧斯汀寵愛的芬妮用這樣的詞彙描述她，實在太忘恩負義了。事實上，父母或其他長輩對孩子們的感情，總比孩子們對他們的感情來得多，這是一個令人遺憾的事實，父母等長輩期望晚輩用平等的感情回應是很不明智的。奧斯汀一生未嫁，她對芬妮的感情中表現出母愛的成分，她很喜歡孩子，孩子也喜歡她，喜歡她說笑的方式，也喜歡她講的長故事。芬妮的父親一直忙於鄉紳的工作，母親一直在生兒育女，所以芬妮和奧斯汀很快就成為好友，還會聊一些對父母都不能說的事。不過孩子們看問題很尖銳，容易說出犀利的話。

愛德華繼承哥德瑪夏姆和查頓的房產後，社會地位就提高了，他的婚姻也讓自己和郡裡幾個最好的家庭攀上關係。我們無從得知奧斯汀和卡珊卓拉對嫂嫂的看法，查普曼博士曾遺憾地表明，妻子的去世讓丈夫覺得自己應該為母親和妹妹們多做點事，還為她們提供一處房產。愛德華擁有這些房產已經十二年了，我想妻子認為讓丈夫的家人偶爾做客已經仁至義盡，並不希望她們住在自己家不走，直到妻子去世後，愛德華才能自由支配房產。如果事實真是如此，一定逃不過奧斯汀的雙眼。從奧斯汀在《理性與感性》（*Sense and Sensibility*）中描寫達斯伍對待繼母和女兒的方式可以推測，對於奧斯汀和卡珊卓拉這樣的窮親戚，有錢的哥哥和嫂嫂、奈特夫人、布里奇斯夫人在邀請她們過去長住時，意識不到這是一種恩惠。很少有人能做到在不求任何回報的前提下善待他人，奈特夫人總會在奧斯汀走之前給一些零錢，奧斯汀也欣然接受。奧斯汀在寫給卡珊卓拉的一封信中提到，哥哥愛德華給了芬妮和自己一份五英鎊的禮物，這對一個小女孩或一位家庭教師來說是挺不錯的，但對自己的妹妹只能算是施捨。

我相信奈特夫人、布里奇斯夫人、愛德華和他的妻子對奧斯汀都十分友善，也很喜愛她，但他們認為姊妹倆不符合上流社會的標準也不是沒有道理，她們來自鄉村，在十八世紀，一年中至少有一部分時間住在倫敦的人，和從未離開鄉村來過倫敦的人差別相當大，這種差異為喜劇作者提供豐富的素材。在《傲慢與偏見》中，賓利的妹妹看不起班納特姊妹，覺得她們缺乏品味，而班納特姊妹也無法忍受賓利姊妹裝腔作勢。班納特姊妹的社會地位比奧斯汀高出許多，雖然班納特先生並不富裕，但他是地主，起碼比喬治這位貧窮的鄉村牧師來得強。

由於奧斯汀的出身，她的舉止缺乏優雅並不奇怪，但是肯特郡的太太對此卻很在意。不過如果奧斯汀真像她們說的那麼缺乏教養，即便能逃過芬妮敏銳的雙眼，芬妮的母親也會發表看法。奧斯汀說話坦率幽默，很多女性無法欣賞這種幽默，她在寫給卡珊卓拉的信中表示，自己一眼就能分辨出蕩婦，要是把這番話說給那些女人聽，可以想見會有多尷尬。她生於一七七五年，距離《湯姆．瓊斯》出版才過了二十五年，可想而知這個國家的風氣不會有什麼大變化。也許正如納齊布爾夫人在五十年後所說的，奧斯汀的行為舉止「遠低於上流社會的標準」。到坎特伯里拜訪奈特夫人時，也可能如納齊布爾夫人所說，這位老夫人給她一點建議，讓她變得更加優雅。也許正因如此，奧斯汀才會在小說裡強調良好的教養。現在的小說家在描寫上流階級時並不會下那麼大的工夫，所以納齊布爾夫人的信無可非議，她筆下的真相已經呼之欲出。不過，這又如何？也許奧斯汀有漢普郡口音，也許她的舉止不那麼優雅、手工縫製的衣服不夠時尚，可是一點也不要緊。我們從凱薩琳・奧斯汀（Catherine Austen）的回憶錄中得知，家人們覺得姊妹倆對服飾很感興趣，但是穿著並不考究，不過並未說過她們穿著邋遢或不合時宜。奧斯汀的家庭成員在寫到她時，煞費苦心地提高她的社會地位，這麼做是多餘的。奧斯汀的家族成員十分善良、誠實、值得尊敬，處於中上流階級的邊緣，他們對此也許比以前更有自知之明。據納齊布爾夫人觀察，姊妹倆與身邊出身不高的人交往時感到很自在，但是遇到地位更高的人時，就會抱持批判態度，藉此保護自己，如同《傲慢與偏見》裡時髦的賓利小姐。

我們對奧斯汀太太一無所知，她似乎是一個善良但愚蠢的人，常會生小病，女兒們在盡心照顧時，也不忘挖苦她。她活到將近九十歲，家裡的男孩們在出去闖蕩前，大都沉迷於鄉村能享受的樂趣，如果借到馬，他們就會騎馬去打獵。

奧斯丁・雷伊（Austen Leigh）寫了第一本關於奧斯汀的傳記，書中有這麼一段，我們可以想像奧斯汀在漢普郡平靜漫長的生活。書中寫道：「人們都斷定，這家僕人管的事很少，大部分工作都由主人親力親為。女主人親自烹調高級料理、釀造葡萄酒、熬製草藥、紡織家用的亞麻布，有的女士用過早茶後，喜歡親手把自己挑選的瓷器洗乾淨。」我們大概可以知道，有時奧斯汀家裡沒有一個僕人，有時將就找一個對家務一竅不通的女孩來幫忙。卡珊卓拉做飯不是因為「僕人很少管事」，而是因為家裡沒有僕人。奧斯汀一家並不貧窮，也不算富裕，奧斯汀太太和女兒自己做衣服、釀酒，女孩們負責為兄弟縫製襯衫，奧斯汀太太還會燻火腿。快樂來得很簡單，要是哪個富裕的鄰居舉辦舞會，就更讓人激動了。在很長的時間裡，許多英國家庭都是這樣寧靜而體面的，其中有一個家庭卻出現一位天賦異稟的小說家，這難道不奇怪嗎？

* * *

奧斯汀和普通人沒有什麼區別，她年輕時喜歡跳舞、調情和看戲。她喜歡英俊的年輕人，還對禮服、帽子、圍巾頗感興趣。她擅長針線活，縫製的東西「雖然樸素，但是極具裝飾性」。在她翻新舊禮服或用舊裙子做帽子時，這門手藝就派上用場了。哥哥亨利．奧斯汀（Henry Austen）曾在回憶錄中寫道：「需要用到手上功夫的事，奧斯汀都做得很成功，只有她能將挑棒投出一個完美的圓，或是平穩地抽出一塊積木。她精通杯球[1]遊戲，在查頓玩的那次還算簡單，據說她連續接了一百次球，直到手臂都痠了。有時她閱讀和寫作，眼睛感到痠痛時，便會透過這個簡單的遊戲來恢復精力。」

這真是一幅可愛的畫面。

1 一種拋接玩具，木棍下面連著杯子，杯子下面用繩子連接小球。玩時將小球拋起，用杯子去接。

奧斯汀絕不是一位女學究，她對這種人毫無好感，但她顯然也不是沒受過教育的女人，她接受和相同身分的女子一樣的良好教育。研究奧斯汀小說的權威學者查普曼博士曾列出一份書單，據說是奧斯汀看過的書。這張書單讓人印象十分深刻，她當然也讀小說，其中有范妮・伯妮（Fanny Burney）、瑪利亞・艾奇沃思（Maria Edgeworth）小姐和安・德拉克利夫（Ann Radcliffe）的作品〔《奧多芙的神祕》（*The Mysteries of Udolpho*）〕。她閱讀法語和德語翻譯作品〔其中包括約翰・沃夫岡・歌德（Johann Wolfgang von Goethe）的《少年維特的煩惱》（*The Sorrows of Young Werther*）〕，還能從巴斯和南安普頓的流動圖書館借來各種小說。她不僅對小說感興趣，還很瞭解威廉・莎士比亞（William Shakespeare）的作品；同時代的文人中，她還閱讀史考特和喬治・戈登・拜倫（George Gordon Byron）的作品，最喜歡的詩人好像是威廉・古伯（William Cowper），他的詩句中透露出冷靜、優雅和理智，難怪會吸引奧斯汀。她還讀過詹森和鮑斯韋爾的作品，除了各式各樣的雜文外，她閱讀很多歷史作品。她喜歡朗讀，據說聲音很悅耳。

奧斯汀也看布道的書，最喜歡的是十七世紀一位叫作夏洛克（Sherlock）牧師的作品。其實這也不足為奇，我年輕時住在鄉下一位牧師的家裡，書房裡有好幾個書架上擺滿裝幀精美的布道集，既然這些書能出版，就肯定有人會看。奧斯汀十分虔誠，但不是那種狂熱的教徒，她每週日都會去教堂參加聖餐會。不管在史蒂文頓，還是哥德瑪夏姆，人們早晚都要做家庭禱告。不過奧斯汀履行宗教職責之後，就像把一件暫時不穿的衣服收起來一樣，會把宗教拋到腦後，全心投入俗世生活中。而「福音傳道者卻並非如此」，一位年輕人要是擔任神職，就會獲得一筆不菲的收入，不用再從事其他職業。不過，擔任神職就代表要履行宗教義務。奧斯汀認為，牧師就應該「與教區居民生活在一起，不斷關心愛護他們，並藉此證明自己是他們的朋友，為他們祝福」。她的哥哥亨利就是這麼做的。亨利機智有趣，是兄弟中最聰明的一個，他經商多年，賺了一大筆錢，最終卻破產了，後來他擔任神職，成為教區的模範牧師。

奧斯汀有那個時代普遍的想法，我們可以在她的書信中看出，她對當時流行的狀況十分滿意。她並未質疑貧富差異，認為年輕人在權貴朋友的幫助下，提升官職是正當而合理的；婚姻就是女人的事業，不過能嫁一個條件好的人就再好不過了，沒有跡象表明奧斯汀對這種自然規則有什麼不滿。她在寫給卡珊卓拉的一封信中表示：「卡洛和妻子在普利茅斯過著可以想到的最『自力更生』的生活，家裡連一個僕人都沒有。在這麼艱苦的條件下，這個人要有多麼高尚的美德才能娶到老婆啊！」由於母親輕率的婚姻，范妮·普萊斯[2]一家都住在邋遢的環境裡，這就是一個很好的例子，告訴年輕女子對婚姻要謹慎。

* * *

2《曼斯菲爾德莊園》中的一個角色，因為母親不顧家人反對嫁給海軍軍官，無力撫養眾多子女，造成范妮從小必須寄住在舅舅家。

奧斯汀的小說純粹是為了給讀者提供娛樂。如果你也認為小說家的主要任務是娛樂讀者，就應該把她的作品單獨歸為一類。比她的小說更偉大的作品有很多，比如《戰爭與和平》和《卡拉馬助夫兄弟們》，想從這些書中獲益，讀者必須認真、警覺地閱讀，但即便在無精打采時，奧斯汀的小說都能讓人著迷。

在那個年代，寫作並不是淑女的行為。《修道士》（*The Monk*）一書作者馬修・格雷戈里・路易斯（Matthew Gregory Lewis）曾說：「我厭惡、同情且蔑視那些寫作的女人，縫衣針才是她們唯一能靈巧使用的工具。」小說這種體裁在當時很不受重視。奧斯汀對史考特爵士一個詩人寫小說這件事也感到十分不安，「她很擔心自己的寫作被僕人、客人或其他外人發現。她在一張小紙片上寫作，這樣就可以很容易地折疊起來，或是用吸墨紙蓋住。大門和她寫作的房間之間有一扇彈簧門，一打開就會咯咯作響。奧斯汀可不想把這個小麻煩修好，因為要是有人來的話，這扇門就會為她報信。」大哥詹姆斯・奧斯汀（James Austen）甚至瞞著正在上學的兒子，自己看得津津有味的書是他的珍姑姑寫的。哥哥亨利在回憶錄中寫道：「如果她還活著的話，就算再有名氣，也不會在作品寫上自己的真名。」她出版第一部小說《理性與感性》時，封面上寫著：「一位女士著。」

奧斯汀的處女作是《第一印象》（*First Impressions*），她的父親寫信給一家出版商，表示由作者自費出版也行，這是「一部小說的原稿，由三卷組成，篇幅和伯妮的《伊芙琳娜》（*Evelina*）差不多」，卻被出版商拒絕了。《第一印象》的創作從一七九六年冬天開始，在一七九七年八月完成，一般認為這本書的內容和十六年後出版的《傲慢與偏見》差不多。在完成這本書之後，奧斯汀緊接著又寫了《理性與感性》和《諾桑覺寺》（*Northanger Abbey*），這幾本書的出版也費盡周折，儘管理查・克羅斯比（Richard Crosby）在五年後以十英鎊買下《諾桑覺寺》，並將其更名為《蘇珊》（*Susan*），但他最終還是賣了這本書。奧斯汀的小說都是匿名出版，他根本不知道自己用這麼低價賣出的小說，與大獲成功的《傲慢與偏見》出自同一位作者。從一七九八年寫完《諾桑覺寺》後到一八〇九年，奧斯汀只寫了《華森一家》（*The Watsons*）的一些片段。對一個創造力驚人的小說家來說，這是一段很長的沉默期。

有人認為，奧斯汀是因為戀愛，而沒有精力關注其他事情，奧斯汀與母親和姊姊在德文郡（Devon）的一處海濱勝地度假時，結識一位紳士，對方的魅力、思想和舉止，讓卡珊卓拉認為這位紳士值得並很可能虜獲妹妹的芳心。分別時，他表現出想再見面的意願，卡珊卓拉當然明白對方說這句話的動機，不過兩人卻再也沒有聯繫，不久後就傳來對方的死訊。亨利無法確定「她這種感情是否會影響自己的幸福」。不過在我看來應該不會，我不覺得奧斯汀是那種痴情的人，否則一定會讓自己小說中的女主角帶有更熱烈的情感。她們的愛情並不熱烈，行為小心謹慎，受到理性制約，而真愛卻不受這些約束。以《勸導》為例，安妮・艾略特和溫特沃思深深相愛了，而我覺得她在此處欺騙自己，也欺騙了讀者。溫特沃思的愛是斯湯達爾（Stendhal）所說的「無私的愛」，但安妮的愛是「有心計的愛」。他們訂婚了，可是安妮卻聽信小人拉塞爾夫人的勸說，認為嫁給一位可能戰死的貧窮海軍軍官是不智之舉。如果她深愛著溫特沃思，一定會嫁給他，況且在這樁婚姻中還能得到母親留給她的三千鎊，相當於現在的一萬二千多英鎊。她本來可以像本威克上校和哈格里夫斯小姐一樣，在溫特沃思獲准結婚後嫁給他，卻因為拉塞爾夫人的勸說取消自己的婚約，認為可能會遇到更適合自己的人；直到發現根本沒有合適的求婚者，才意識到自己有多愛溫特沃思。我們可以肯定，奧斯汀認為這樣的行為是自然而合理的。

最能解釋奧斯汀長時間沉默的理由，也許是找不到願意合作的出版商。身邊聽她讀書的好友都被她的小說深深吸引，但她知道就只有自己的親友和瞭解書中人物原型的人，才會喜歡看自己的小說。回憶錄的作者認為，小說中的人物沒有現實原型，查普曼博士也同意這一點。但這種非凡的創造力是不存在的，所有偉大的小說家，包括斯湯達爾和巴爾札克、托爾斯泰和伊凡・屠格涅夫（Ivan Turgenev）、狄更斯和薩克萊，他們作品中的人物都有現實原型。奧斯汀的確說過：「我很為自己筆下的人物驕傲，甚至不願意承認他們僅僅是A先生或B上校。」這句話裡的關鍵字是「僅僅」。和每一位小說家一樣，在描寫人物時，這些形象是她創造的。她的想像力一旦作用於自己聯想到能作為小說中的角色時，這個角色就幾乎成為她自己的創作，但不能否認這些人物的原型是現實中的A先生或B上校。

一八〇九年，奧斯汀和母親、姊姊在查頓過著安靜的生活，她開始修改舊手稿。一八一一年，《理性與感性》終於出版了，那時人們已經不再對女作家抱持偏激的看法。斯伯金（Spurgeon）教授在英國皇家文學學會（Royal Society of Literature）發表一場關於奧斯汀的講座中，引用伊麗莎・費伊（Eliza Fay）的作品《印度來信》（*Original Letters from India*）的前言。一七九二年，有人敦促奧斯汀出版這些作品，但是由於大眾輿論過於激烈而未能實現。不過，她在一八一六年寫道：「自那時起，大眾輿論逐漸發生很大的變化。如今我們不僅有許多為女性爭光的女作家，還有許多質樸謙遜的女性，她們不懼危險，投身於這個事業，在汪洋大海中冒險，發出自己微弱的聲音，把愉悅和教導傳遞給廣大讀者。」

一八一三年，奧斯汀以一百一十英鎊的價格出售《傲慢與偏見》的版權。

除了前文提到的三部小說，奧斯汀還寫了《曼斯菲爾德莊園》（*Mansfield Park*）、《艾瑪》（*Emma*）、《勸導》，這幾部小說鞏固了她的名聲。即使出版一本書需要等很久，但是作品一經出版就得到大眾的認可，很多知名人士都對她加以讚賞。我僅在此引用史考特的一句話，這句話一如既往地慷慨：「這位女士很有天賦，她對平常生活中的小事、情感及人物的描寫，我從未在其他作品裡遇到。誰都能寫大場面，但是要用細膩的筆觸描寫平凡的人和事，用真實的情感來吸引讀者，我的確做不到。」

奇怪的是，史考特竟然沒有提到這位女士最寶貴的才能：她的觀察力十分敏銳，她的觀點對人們有所啟發，由於她的幽默，還為她的情感增添活力。她的寫作範圍很小，小說中大多是同樣的故事，人物類型也不多，角色幾乎雷同，只是描寫的角度有所不同。她有很強的判斷力，沒有人比她更瞭解自己的局限。她的生活局限在鄉村，她喜歡鄉村題材，也只寫自己熟悉的東西。正如查普曼博士率先指出的，她從未嘗試描寫男人之間的對話，因為她從來沒有聽過。

人們注意到，雖然奧斯汀經歷歷史上一連串最震撼人心的大事件，像法國大革命、恐怖統治、拿破崙．波拿巴（Napoleon Bonaparte）的興衰等，但是都沒有在自己的小說中提到，還有人為此指責她過於冷漠。不過我們要知道，在那個時代，女人關心政治是一件不禮貌的事，政治是男人的事，看報紙的女人寥寥無幾。不過，我們並不能因為她沒有在小說中提及這些內容，就推斷她沒有受到這些事件的影響。奧斯汀很喜歡自己的家人，兩個哥哥都在海軍服役，處於危險之中，她在信中表達自己的關心，卻沒有把這些內容當作寫作素材，這難道還體現不出她的理智嗎？當然，她很謙虛，並不覺得自己的小說能在死後多年還被人傳閱；但是假如她曾經這麼考慮，她顯然很明智。那些描寫第二次世界大戰的小說早已變得死氣沉沉，它們的生命就像每日報導時事的報紙一樣短暫。

大多數的小說家都經歷起起落落，奧斯汀是唯一一個例外，她證明只有平庸的人才會一直保持在同一個水準——一個平庸的水準，她一直維持在最佳狀態。即便《理性與感性》和《諾桑覺寺》這兩本書有許多不足，但是出色的地方更多。她的其他作品也不乏忠誠又狂熱的崇拜者：湯瑪士．麥考萊（Thomas Macaulay）認為寫出《曼斯菲爾德莊園》是她最大的成就；有一些同樣傑出的讀者更喜歡《艾瑪》；班傑明．狄斯瑞利（Benjamin Disraeli）把《傲慢與偏見》讀了十七遍；現在很多人認為《勸導》是她最好的作品。不過，我相信絕大多數的讀者都認為《傲慢與偏見》是她的代表作，我們不妨接受他們的判斷。**經典作品之所以經**

典，不是因為評論家的褒獎和在學院中被講授，而是因為一代又一代的讀者透過閱讀，獲得樂趣和價值。

我認為《傲慢與偏見》是最令人滿意的一部小說，小說的首句就給人一種幽默感：「一位有錢的單身漢總是想著娶一位太太，這是一個舉世公認的真理。」這句話為下文奠定基調，**幽默的筆調總能吸引你不斷讀下去，讓你依依不捨地讀到結尾。**

《艾瑪》是奧斯汀的小說中，唯一一本讓我覺得有些囉唆的。我對法蘭克·丘吉爾和珍·費爾法克斯的風流韻事並不感興趣。貝茲小姐十分有趣，可是難道你不覺得她的出現頻率過高嗎？女主角很勢利，她以高人一等的態度對待那些社會地位不如自己的人，十分令人反感。但是我們不能因此責怪奧斯汀，我們必須記住，今天的小說和那個時代的小說不一樣，風俗習慣會改變我們的世界觀，我們在某些地方比以前的人更狹隘，而在另一些地方則比他們更自由，把一百年以前的常理放到今天，會招致人們的不滿。我們難免會帶著先入為主的觀念，以自己的行為標準來閱讀和評判一本書，但是這很不公平。

《曼斯菲爾德莊園》裡的男、女主角艾德蒙和范妮自命不凡、令人厭惡，我所有的好感都給了無所顧忌、活潑迷人的亨利和瑪麗·克勞福德。我不明白為什麼從海外歸來的湯瑪斯·伯特倫爵士發現家人去私營劇場觀看演出後要大發雷霆，奧斯汀本人十分喜歡民間戲劇，我們也不明白她為什麼會覺得這種憤怒有道理。

《勸說》有一種難得的魅力，儘管人們可能希望安妮不要那麼現實，更無私、更衝動一些——不要那麼古板拘謹（除了在萊姆里吉斯的科布旅館發生的那件事），但我還是要把它視為這六部作品中最好的一部。在為特別的人物設計情節這方面，奧斯汀沒有什麼特別的天賦。以下這個故事就設計得不太高明：路易莎．穆斯格雷夫跑上陡峭的臺階，在她的愛慕者——溫特沃思上校的保護下跳了下來。但是他沒接住她，她的頭撞到地上，暈過去了。如果溫特沃思伸出手來接住她（前文已經提到，他們經常在臺階上跳著玩），即便當時科布旅館的臺階有現在的兩倍高，她離地也不會超過六英尺（約一百八十三公分），不可能撞到頭，而是會倒在那位強壯的水手身上，可能會受一點驚嚇，但是絕對不至於受傷。不管怎麼說，她還是昏迷了。緊接著溫特沃思上校的大驚小怪也讓人難以置信，他身經百戰，靠著賞金發財，卻被嚇得呆若木雞。接下來發生的各種事情都是如此離譜，我很難相信奧斯汀這樣一個能平靜、堅強地面對親友的疾病和死亡的人，看不出這個情節有多麼不合情理。

希斯科特．威廉．加羅德（Heathcote William Garrod）教授是一位博學而機智的評論家，他曾說過奧斯汀不能寫好一個故事；他又解釋，自己指的是一連串的情節，無論是浪漫還是離奇的。不過奧斯汀的天賦不在於此，這也不是她的追求。她太過幽默、敏感，不擅長描繪浪漫。**她感興趣的是普通小事，憑藉敏銳的觀察力、犀利的諷刺和機智的戲謔把事情描寫得不同尋常**。在大多數人的印象中，故事要有連貫的開頭、中間和結尾。《傲慢與偏見》的開頭非常好，兩位年輕人的到來為他們愛上班納特姊妹鋪陳情節，最後以他們的婚姻結束。這樣老套的大團圓結局會激起老練世故者的蔑視，也許大多數人的婚姻都不幸福，況且婚姻不僅是結果，更是序章。因此，有些小說家以婚姻為開頭展開敘述，這是他們的權利。對於把婚姻看成小說完美結局的普通人來說，他們本能地認為婚姻是一項透過男女交配繁衍後代的任務，人們自然而然地互相吸引，產生愛意，遇到阻礙，遭受誤解，直到完成任務，他們繁衍後代，再由這些後輩接替自己。對自然界來說，每對夫妻只是鏈條上的一環，鏈條唯一的重要性就在於它的下一環，這就是為小說家描寫大團圓結局的最好辯護。在《傲慢與偏見》中，在瞭解到新郎的收入殷實，婚後帶新娘入住一幢有著花園的洋房，屋子裡妝點著昂貴優雅的家具後，讀者的滿意度就大為提高了。

《傲慢與偏見》是一部結構精良、情節真實的小說。奇怪的是伊莉莎白・班納特和珍・班納特很有教養，舉止得體，而她們的母親和三個妹妹卻像納齊布爾夫人所說的那樣——行為舉止遠低於上流社會的標準。同時這一點對故事情節的發展十分重要，我不禁要問：奧斯汀為什麼不把伊莉莎白和珍安排成第一任妻子的女兒，讓剩下的三個女兒由繼母生養，藉此避開這塊絆腳石呢？在眾多小說的女主角裡，奧斯汀最喜歡伊莉莎白。有人說，她本人就是伊莉莎白的原型（她的確賦予伊莉莎白歡快與活力、勇氣和智慧、隨時應對一切的態度、理智和情感這些優點），我們便有理由猜測，她在描寫平靜、善良又美麗的珍時，想的是卡珊卓拉。人們普遍認為達西極其傲慢無禮，他犯下的第一個錯誤是，在一場公開舞會上拒絕和別人跳舞。這個錯誤還算不上十分惡劣，糟糕的是伊莉莎白在無意中聽見他對賓利先生說自己的壞話，他不知道她聽到了，還辯稱自己這麼做，是因為朋友纏著他做自己不願意做的事。達西向伊莉莎白求婚時，的確帶著令人難以容忍的傲慢，但是這種傲慢的性格源於他的出身和地位，這構成他性格的主要特點；如果他不傲慢，故事就講不下去了。除此之外，他的求婚讓奧斯汀寫出小說中最具戲劇性的一幕。可以想像，如果奧斯汀的寫作經驗更豐富，就可以讓達西的情感表現得更自然，既能夠激怒伊莉莎白，又不至於讓他說出令讀者感到震驚的無禮話語。小說對凱瑟琳夫人和柯林斯先生的描寫有些誇張，但在我看來，這是喜劇允許的。用喜劇的方式看待生活，會使生活變得平靜、有趣。描繪一些稍顯誇張的鬧劇往往沒有什麼壞處。謹慎地添加滑稽的場面，可以讓喜劇更富有趣味，就像為草莓撒上一些糖霜。關於凱瑟琳夫人，我們應該知道，在奧斯汀所處的時代，地位高的人面對地位低的人時會產生極大的優越感，他們希望得到極高的尊重，事實上他們也得到了。我在年輕時曾認識一些地位較高的女性，她們自視甚高的態度雖然表現得不那麼明顯，但是與凱瑟琳夫人也相差不遠。至於柯林斯先生，即便是今天，也還有像他一樣諂媚、傲慢的人，儘管這些人已經學會做出溫和善良的樣子，卻只會更令人討厭。

奧斯汀沒有鮮明的寫作風格，她的文字樸素客觀。我想，她的句子結構受到詹森博士的影響，更傾向使用源於拉丁語的單字，而不是英文，因此她的句子稍顯正式，這樣做常常會為俏皮話增添幾分嚴肅，為毒辣的評論增添幾分莊重。文中的對話就像日常對話一樣自然，但是對我們來說可能會稍顯生硬。珍在談到情人的妹妹時，說：「她們自然不贊成他與我要好，對此我一點都不奇怪，因為他大可以選擇一個樣樣都比我強的人。」這有可能是奧斯汀的原話，我但是不太相信，現代小說家不會寫出這樣的對話，把人們口中說的話原封不動地搬到紙上顯得很乏味，重新安排語句是很有必要的。直到最近幾年，小說家們才盡量寫得口語化，力求真實。我猜想，過去傳統要求受過教育的人在寫作時要保持語法的正確，這是很難實現的，但讀者已經接受了。

儘管小說對話稍顯生硬，不過我們也必須承認，她總是讓故事中人物說的話符合自己的性格。我只發現她有一個地方沒有處理好——「安妮笑著說道：『艾略特先生，我理想的伴侶是聰明、消息靈通的人，他能與人侃侃而談，這就是我所說的好伴侶。』『妳錯了，』他溫和地說道，『這不是最好的伴侶。』」

艾略特先生的性格有缺陷，但是如果他能對安妮的話做出如此令人欽佩的答覆，一定擁有一些作者不想讓我們知道的優點。這句話讓我深深著迷，我寧願讓安妮嫁給他，而不是嫁給古板的溫特沃思上校。可是艾略特先生為錢娶了一個「地位低下」的女人，還對她漠不關心，對待史密斯太太也十分小氣。畢竟我們只能從女性的角度瞭解他，要是我們有機會聽聽他說的話，也許就會覺得他是情有可原。

奧斯汀有一個優點，我差點忘記提了。她的作品可讀性極強，甚至超越一些更著名、更偉大的作品。正如史考特所說，她寫的是「平常生活中的小事、情感和人物」，**她的小說中沒有什麼特別的事情，但是你讀完一頁時，就會急切地想知道接下來的故事。即便接下來的故事也沒有什麼特別，你依然會迫不及待地翻頁，這正是小說家最寶貴的天賦。**

斯湯達爾
和
《紅與黑》

Stendhal
&
Le Rouge et le Noir

一八二六年，一位品行端正、愛好文學的英國青年前往義大利，途中在巴黎逗留，並展示他隨身攜帶的介紹信。結識的朋友帶他拜訪一位著名劇作家的妻子——安瑟洛（Ancelot）夫人，她在星期二舉辦晚宴。宴會上，年輕人環顧四周，很快就注意到一個肥胖的小個子男人，正興致勃勃地和幾位賓客談話。他的鬍鬚濃密，戴著假髮，穿著深綠色燕尾服、淡紫色背心和褶邊襯衫，戴著一條飄逸的大圍巾；緊身的紫羅蘭色長褲凸顯他的肥胖。他的樣子實在奇怪，年輕的英國人不禁詢問此人是誰，他的同伴提到一個名字，但這個名字對他來說毫無意義。

「他害我們心神不寧，」法國同伴接著說，「他是一個共和黨人，但是曾在拿破崙的手下任職，按照現在這個情況，聽信他輕率的話是很危險的。他有一段時間的地位很高，還跟著拿破崙的軍隊參與俄羅斯戰役，他大概正在講那時候的事。他有很多故事，而且經常對別人講。如果你感興趣，我找機會把你介紹給他。」

機會來了，肥胖的小個子男人親切地向這位陌生人打招呼。一番閒聊後，年輕人問他是否去過英國。

「去過兩次。」他回答道。

他笑說自己曾和兩個朋友住在倫敦的泰維斯托克酒店（Tavistock Hotel），還要講一下那裡的奇遇。他在倫敦的日子無聊至極，向自己雇來的男僕抱怨連一個找樂子的人都沒有。男僕覺得他想找女人，四處打聽後，給了他一個在威斯敏斯特路的地址，並告訴他和朋友可以在第二天晚上去，包他們滿意。他們發現威斯敏斯特路在一個貧窮的郊區，隨時會遭遇搶劫和謀殺，其中一個人臨陣退縮了，他和另一個人帶著匕首與手槍，乘坐馬車前往。他們在一處出租屋下車，三個臉色蒼白的年輕妓女出來迎接。他們坐下來喝茶，並在那裡過夜。脫衣服前，他故意把手槍放在抽屜的櫃子上，嚇了妓女一跳。這位年輕的英國人聽得很尷尬，他回來告訴同伴，他完全不認識這個人，卻不得不聽完對方講話，真讓人難以忍受。

「一個字都別信，」他的朋友笑著說，「大家都知道他硬不起來。」年輕人臉紅了，為了轉移話題，說起這個胖男人自稱曾經為《英語評論》（*English Reviews*）撰稿。

「沒錯，他的確做過一些無聊的工作，還自費出版一、兩本書，但是根本沒有人看。」

「你剛剛說他的名字是什麼？」

「亨利．貝爾（Henri Beyle），他是一個無足輕重的人，也沒有天賦。」

我必須承認這一幕是虛構的，但很可能曾經發生，它準確地反映當時的人如何評價貝爾，也就是現在我們熟悉的斯湯達爾。他那時四十三歲，正在撰寫自己的第一本小說。在充滿巨大變動的時代裡，他混跡於不同的人群和階級中，最大限度地瞭解人性，沒有幾個小說家能獲得像他這麼多的素材。在他的同輩中，即便是觀察最敏銳的學者，也只能透過自己的個性來瞭解人性，但是這不能看到真實的人性，只能看到被自己獨特性格扭曲的面貌。

貝爾在一七八三年出生於法國格勒諾布爾（Grenoble），父親是一位有錢的律師，在這座城市有一定的地位；母親是一位傑出而有教養的醫生之女，在他七歲時去世了。我只能簡要敘述斯湯達爾的生平，如果要講清楚，必須深入瞭解當時的社會和政治，就需要一本書的篇幅。幸運的是，已經有這樣的一本書了。如果《紅與黑》（*Le Rouge et le Noir*）的讀者對斯湯達爾感興趣，想瞭解作者更多資訊，最好還是讀一下馬修・約瑟夫森（Matthew Josephson）的傳記《斯湯達爾：對幸福的追求》（*Stendhal, or The Pursuit of Happiness*），這是一本生動有趣、言之有據的傳記。

* * *

斯湯達爾詳細描述自己的童年和少年，研究起來很有趣，因為在這段時期，他開始有了一些偏見，並且一直保持這些偏見，直到生命盡頭。據他所說，他對母親「懷抱著戀人般的愛」，母親去世後，父親和姨媽照顧他。他的父親嚴肅認真，而姨媽則恪守教規，信仰虔誠，斯湯達爾憎恨他們。雖然出身中產階級，但他接受的是貴族教育。一七八九年，法國大革命爆發後，斯湯達爾整個家庭陷入驚懼之中。**斯湯達爾說自己的童年很悲慘，但是從他的敘述來看，並沒有什麼好抱怨的**。他很聰明，善於辯論，而且很難管教。當大革命的恐懼蔓延到格勒諾布爾時，他的父親被列入嫌疑犯名單，他認為這是自己的對手——阿馬爾（Amar）律師為了搶走他的飯碗從中作梗。這個聰明的小男孩說：「阿馬爾把你列入不愛共和國的嫌疑名單上，可是你本來就不愛啊！」此話倒是不假，但是對一個快要失去理智的中年人來說，從獨子的嘴裡聽到這句話，終究不太愉快。最讓斯湯達爾抱怨的就是，家人不讓自己和其他孩子自由自在地混在一起，但是他的生活沒有自己說的那麼孤獨。他有兩個姊姊，其他的孩子也會和他一起玩，他的老師是耶穌會教師。事實上，他和所有在富裕中產家庭長大的孩子一樣，把日常的約束視為無恥的暴政。在不得不做功課時，就覺得自己受到虐待，這一點和大多數的孩子很像，但是大多數孩子長大後就會忘記自己的委屈，而斯湯達爾到了五十三歲，卻還記得昔日的仇恨。

斯湯達爾痛恨耶穌會教師，所以極度反對教會，他不相信信仰宗教的人是虔誠的。由於父親和姑媽都是忠誠的保皇黨成員，他就成為狂熱的共和黨人。他十一歲時曾在一個夜晚溜出家門，參加革命集會，但是他後來說：「簡而言之，當時的我和現在一樣。我愛人民，憎恨他們的壓迫者，但和人民生活在一起，對我來說將是一種永久的折磨……我曾經是——現在仍是最有貴族品味的人，我願意為了人民的幸福做出一切，但是寧願每個月坐兩星期的牢，也不想和小商販生活在一起。」

斯湯達爾小時候很聰明，算術也很好。十六歲時，說服父親讓自己到巴黎綜合理工學院（Ecole Polytechnique）讀書，為參軍做準備。但這只是逃離家庭的藉口，他在入學考試那天逃走了。父親把他介紹給一位親戚——達魯（Daru）先生，對方的兩個兒子在陸軍部。大兒子皮爾．達魯（Pierre Daru）擔任重要職位，應父親的請求，雇用這個無所事事，必須找一點事情做的年輕人，作為自己的眾多祕書之一。當時，拿破崙第二次出征義大利，達魯兄弟也參與戰爭，斯湯達爾在米蘭為他們做了幾個月的文書工作。後來皮爾想把他調到龍騎兵團，但是他在米蘭享受著歡樂的生活，根本不想加入，還趁著皮爾不在時，哄騙一位將軍當自己的副官。皮爾回來後，命令斯湯達爾加入自己的軍團。斯湯達爾找了各式各樣的藉口，拖延了六個月，加入之後又覺得無聊，以生病為由辭去職務，請假到格勒諾布爾。儘管沒有參加過一場戰鬥，但是這不妨礙他在日後誇耀自己英勇善戰。一八〇四年求職時，他為自己寫了一封推薦信，米蕭德（Michaud）將軍在上面簽名。信中表明，斯湯達爾在各種戰役中表現英勇，但事實證明他不可能參與這些戰役。

在家待了三個月後，斯湯達爾搬到巴黎，父親給的生活費雖然不多，但也夠用。他有兩個目標，一個目標是成為這個時代最偉大的戲劇詩人，為此，他抱著戲劇手冊學習，還孜孜不倦地跑去劇院。然而他沒有什麼創造力，人們多次發現，他在日記裡肆無忌憚地寫著，自己如何把剛剛看過的一部戲劇改成自己的作品。另一個目標則是成為很棒的情人，但是他的身材矮小，肥胖醜陋，雙腿很短，他的頭很大，有一頭烏黑的鬈髮；他的嘴唇很薄，鼻子肥厚突出；他有一雙棕色的眼睛，帶著渴望的眼神；他的手腳都很小，皮膚和女性一樣嬌嫩。他很自豪地表示，光是拿著劍都能把自己的手磨出水泡。

透過他的表兄——皮爾的弟弟馬夏爾．達魯（Martial Daru），他得以經常參加一些女士的沙龍，她們的丈夫在大革命中發了財。但遺憾的是，只要和別人在一起，他說話就會結巴。他能想到一些雋詞妙語，卻沒有勇氣說出口。他永遠不知道該把手放在哪裡，於是買了一根手杖，這樣就可以透過玩手杖，好好利用自己的手。他知道自己的口音很重，所以去了一所戲劇學校，在那裡遇見一個演小配角的女演員，名叫梅蘭妮・吉爾伯特（Mélanie Guilbert），比他大兩、三歲。斯湯達爾在猶豫一會兒後，決定要愛上對方。他之所以猶豫，一方面是因為不確定她的靈魂是否和自己一樣偉大；另一方面則是因為懷疑她有性病。消除疑慮後，他跟著吉爾伯特前往馬賽，吉爾伯特在那裡參與演出，而他則在一家雜貨批發店裡工作幾個月。最後他得出結論：無論從精神還是智力來看，吉爾伯特都不是自己想要的女人。不過讓斯湯達爾鬆一口氣的是，合約結束後，身無分文的她不得不回到巴黎。

斯湯達爾的性慾很強，但算不上風流。直到他情婦寫的幾封露骨的信被公開，人們才開始普遍懷疑他陽痿，他的第一部小說《阿爾芒斯》（*Armance*）的男主角就是這樣。這本小說不是很完美，但紀德對它非常欽佩，原因很簡單，這部小說中的一個觀點和紀德相符——在沒有性的情況下，也能深陷愛河。但愛情和戀愛是完全不同的，世上可能存在沒有慾望的愛情，但不可能存在沒有慾望的戀愛。斯湯達爾當然不是陽痿，他在《論愛情》（*De l'Amour*）裡名為「慘敗」（Fiasco）的一章中，清楚說明自己的情況。他擔心自己無法滿足對方，所以表現才會不盡如人意，因此就有了那些令他蒙羞的謠言。他的激情是理智的，擁有一個女人是為了滿足自己的虛榮心，這讓他對自己的男性氣概深信不疑。儘管他對此大加吹噓，但沒有跡象表明他能溫柔待人。斯湯達爾坦言自己的戀愛大多以失敗告終，這也不難理解，他很怯懦，曾在義大利向一位軍官請教如何贏得女人的好感，還鄭重其事地把聽到的建議記錄下來。他按照這些建議向女性發動攻勢，就像他按照規則編寫劇本一樣。得知女人們認為他虛偽可笑後，他覺得丟臉，並感到驚訝。他似乎從未想過，女人能理解的是心靈的語言，策略性的言語只會讓她們感到寒冷。明明透過感情才能達到目的，他卻要使用計謀。

在和吉爾伯特分手數個月後，他又來到巴黎。這一年是一八〇六年，皮爾已經有了爵位。皮爾對這個表弟的印象不是很好，在妻子的勸說下，才同意再給斯湯達爾一次機會。耶拿戰役結束後，皮爾的弟弟馬夏爾被派往布倫瑞克（Brunswick）服役，斯湯達爾身為軍需部副指揮一同前往。這一次，他出色地履行職責。後來馬夏爾調職離開，斯湯達爾放棄成為偉大劇作家的想法，接任職務，決定在官場中闖出一番事業。他把自己視為帝國的男爵、榮譽軍團的騎士、津貼豐厚的部門長官。儘管他是狂熱的共和黨人，把拿破崙看成剝奪法國自由的暴君，但他還是寫信給父親，請他為自己買一個頭銜。他還在名字加上一個字，自稱亨利·德·貝爾（Henri De Beyle）。儘管做了這些蠢事，但他依然是一位精明能幹、足智多謀的長官。一八一〇年，升職後的斯湯達爾再次來到巴黎，他在榮軍院的豪華套房裡有一間辦公室，薪水也十分可觀，還擁有一輛敞篷馬車、兩匹馬、一名車夫和一位男僕。他和一個歌女同居，但是覺得還缺少一個能增添自己聲望的情婦。他認為皮爾的妻子亞歷珊德琳·達魯（Alexandrine Daru）是符合要求的人選，她是一個漂亮的女子，比丈夫年輕好幾歲，還為他生下四個孩子。斯湯達爾不知感恩，沒有考慮皮爾對他的仁慈和寬容，也從未想過自己的晉升和事業都要歸功對方，勾引對方的妻子既不明智，也不得體。

斯湯達爾準備一些花招來實施自己的計謀，他時而歡喜，時而悲傷；時而挑逗，時而疏遠；時而熱情，時而冷漠……這些花招無法讓他知道皮爾太太是否在意自己。他懷疑對方在背地裡取笑自己，感到十分恥辱。他向一位朋友訴說自己的困境，詢問應該採取什麼策略，這位朋友詢問一些相關問題，並寫下斯湯達爾的回答。以下就是約瑟夫森總結的對話：「引誘B夫人有什麼好處？」（他們把達魯伯爵夫人稱為B夫人。）斯湯達爾說：「有以下好處：性格相符，贏得社交優勢，能進一步地研究人類的激情、榮譽和驕傲。」他還為此紀錄寫下注腳：「最好的建議就是進攻！進攻！進攻！」這的確是一個好建議，但是對一個羞怯的人來說，這個建議很難施行。幾週後，斯湯達爾受邀住進達魯一家在貝切維爾（Bécheville）的鄉間別墅。經過一個不眠之夜，斯湯達爾在第二天早上還是決心冒險一試。他穿上自己最好的條紋褲子，皮爾太太誇他穿著很不錯。

他們在花園裡散步，皮爾太太的朋友和她的母親、孩子跟在後面，隔了大概二十碼（約十八公尺）距離。斯湯達爾十分緊張，他選定一個點，稱為B點。在離他們經過的另一個點——A點還有些距離時，他發誓如果走到B點還不表白就要自殺。

他終於說出口了，還緊緊抓住皮爾太太的手，想要親吻。他告訴她，自己對她的愛已經持續十八個月；他盡力掩飾、隱瞞，甚至回避她，卻無法忍受痛苦。皮爾太太卻表示只把他看成朋友，不想對丈夫不忠，說完之後就叫其他人過來了。斯湯達爾輸了這一場他稱為「貝切維爾之戰」的戰役。我們可以推測，比起感情，他的虛榮心受到更大的傷害。

兩個月後，斯湯達爾仍然痛苦不堪，他申請休假，前往米蘭。十年前，他在這裡愛上一位軍官同事的情婦，她叫吉娜・皮特拉格魯亞（Gina Pietragrua）。但當時他只是一個貧窮的海軍中尉，對方根本不在意他。重返米蘭後，斯湯達爾立刻找到這位女子。她現在三十四歲，兒子已經十六歲了。再次見到她時，斯湯達爾覺得她「身材高䠷，是不錯的女人。她的眼睛、眉毛、鼻子和表情中仍然透露出魅力，雖然少了幾分性感，但是更加聰明、端莊」。她很聰明，只靠著丈夫微薄的收入，就能在米蘭擁有一間公寓、一間鄉下的房子、幾個僕人、斯卡拉歌劇院（La Scala）的一個包廂和一輛馬車。

斯湯達爾很清楚自己的長相，所以刻意打扮得很時尚。他的口袋有錢，又穿著好衣服，一定認為會有更多機會來取悅對方。他決定趁著在米蘭的這段時間，和這位女士一起找點樂子，但是她並不像斯湯達爾想得那麼容易相處，她只帶著他跳了一支舞，直到斯湯達爾動身回羅馬的前夜，才在一個上午把他帶回自己的公寓。他在日記上寫道：「九月二十一日，十一點半，我贏得渴望已久的勝利。」他還把這句話寫在褲子的背帶上——當天他穿著向皮爾太太表白那天的同一件褲子。

假期結束後，他回到巴黎。讓他有些沮喪的是，皮爾親眼看見他對自己妻子有想法，因此對他很冷淡。在拿破崙開始遠征俄國時，斯湯達爾花費很大的力氣，說服對方讓自己到軍需處服役。他跟隨軍隊來到俄國莫斯科，在大撤退中，他再次顯示出冷靜、進取和勇敢的特徵。在情況最糟糕的一個早晨，他出現在皮爾的指揮部，那天他仔細地刮了鬍子，特地穿上自己唯一一套制服。在別列津納河戰役中，斯湯達爾憑藉自己的冷靜和理智救了皮爾一命，還把一位受重傷的軍官帶上馬車。他最終抵達哥尼斯堡（Königsberg），不僅餓得半死，而且除了身上穿的衣服外，所有的東西都弄丟了。

「我憑意志力救了自己，」他寫道，「因為我看見身邊的很多人都放棄希望，最終死亡。」一個月之後，他回到巴黎。

* * *

一八一四年，拿破崙退位，斯湯達爾的仕途也隨之結束。他聲稱寧可被流放，也不願意為波旁王朝效力。但是事實並非如此，他宣誓效忠國王，企圖重返公職，卻都以失敗告終，於是回到米蘭。他仍然可以住在一間舒適的公寓裡，隨心所欲地看歌劇，但是他的地位和威望都大不如前，也沒有以前那麼多的財富。皮特拉格魯亞也很冷淡，她告訴斯湯達爾，丈夫十分嫉妒他的到來，其他仰慕她的人也開始起疑。斯湯達爾知道自己對她已經沒有任何用處，而她的冷漠卻只會讓自己更愛她。最後他想到一個辦法：斯湯達爾為她籌了三千法郎，在她的母親和兒子及一位中年銀行家的陪伴下，他們前往威尼斯。她堅持讓斯湯達爾住在另一家旅館，令斯湯達爾十分惱怒的是，他和皮特拉格魯亞一同用餐時，中年銀行家也跟過來和他們一起。他在日記裡寫道：「她說自己做出很大的犧牲，才能陪我到威尼斯。我真是蠢到家了，居然給了她三千法郎，支付這一次旅行的費用。」十天後，他又寫道：「我得到她了……但是她說到錢的問題。昨天一大早，我的幻想全都破滅了，這些東西扼殺我所有的慾望，我所有的血液都流回大腦了。」

儘管如此，一八一五年六月十八日——拿破崙在滑鐵盧（Waterloo）被打敗的那一天，斯湯達爾仍在「高貴的」皮特拉格魯亞的懷抱中度過。

到了秋天，一群人又回到米蘭。皮特拉格魯亞堅持要斯湯達爾把房間訂在偏僻的郊區，她在深夜通知斯湯達爾去幽會。為了甩掉跟蹤的人，斯湯達爾喬裝打扮，換了幾輛馬車，最終由一位女僕領進公寓。也許是因為和女主人吵架，或是被斯湯達爾的賞錢收買，這位女僕突然向斯湯達爾透露：女主人的丈夫其實一點都不嫉妒，之所以會搞得這麼神祕，是為了防止貝爾先生您遇到情敵（情敵還不少）。第二天，女僕把斯湯達爾藏在皮特拉格魯亞房間旁邊的一個櫃子裡。透過牆上的小洞，他親眼看到皮特拉格魯亞背叛自己。他在幾年後和普羅斯柏・梅里美（Prosper Mérimée）提到這件事時說：「你也許會以為我衝出櫃子給他們幾刀，其實不是……我悄悄離開這個黑暗的壁櫥，就像我進去的時候一樣。我想的只是這樁情事荒唐可笑的一面，藉此自嘲；當然也很鄙視這位女士，不過我也挺開心的，畢竟我重獲自由了。」

不過斯湯達爾感到十分屈辱，表示自己十八個月來一直無法寫作、思考和說話。皮特拉格魯亞想重新贏回他的心，在布雷拉（Brera）畫廊攔下斯湯達爾，跪下乞求他的原諒。「這種自尊心說來也可笑，」他對梅里美說，「我輕蔑地拒絕她的要求，似乎能看見她追著我跑，緊抓著我大衣的後擺，跪在畫廊裡。這樣我都沒有原諒她，真傻，她從來沒有像那天一樣那麼愛過我。」

然而一八一八年，斯湯達爾遇見美麗的登布羅夫斯基（Dembrowski）伯爵夫人，並迅速地愛上對方。那時斯湯達爾三十六歲，對方比他小十歲，這是他第一次對一位聲名顯赫的女性動心。狂熱地仰慕五個月，斯湯達爾才敢表達自己的愛意，但是立刻被趕出她的家門。斯湯達爾謙恭地寫了一封道歉信，最終她做出讓步，允許斯湯達爾每兩週來一次。她對斯湯達爾非常反感，但是斯湯達爾堅持這麼做。斯湯達爾是很奇怪的人，儘管他一直警惕別人愚弄自己，卻總是讓自己出醜。有一次，登布羅夫斯基伯爵夫人去沃爾泰拉（Volterra）探望求學中的兩個兒子，斯湯達爾也跟著一起去。他知道這樣會讓對方生氣，就戴著綠色眼鏡偽裝。晚上散步時，他摘下眼鏡，碰巧撞見對方，她假裝沒有看見。第二天早上，登布羅夫斯基伯爵夫人寄給他一張紙條，斥責他跟蹤自己，還在自己每天散步的公園閒逛，嚴重損害自己的名聲。斯湯達爾在回信中乞求她的原諒，還說一、兩天後會登門道歉，但她卻冷漠地打發斯湯達爾離開。斯湯達爾前往佛羅倫斯，寫給她很多令人不愉快的信件，她原封不動地寄還信件，並寫道：「先生，我不想再收到你的來信，也不會再寫信給你，我非常尊敬你……。」

斯湯達爾沮喪地回到米蘭，卻得知父親去世的消息，於是立刻動身前往格勒諾布爾，竟發現自己不僅未能繼承期待中的財產，還要償還債務。他匆匆回到米蘭，不知怎的，他成功說服登布羅夫斯基伯爵夫人允許自己每隔一段時間前去拜訪一次。斯湯達爾的虛榮心就是這樣，他不相信對方對自己毫不在意。後來他寫道：「經歷三年的親密關係之後，我離開了一個我愛的，同時也愛著我的女人，但是她從來沒有把自己的身體交給我。」

一八二一年，斯湯達爾和一些義大利愛國主義者過從甚密，警方要求他離開米蘭，於是斯湯達爾來到巴黎生活九年。斯湯達爾經常參加那些崇尚智慧的沙龍，這讓他變得風趣犀利，不再張口結舌，狀態好的時候，能和八到十個人侃侃而談。他也和那些健談的人一樣，常常掌控整場對話；對那些不同意自己觀點的人，毫不掩飾自己的蔑視。為了博取關注，他肆意說一些淫穢和世俗的話題，他無法忍受無聊的東西，還覺得所有人都是無賴。

在這段時間裡，他與德屈里亞爾（de Curial）伯爵夫人情投意合。她是三十六歲的漂亮女子，原名是克萊蒙蒂·布吉奧特（Clémentine Bougeot），當時她與不忠的丈夫分開了。斯湯達爾這時候已經四十多歲，又矮又胖，鼻子通紅，大腹便便，他盡可能打扮得華麗，戴著一頂紅棕色的假髮，還把自己的大鬍子染成紅色。德屈里亞爾伯爵夫人被斯湯達爾的機智和風趣吸引，接受他的求愛。兩年中，她向斯湯達爾寫了二百一十五封信，斯湯達爾也多次暗地拜訪，一切都如同想像中浪漫。我在此引用約瑟夫森的話：「他會喬裝打扮，在夜晚從巴黎乘坐馬車，用最快的速度駛向她的住處，到達的時候已經是午夜了。而德屈里亞爾夫人證明自己和斯湯達爾小說中的女主角一樣大膽。有一次，一位不速之客——也許是她的丈夫打斷兩人幽會，她急忙把斯湯達爾帶到地窖，並移走通往地窖的梯子。斯湯達爾被關在這個昏暗而浪漫的地窖裡整整三天，簡直就像待在墳墓中。在這三天內，德屈里亞爾伯爵夫人爬下梯子來見他，為他準備食物、準備馬桶，甚至還幫他倒馬桶。」斯湯達爾後來寫道：「她晚上來地窖時，我覺得她十分高尚。」但是這對戀人在不久後就開始爭吵，他們愛得有多熱烈，爭吵得就有多激烈。最後，這位女士拋棄斯湯達爾，投入另一位情人的懷抱，開始另一場戀愛。

一八三〇年，革命爆發了，查理十世（Charles X）流亡國外，路易・菲利普（Louis Philippe）登上王位。這時候斯湯達爾已經把父親破產後僅剩的一點錢花光了，他又想成為作家，但是在文學上並未贏得任何金錢或名譽。《論愛情》在一八二二年出版，十一年只賣出十七本；《阿爾芒斯》在一八二七年出版，既沒有獲得評論家的認可，也沒有得到大眾的喜愛。我在上文提過，斯湯達爾曾經嘗試獲得一些政府職位，卻都白費力氣。最終，斯湯達爾得到迪里雅斯特領事館的工作，但是由於他同情自由主義者，奧地利當局拒絕接受他，斯湯達爾又被調到教皇國的奇維塔韋基亞（Civita Vecchia）。

斯湯達爾並不重視自己的官職，他就像不知疲倦的觀光客，一有機會就四處遊覽。他在羅馬認識一些知己，卻還是感到極度乏味和孤寂。他在五十一歲時向一位年輕女孩求婚，對方拒絕了，這讓斯湯達爾覺得很難堪，拒絕的原因並不是斯湯達爾的年齡和品德問題，而是因為他認同自由主義。一八三六年，斯湯達爾說服部長為自己提供一份工作，讓他能回到巴黎待三年，由其他人暫時接替自己的職位。此時的他比以往任何時候都來得胖，而且容易中風，但是他依然穿著時髦的衣服，要是有人批評他上衣的剪裁或褲子樣式，就會讓他不快。

斯湯達爾竭力讓自己相信，他還愛著德屈里亞爾伯爵夫人，雖然兩人已經分手十年，但他還想重拾那種特殊的關係。對方十分理智地回應道，死灰是無法復燃的，還告訴斯湯達爾，他是自己的第一個，也是最好的朋友，他應該感到心滿意足。梅里美表示，斯湯達爾對此傷心欲絕：「說起她的名字時，聲音都會變，這是我唯一一次看見他流淚。」不過一、兩個月後，斯湯達爾就完全恢復了，還追求戈爾捷（Gaulthier）夫人，但是並未成功。最後，他回到奇維塔韋基亞，兩年後中風，請假前往日內瓦拜訪一位名醫，然後又到了巴黎，繼續在聚會上談笑風生。一八四二年三月，斯湯達爾參加外交部舉辦的晚宴，晚上在林蔭大道上散步時，中風又發作，人們把他抬回家，第二天就去世了。

斯湯達爾這一生都在追求幸福，但他從未意識到，幸福總是在不經意的時候來臨，人們總是在失去之後才明白。很少有人能說出「我很幸福」這幾個字，大多數說的都是「我曾經幸福過」。因為幸福不是健康、不是滿足、不是快樂或享受，也不是心安——這些都能帶來幸福，但它們都不是幸福。

* * *

斯湯達爾很古怪，人們很驚訝，這麼多無法調和的矛盾居然能在一個人身上共存。斯湯達爾有很多優點，也有許多缺點。他敏感、羞怯、情緒化，富有才華。他是不錯的朋友，工作很認真，有非凡的創造力，面對危險時冷靜勇敢。同時，他抱持著荒謬的偏見，樹立許多不值得一提的目標；他的心胸狹窄、苛刻無情，十分多疑卻容易受騙；他驕傲自大、自命不凡、沉迷肉慾、缺乏溫柔、為人放蕩、毫無激情。我們之所以能瞭解他的這些缺點，因為這都是斯湯達爾自己坦白的。他不是一位全職作家，但是筆耕不輟，堅持寫下親身經歷。他還寫日記，有許多內容都流傳至今，但顯然不是為了出版。他在五十歲出頭時，寫了一本五百多頁的自傳，記錄從十七歲起發生的事。斯湯達爾有時會誇大自己的形象，還會把沒做過的事也寫進去，但是整體來說還算真實，沒有遺漏。讀者應該捫心自問：如果我們愚笨到如此坦白地自我暴露，是否可望創作一部更好的作品？

斯湯達爾去世後，只有兩家報紙刊登他的訃告，只有三個人參加葬禮，其中一個是梅里美，斯湯達爾似乎完全被遺忘了。在兩位好友的努力下，一家重要的出版商同意出版他的代表作。一位有影響力的評論家查爾斯・奧古斯都・聖伯夫（Charles Augustin Sainte-Beuve）為這幾本書寫了兩篇文章：第一篇是關於斯湯達爾的早期作品，但是沒有人關注這些；他在第二篇文章中讚美斯湯達爾的遊記——《羅馬漫步》（*Promenades dans Rome*）和《旅人札記》（*Mémoires d'un Touriste*），卻認為斯湯達爾的小說情節不真實，還說人物形象如同傀儡，每個舉動都很僵硬。斯湯達爾還在世時，巴爾札克為《巴馬修道院》（*La Chartreuse de Parme*）寫了一篇讚美文章。對此，聖伯夫寫道：「對於《巴馬修道院》，我遠遠沒有巴爾札克先生那樣的熱情。事實上，他把貝爾先生當成一位小說家來寫，是因為希望人們這樣描寫他。」沒過多久，聖伯夫懷著惡意告訴人們，他在斯湯達爾留下的稿子裡發現一份文件，表明斯湯達爾曾借給巴爾札克三千法郎（借錢給巴爾札克，基本上等於白送了），這筆錢剛好用來抵那篇頌詞。對此，聖伯夫引用一句話：「榮譽之中摻雜著利益。」也許他不必如此吹毛求疵，他會寫這兩篇評論也是因為收了出版商的錢，而他關於斯湯達爾的表兄皮爾的兩篇評論，也是受到其家人的委託，但皮爾僅有的貢獻不過是翻譯賀拉斯（Horace）的作品，以及寫了一套九冊的《威尼斯共和國史》（*Histoire de la république de Venise*）而已。

斯湯達爾從未懷疑自己的作品會流傳，但是他以為要到一八八〇年，甚至一九〇〇年才會得到應有的賞識。很多作家都會自我安慰，認為後人一定會發現自己的優點，他們大多不知道，後輩們只看得到那些在問世之際就大放異彩的作品，生前沒沒無聞的作家很難被人們發掘。而斯湯達爾則是因為受到一位不知名教授在巴黎高等師範學院（École Normale Supérieure）的講座中大力讚揚，他的學生閱讀斯湯達爾的作品，在書中發現一些在年輕人中流行的觀點，於是成為斯湯達爾的狂熱崇拜者。這些學生中最有才能的是伊波利特・泰納（Hippolyte Taine），他在許多年後成為知名文學家，他撰寫一篇長文，引發人們對斯湯達爾作品中心理描寫的特別關注。順帶一提，文學評論家說的心理因素並不是心理學中的概念，而是作者關注的人物動機、思維和情緒。這樣一來，小說就凸顯人性中的陰險、嫉妒和惡毒，這些是人性中更基本的東西，讓作品更加真實。除非我們是傻子，否則都明白自己的內心有多少仇恨，「要不是因為有上帝的恩典，上刑場的就是約翰・布拉德福德（John Bradford）[1]了。」泰納的文章發表後，評論斯湯達爾的文章越來越多，人們普遍認為斯湯達爾是十九世紀法國最偉大的三位作家之一。

偉大的作家往往著作等身，最典型的是巴爾札克和狄更斯，他們如果長壽，還會不停地寫故事。**人們認為小說家最重要的天賦是旺盛的創造力，而斯湯達爾也許是最不尋常的小說家，他年輕時想寫戲劇，卻無法構思情節，寫小說時也是如此。**我之前提過，斯湯達爾的第一部小說是《阿爾芒斯》。杜拉斯（de Duras）公爵夫人寫了兩部小說，由於題材比較大膽，引起不少流言，卻也因此大獲成功。同時代有一位小有名氣的作家，名叫亨利・德・拉圖什（Henri de Latouche），也撰寫一部這樣的小說，匿名發表，希望能算在杜拉斯公爵夫人的頭上，小說的主角還有陽痿。我沒有讀過，只能憑藉一些傳聞來評價。由此看來，斯湯達爾竊取拉圖什小說的主題和內容，還厚顏無恥地盜用小說主角的名字，儘管他又把奧利維爾這個名字改成奧克塔夫，又用「心理現實主義」來潤色情節，但仍是一部拙劣之作。小說的主題令人難以置信——一位有著特殊殘疾的男人會熱烈迷戀一個年輕女孩。斯湯達爾在《紅與黑》中主要描寫一位年輕男子的故事，這個故事來自一場有名的審訊。聖伯夫認為《巴馬修

---

1 六世紀時，英國新教徒布拉德福德看見幾名被押解刑場的死囚，嘆息說："There, but for the grace of God, goes John Bradford."後來，布拉德福德因為「崇奉異端」遭火刑處死，以身殉教，而他那句饒有人情味的話則一直流傳至今。現在人們還會引用這句話：「要不是因為有好運氣，自己也可能像人家那樣倒霉或犯錯。」

道院》中唯一值得稱讚的地方，就是對滑鐵盧戰役的描寫，這段描寫受到一位英國士兵的回憶錄啟發。現在的小說家都是從現實經歷中尋找靈感，有時靈感也源於對人物的精細描寫，這激發了作者的想像力。在一流的小說家中，除了斯湯達爾外，我找不到第二個直接從自己閱讀的書中獲得靈感的，我並非貶損斯湯達爾，只是說出這個奇怪的事實。**斯湯達爾沒有偉大的創造力，卻具有敏銳的觀察力，能洞悉複雜的事物，看透人類變幻莫測的內心，他看不起身邊的人，卻又對他們很感興趣。**《旅人札記》中就提到他在法國旅行時，乘坐驛車欣賞風景，但是沒過多久就換乘擁擠的公共馬車，因為這樣可以和旅伴聊天，聆聽他們的故事。

雖然斯湯達爾的遊記生動有趣，但也只能讓讀者瞭解他獨特的性格，斯湯達爾的名氣主要是建立在另外兩部小說，以及《論愛情》的幾篇文章，而且其中一篇並非原創。一八一七年初，他在博洛尼亞（Bologna）參加一場派對，遇見蓋拉爾迪（Gherardi）夫人，她對他說：「愛情分為四種類型：獸類、野蠻人和墮落的歐洲人屬於肉體之愛；愛洛伊絲（Héloise）對阿貝拉爾（Abelard）[2]，以及朱莉（Julie d' Étange）對聖普樂（Saint-Preux）[3]屬於激情之愛；L' Amour Goût[4]，這是十八世紀法國人最津津樂道的一種，皮耶・德・馬里沃（Pierre de Marivaux）、克勞德・普羅斯珀・約里奧・德・克雷比永（Claude Prosper Jolyot de Crébillon）、約瑟夫・杜克洛斯（Joseph Duclos）及路易絲・德皮奈（Louise d'Épinay）夫人曾優雅地描繪這種愛情（之所以保留法語，是因為我不知道如何翻譯，我覺得它意味著你對一個人感興趣，如果這個詞彙出現在《牛津英語詞典》裡，我更願意稱為『愛慾』，而不是『愛情』）；還有虛榮之愛，這就是為什麼德蕭爾納（de Chaulnes）女公爵在準備嫁給德吉爾（de Gial）時，會說：『對平民來說，女公爵永遠都是三十歲。』」

斯湯達爾又補充道：「在蓋拉爾迪夫人所處的圈子中，所愛之人的一切都是完美的。」按照斯湯達爾的性格，他一定會牢牢把握住眼前閃過的這個好想法，在幾個月後的「靈感乍現日」中，他想出一個經典的比喻：把一根枯樹枝扔進薩爾茲堡（Salzburg）廢棄的鹽礦井深處，兩、三個月之後再將它取出，樹枝上就會布滿晶體。所謂愛情，就是我們想盡一切辦法證明所愛之人是完美無缺的。

每一位陷入愛情和失去愛情的人，都會明白這個比喻的巧妙之處。

* * *

在斯湯達爾的兩部偉大的小說中，《巴馬修道院》讀起來更令人愜意。聖伯夫認為該小說中的人物是毫無生氣的傀儡，但我並不認同，雖然小說的男主角法布里斯和女主角克萊利亞·孔蒂的人物形象很模糊，大部分時候都消極被動，但莫斯卡伯爵和聖塞維里諾公爵夫人的人物形象卻飽滿而有活力，這位歡天喜地、放浪不羈的公爵夫人堪稱人物刻畫的典範。不

---

2 愛洛伊絲是十二世紀時的法國貴族少女，她和老師阿貝拉爾彼此相愛。

3 貴族小姐朱莉和平民出身的家庭教師聖普樂相戀的故事。

4 即趣味之愛。

過《紅與黑》更具原創性，回響也更加驚人。正因如此，艾米爾・左拉（Émile Zola）[5]稱斯湯達爾為自然主義學派之父，保羅・布爾熱（Paul Bourget）[6]和紀德把斯湯達爾視為心理小說的創始人。

和大多數小說家不同，斯湯達爾樂於接受任何糟糕的批評；他還把手稿給朋友看，毫不猶豫地接受他們的意見。梅里美說斯湯達爾總是重寫，卻從不改正。我也不敢說這是事實，我曾看到斯湯達爾的一篇手稿，他在很多詞彙畫上小叉叉，肯定是為了方便以後修改。斯湯達爾痛恨夏多布里昂引領的華麗風格，很多小作家都模仿這種風格，而斯湯達爾想簡潔明瞭地表達自己。他說為了讓語言變得簡練，在開始寫作前會讀一頁《拿破崙法典》（*Code Napoléon*，可能並不真實）。**斯湯達爾的冷靜風格為《紅與黑》增添幾分恐怖和陰森，也讓小說情節更加扣人心弦。**

泰納在他著名的文章中給予《紅與黑》最多的關注，但身為歷史學家和哲學家，他主要的興趣是斯湯達爾對人物動機的精準分析，以及新穎的觀點。泰納準確地指出，斯湯達爾並不關注行動本身，而是關注由獨特性情和起伏情緒引發的行為，這就避免了一味的戲劇化。為了說明這一點，泰納引用一段描寫主角被處死的內容，他指出大多數作者會對這個場景大加渲染，而斯湯達爾是這麼處理的：「牢房裡汙濁的空氣令于連越發難以忍受，幸運的是，行刑的那一天，明媚的陽光讓萬物重煥生機，于連也表現得十分勇敢。在牢房外面行走，讓他覺得很美妙，就像長時間出海的水手重新行走在陸地上，一切都進展得很順利。他想，自己並不缺乏勇氣，這顆腦袋比以往任何時候都更富有詩意了。在維吉樹林裡度過的甜蜜時光湧現在他的心頭。一切都如此簡單得體，他的表現也毫不做作。」

泰納顯然不把這部小說當作藝術作品看待，他的目的是讓人們關注這位乏人問津的作者，他寫文章是為了讚美，而不是為了研究。如果讀者被泰納的文章吸引，從而閱讀《紅與黑》，也許會有些失望，因為作為藝術作品，它有許多不完美之處。

斯湯達爾最關注的是自己，其小說的主角一直以自己為原型：《阿爾芒斯》中的奧克塔夫、《巴馬修道院》裡的法布里斯，以及未完成的小說《盧西恩・盧文》(*Lucien Leuwen*)中的同名主角。《紅與黑》的主角于連・索雷爾是斯湯達爾想要成為的那種人，斯湯達爾把他塑造得充滿魅力，成功獲得女性的芳心。他想成為于連，他的求愛手段都是于連用過的，但是于連達到目的，自己卻屢次失敗。于連和他一樣健談，但是他從不舉證于連的聰慧之處，這一點很聰明。他知道，如果小說家告訴讀者某個人物很聰明，接著舉例說明的話，往往會辜負讀者的期望。他還賦予于連和自己一樣的勇敢、膽怯、野心、敏感、算計、多疑、虛榮、易怒、過目不忘、不擇手段和忘恩負義。于連在面對無私和慈愛時，會感動流淚，這個特點也是他從自己身上發現的。這也表明，如果生活環境不同，他可能不會這麼無恥。

5 十九世紀法國最重要的作家之一，自然主義文學的代表人物（一八四〇－一九〇二）。

6 法國小說家和評論家（一八五二－一九三五）。

我曾提過，**斯湯達爾沒有根據自己想法構思情節的能力，《紅與黑》的情節取材於報紙報導一場引起轟動的審判**。一個名叫安東尼·貝爾泰（Antoine Berthet）的年輕神學院學生先後在米丘德（Michoud）先生和德柯登（de Cordon）先生家裡擔任家庭教師，他試圖勾引前者的妻子和後者的女兒，被解雇後還想繼續當教士，但是由於名聲不佳，沒有神學院願意接受。他認為米丘德夫婦是罪魁禍首，為了復仇，在米丘德夫人來教堂時槍殺對方，隨後自殺，卻沒有成功。後來他受到審判，原本試圖用犧牲那個不幸的女人為代價來保全自己，卻被判處死刑。

這個骯髒醜惡的故事吸引斯湯達爾，他認為貝爾泰的罪行是對社會秩序的強烈反抗，是自然人性的表達，不受習俗的約束。他蔑視自己的法國同胞，因為他們失去中世紀時期具有的活力，變得安分守己、要面子、平庸、沒有激情。也許他覺得在經歷恐怖統治和拿破崙戰爭後，人們更喜歡和平安寧的生活，但他最重視的是活力。如果他崇拜義大利，從而離開自己的祖國，到義大利居住，就是因為義大利是一個「愛與恨的國度」，那裡的人們不顧後果地放縱激情，他們愛得瘋狂，為愛而死；那裡的男人憤怒地殺死別人，又被別人殺死：這是純粹的浪漫主義，顯然斯湯達爾口中的活力就是一般人認為的暴力。

他認為，現在只有人民身上才僅存活力，上流社會已經完全失去活力。因此，他刻意把于連寫成工人階級出身，但是賦予于連更聰明的頭腦、更強的意志力和勇氣，這個人物形象一直吸引讀者。于連嫉妒和仇恨那些出身特權階層的人，他是一個很好的代表，這種人會一直存在，除非有一天社會中沒有階級，那時候人性自然就會改變，如果一個有進取心、有能力、更聰明的人能享有特權，那些愚蠢無能的人也不會產生怨恨。于連在第一次出場時，斯湯達爾是這樣描述的：「他是一個十八、九歲的青年，看起來很文弱，五官並非十分端正，但是長相很精緻，有個鷹勾鼻。他的眼睛又大又黑，沉默時顯露出沉思和熱情，而此刻卻流露出深沉的怨恨。他有著深栗色頭髮，髮際線很低，導致他的額頭很小，生氣的時候，呈現一副凶惡的表情，他的身材修長纖細，讓他顯得輕盈，而不是充滿力量。」這樣的描寫算不上精彩，但也算不錯。我在前文提過，小說中的主要角色會博得讀者的同情，但這個男主角是一個無恥之徒，所以要防止讀者產生過多的同情。斯湯達爾又必須讓讀者對主角產生興趣，所以也不能把人物描寫得太過討厭，因此斯湯達爾一直強調他那雙漂亮的眼睛、俊逸的身形及纖細的雙手，但還要不時提醒讀者，于連為身邊的人帶來的不安，以及人們都對他存疑（除了那些本來就有理由提防他的人）。

雷納爾夫人（于連教導的就是她的孩子）是一個難以描繪，令人欽佩的角色。她是一位優秀的女性，在很長一段時間裡，很多小說家都希望能創造出這樣的角色，但是最終卻被斯湯達爾寫成傻瓜。**我想這可能是因為世間的善良只有一種，而邪惡卻有很多種，所以小說家在描寫邪惡時可以有更大的發揮空間。**雷納爾夫人美麗又賢慧、善良又真誠，她逐漸萌發的愛情夾雜著恐懼和猶豫，最終變成熊熊燃燒的激情。在一個夜晚，于連決定要麼當晚牽起夫人的手，要麼就去自殺，就像斯湯達爾穿上自己最好的褲子，發誓如果走到某個特定的位置時不向皮爾太太表白，就要開槍自殺。于連成功勾引雷納爾夫人，但這不是因為愛，而是為了報復她所在的階級，滿足自己的虛榮心。不過于連的確愛上她，他的卑劣本性暫時進入沉睡，有生以來，他第一次感到幸福，讀者也開始同情他。雷納爾夫人輕率的行為，引起人們的流言蜚語。按照安排，于連要進入一所神學院進修。于連與雷納爾一家，以及他在神學院的生活，描寫得極具真實性，這是無庸置疑的。不過在場景轉換到巴黎時，我開始產生懷疑。于連在神學院畢業後，院長讓他擔任德拉莫爾侯爵的祕書，他因此進入貴族圈。但是斯湯達爾從未進入上流社會，這是沒有說服力的，他熟悉的主要是資產階級，而資產階級是在法國大革命和帝國時代發展起來，他也不知道名流的生活。

斯湯達爾是一個現實主義者，卻未能脫離時代氛圍的影響。當時浪漫主義盛行，儘管斯湯達爾十分欣賞十八世紀的理智思想和儒雅文化，但也深受浪漫主義的影響。我曾指出，他喜愛義大利文藝復興時期那些殘酷的行為，人們無所顧忌，從不為做過的事而後悔；他們堅定地滿足自己的野心，毅然決然地復仇。斯湯達爾讚揚他們不顧一切的態度，認同他們蔑視規則的行為。正是由於偏好浪漫主義，《紅與黑》的後半部有些不盡如人意，讀者被要求接受那些不符合自己口味的內容，還要對毫無意義的情節感興趣。

德拉莫爾先生有一個女兒，名叫瑪蒂爾德。她美麗動人卻傲慢任性，明白自己出身高貴，對自己的祖先感到自豪——他們為了贏得獎賞鋌而走險，其中一位被查理九世處死，還有一位被路易十三處決。她和斯湯達爾一樣重視「活力」，蔑視那些追求自己的平庸貴族青年。愛米爾・法蓋（Emile Faguet）在一篇有趣的文章中指出，斯湯達爾在列舉愛情的種類時，遺漏了「頭腦之愛」，這種愛情始於想像，在想像中壯大繁榮，在性關係中達到高潮，之後便開始消亡。瑪蒂爾德對于連產生的就是這種愛情，斯湯達爾詳細描繪這個過程，她既迷戀于連，又對他有些反感，她愛上于連是因為他和自己一樣蔑視身邊的貴族，還和自己有著同樣的自尊；同時還看到他的野心、殘忍和邪惡，所以又畏懼著他。

最終，瑪蒂爾德寫給于連一張紙條，要他帶上梯子，等大家都睡著後來到她的房間。後來我們才知道，于連本來可以悄悄地走上樓，她這麼做只是為了考驗他的勇氣。德屈里亞爾伯爵夫人曾透過梯子，下到斯湯達爾藏身的地窖，顯然這件事激發斯湯達爾浪漫的想像。為此，斯湯達爾讓于連在前往巴黎的途中，在維里埃爾（也就是雷納爾夫人居住的小鎮）停留，于連在夜深人靜後，爬進她的臥室。也許是因為斯湯達爾覺得兩次用這樣的方法進入女士閨房有些難堪，因此一收到瑪蒂爾德寫的紙條，于連就自嘲說：「這是我命中注定的。」但是這無法掩飾作者枯竭的想像力。不過斯湯達爾把勾引瑪蒂爾德之後的內容，再次描寫得十分精妙，兩人自以為是、容易發怒、喜怒無常，根本不知道自己是愛得熱烈，還是恨得瘋狂，他們都想支配對方，彼此激怒、傷害和羞辱。最終，于連用了一個常見的伎倆，讓這位高傲的女子屈從於他。不久後，她就發現自己懷孕了，於是告訴父親要嫁給自己的情人于連。德拉莫爾先生不得不同意這樁婚事。但是就在于連透過偽裝和計謀，眼看就要實現野心時，卻犯下一個愚蠢的錯誤。從這時候起，這本書就開始變得支離破碎。

于連很狡猾，為了博取未來岳父的歡心，寫信給雷納爾夫人，請她證明自己的品格。于連知道，她真心懺悔自己曾犯下的通姦罪，並像其他女人一樣，將自己的軟弱怪在男人身上。于連知道她仍然愛著自己，但是早該想到她不希望自己和別的女人結婚。於是在懺悔牧師的指引下，她寫給侯爵一封信，在信中告訴侯爵，于連的計謀就是滲入一個家庭，破壞這個家庭的寧靜，透過假裝無私，控制主人的財產。她還說于連是偽君子，是卑鄙的陰謀家，但是她沒有任何理由提出這兩項指控。儘管讀者對于連的思想和行動都瞭如指掌，但是雷納爾夫人應該只知道于連盡責地擔任孩子的家庭教師，還贏得她們的喜愛；應該只知道于連深愛著自己，在最後一次見面時，他冒著事業不保，甚至丟掉性命的危險，也要和自己待上幾個小時。她是一個謹慎的女人，不管懺悔牧師對她施加什麼壓力，我們都很難相信她會寫出這些話。但是不管怎麼說，德拉莫爾先生收到這封信時感到害怕，斷然阻止這樁婚事。但于連為何不說，信上全是一個女人因嫉妒而說的謊言呢？他承認自己是雷納爾夫人的情人，但是雷納爾夫人已經三十歲，而他只有十九歲，如果說成對方勾引他不是更可信嗎？雖然這並非事實，但更說得通。德拉莫爾先生是閱歷豐富的人，這種人往往相信「無風不起浪」，容易把人往最壞處想，但是對人性的弱點也很寬容。對德拉莫爾先生來說，自己的祕書居然和一位沒有社會地位的鄉紳妻子偷情，應該為此感到好笑，而不是震驚。

但是不管怎麼說，于連已經勝券在握。德拉莫爾先生為他在精銳軍團裡謀求一份差事，還給他一處能帶來足夠收入的地產。瑪蒂爾德不願墮胎，她瘋狂地愛著于連，還表示無論結婚與否都要和于連一起生活。于連只需要說出真實情況，侯爵就不得不做出讓步。小說一開始就告訴我們，于連的力量就在於他的自制力，他從來不會被自己的激情、嫉妒、仇恨和高傲支配，于連的慾望是所有情感中最強烈的，正和斯湯達爾本人一樣，但與其說是慾望，不如稱為虛榮心更貼切。在故事的緊要關頭，就在于連最需要控制自己時，卻表現得像傻瓜。看了雷納爾夫人的信後，于連立刻帶上手槍，駕車前往維里埃爾，朝著她開了一槍，雖然她沒死，卻身受重傷。

這是一個致命的錯誤，于連的行為不符合他一貫的性格。這令評論家們十分不解，為此尋求許多解釋。有一個解釋是，當時的小說通常都以誇張的事件當結尾，尤其是悲劇性的死亡。但如果這是潮流，斯湯達爾就更有理由避免這個情節，因為他向來決心與公認的做法背道而馳。還有一些人認為這是由於斯湯達爾迷戀暴力，認為暴力犯罪是最具「活力」的表現。我覺得這不太可能，斯湯達爾的確把貝爾泰的可怕行為視為一次完美的犯罪，但是他不可能意識不到，于連和這個卑鄙的勒索者截然不同。維里埃爾距離巴黎二百五十英里（約四百零二公里），即便于連每過一次驛站都換一匹馬，不分晝夜地趕路，也要花費將近兩天。在這麼長的時間裡，他足以平息怒火，恢復理智，接著這個被作者深入刻畫的人物就會回過頭來，迫使德拉莫爾先生面對瑪蒂爾德懷孕的殘酷事實，進而不得不同意這樁婚事。

斯湯達爾為什麼會犯下這麼奇怪的錯誤？顯然于連一定得死，斯湯達爾不想讓于連在瑪蒂爾德和德拉莫爾先生的幫助下實現野心，否則那就是另一本書了，比如巴爾札克筆下的尤金・德・拉斯蒂涅。也許像巴爾札克這樣多產的作者，能為《紅與黑》寫出合情合理的結局，但是斯湯達爾不會以其他方式結尾。我認為他受到貝爾泰案件的催眠，不惜背離真實性，抑制不住要將它貫徹到底。然而，無論把主宰人類命運的奧祕稱為什麼，上帝、命運或機遇，都只是一個拙劣的說書人。糾正殘酷事實中不可信的因素，正是小說家的工作和權力，但斯湯達爾做不到這一點。不過我也強調過，沒有一部小說是完美的，這種體裁存在天然的缺陷，還有部分原因就是作者的不足。儘管《紅與黑》有著嚴重的缺陷，但它仍是一部偉大的作品，閱讀《紅與黑》的體驗是絕無僅有的。

巴爾札克
和
《高老頭》

Honoré de Balzac

&

Le Père Goriot

在所有用作品豐富世界精神財富的卓越小說家中，巴爾札克是我心中唯一可以毫不猶豫地稱為天才的人。如今，「天才」這個詞彙已經被廣泛使用，其實很多被稱為天才的人，大多算得上是有才華。「天才」和「天賦」是兩碼事，很多人都具有才華，但真正的天才卻十分罕見。才華指的是熟練，可以在後天養成，而天才則是天生的，而且常常與嚴重的缺陷結合在一起。什麼是天才？《牛津英語詞典》指出，天才「是一種超出常人的智力，是那些在藝術、推理或實踐方面的傑出之人所具備的；（一種）本能的、非凡的想像力和創造力，發明或發現能力」。巴爾札克生來就有非凡的想像力和創造力。和斯湯達爾以及《包法利夫人》的作者福樓拜不同，巴爾札克並不是現實主義者，而是浪漫主義者。他眼中的世界比真實的世界更加濃墨重彩，他對此與同時代的人看法相同。

有些作家僅憑一、兩本書就名聲大噪，他們創造的大量文字中可能只有一部分有長久的價值，就像安東尼・普列沃斯（l'Abbé Prévost）創作的《曼儂・萊斯科》（*Manon Lescaut*）。有時，他們的靈感源於某次特殊的經歷或是自身的性格，當他們把能寫的全部寫完後，就算再次寫作，也只是重複以前的作品。巴爾札克的創作能力十分驚人，但是作品的品質參差不齊。他創作了這麼多作品，不可能時時保持最佳狀態。文學評論家常常對多產作家抱持懷疑態度，我覺得這是不對的。馬修・阿諾德（Matthew Arnold）[1]認為多產是天才所具有的特點。在談到威廉・華茲華斯（William Wordsworth）時，阿諾德指出，之所以認為華茲華斯比其他詩人略高一籌，是因為清除平庸之作後，華茲華斯仍有很多偉大的作品。他接著說：「如果讓每位作家拿出一部或幾部作品進行比較，我不認為華茲華斯的作品就一定會比托馬斯・格雷（Thomas Gray）、羅伯特・伯恩（Robert Burns）、柯勒律治或約翰・濟慈（John Keats）來得好……。他的卓越之處就在於大量的優秀作品。」巴爾札克的作品不像《戰爭與和平》那樣壯麗、不像《卡拉馬助夫兄弟們》那樣陰鬱，也不像《傲慢與偏見》那樣有魅力：他的偉大並不在於某一部作品，而在於驚人的作品數量。

巴爾札克的寫作領域包括他的時代和國家，他對人有著非同一般的認識，儘管不是那麼精準，對醫生、律師、職員、記者、店老闆、鄉村牧師這些中層階級的描寫，比對上層階級、工人或農民的描寫更令人信服。和其他小說家一樣，他對邪惡的描寫比對善良的描寫更加出色。他的創作力驚人，就像擁有自然的力量，是一條洶湧的河流，河水漫上河岸，掃除一切障礙；或像是一陣肆虐的颶風途經寧靜的鄉村，穿越人口稠密的城市的街道。

身為一位描繪社會的作家，巴爾札克獨特的天賦不僅是在人際關係中刻畫人物——除了那些純粹寫冒險故事的作者外，所有小說家都是這麼做的，還可以根據人物與世界的聯繫來發揮想像。很多小說家把兩、三個角色當作玻璃箱裡的玩具來觀察，這通常能產生強烈的戲劇效果，但是這樣的描寫也會讓人覺得很不自然。人們不僅有自己的人生，也生活在別人的人生中。一個人在自己的人生中是主角，可是對別人的人生來說，大多數時間都是微不足道

1 英國詩人、評論家和教育家（一八二二－一八八八）。

的。到理髮店理髮對你來說不算什麼，但是你隨意說出的一些評價，卻可能成為理髮師一生中的轉捩點。

巴爾札克是一個浪漫主義者，浪漫主義是對古典主義的反抗，現在人們更常把它和現實主義放在一起對比。現實主義作家相信決定論，力求邏輯上的真實，在觀察上更為細緻；而浪漫主義者想要從單調乏味的現實世界中逃離，進入想像中的世界，他們追求新奇和冒險，希望出其不意，哪怕有損文章的真實性。浪漫主義者筆下的角色具有強烈的情感和各式各樣的欲望，他們對「克己」表示不屑，認為這是資產階級的愚昧道德。這些人物對布萊茲．帕斯卡（Blaise Pascal）的一句話十分贊同：「感情自有其理，理性難以知曉。」他們敬佩那些準備犧牲一切，無所顧忌地獲取財富和權力的人，這種生活態度正符合巴爾札克熱情的性格，就算浪漫主義本來不存在，巴爾札克也會創造出浪漫主義。他以細緻入微的觀察為基礎，建構奇思妙想的世界，每個人都有與天性相符的志趣，這個觀點一直吸引著小說家，因為這讓他們創造的人物生動突出，讀者無須費力，就能知道他們是吝嗇鬼、潑婦、好色之徒或聖人。現在的小說家主要是透過心理描寫來吸引讀者，於是我們也不再相信人是始終如一的。我們知道人的內心是由各種互相矛盾的因素構成，正是這些不和諧引起我們的興趣，讓我們產生共感，因為知道自己內心也存在這些因素。巴爾札克在創造筆下最偉大的人物時，參考老一輩作家的作品，他們刻畫出一個個活生生的人物，這些人物都有自己的性情，即便你可能不太相信他們，也絕對不會把他們忘記。

* * *

三十多歲的巴爾札克事業有成，他是一個矮胖的男子，有著強壯的肩膀和發達的胸肌，看起來相當健壯。他的脖子粗如公牛，十分白皙，和紅紅的臉龐形成鮮明對比；他的嘴唇肥厚紅潤，笑起來十分引人注目；他的鼻子呈方形，鼻孔很大，還有一口變色的壞牙。大衛．丹格斯（David d' Angers）為他刻雕像時，巴爾札克強調：「當心我的鼻子！我的鼻子就是一個世界！」他的額頭很高，頭髮濃密烏黑，梳在腦袋後，就像一頭雄獅。他那雙褐色的眼睛裡帶著點點金色，流露出生命力，讓人敬畏，這雙眼睛讓人們更注意不到他不算端正，甚至有些粗俗的五官。他看起來很誠實友善，一副歡快的樣子。阿方斯．德．拉馬丁（Alphonse de Lamartine）[2]這樣形容他：「他的友善並不是疏離，而是一種令人著迷、富有智慧的善良，它能激起你的感激之情，讓你不由自主地喜歡上他。」他十分有活力，和他在一起會讓你感到愉快。你只需看一眼他的雙手，就會被打動。他的手白皙飽滿，指甲呈現粉紅色，完全可以與主教的手媲美，他對此感到十分驕傲。如果你在白天遇到他，會發現他穿著一件破舊的外套，褲子上布滿泥點，鞋子髒兮兮的，還戴著一頂破舊不堪的帽子，但是到了夜晚，在宴會上，他卻身著裝飾著金色紐扣的藍色外套、黑色褲子、白色背心，腳踏黑絲綢鏤空短襪和漆皮鞋，戴著黃色亞麻手套。巴爾札克的衣服一向不合身，拉馬丁還補充道，他看起來

2 法國浪漫主義詩人、作家和政治家（一七九〇－一八六九）。

就像一個小學童，因為長得太快而穿不下去年的衣服。

那時的巴爾札克頭腦靈巧、和藹可親，喬治・桑（George Sand）[3]評論他：為人真誠到謙遜的程度，自吹自擂到傲慢的地步。他很有自信，十分開朗，善良又瘋狂，白開水都能讓他沉醉。他像發瘋一樣地工作，對其他事情則冷靜克制。他既實事求是，又追求浪漫；既輕信他人，又保持懷疑。他的行為令人費解，他不善言辭，也沒有巧妙回答的天賦，性格十分頑固，但是他的獨白非常具有吸引力。他在說話前會放聲大笑，然後大家就會跟著一起笑，他的話會惹人們笑，動作也會惹人們笑。安德烈・比利（André Billy）曾說過這麼一句話：「『放聲大笑』這個詞彙可能就是為他發明的。」

最精彩的巴爾札克傳記是莫洛亞寫的，我接下來要告訴讀者的資訊也來自這本精彩的傳記。巴爾札克的祖先是農場的工人和織布工，姓氏是巴爾薩（Balssa），巴爾札克的父親是一名律師手下的書記，後來在法國大革命後發跡，把姓氏改成巴爾札克，五十一歲時娶了一位布商的女兒，這位布商是靠著政府合約發財的。後來對方不知怎的成為巴黎幾家醫院的總院長，巴爾札克的父親得以管理一家醫院。一七九九年，第一個的孩子巴爾札克在都爾（Tours）出生，他在學校無所事事，惹是生非。一八一四年底，這位父親負責巴黎一個師的士兵伙食，於是舉家搬到巴黎。家裡的人決定讓巴爾札克成為律師，他通過考試後，進入居約內（Guyonnet）先生的事務所學習。他在那裡工作得如何，以下這件事即可清楚表明。某天早上，事務所給他一張便條，上面寫著：「巴爾札克先生今天不用來事務所，因為事情實在太多了。」一八一九年，他的父親帶著一筆養老金退休，決定到鄉下住，他在維勒帕里西（Villeparisis）定居，去莫城（Meaux）就要經過這個村莊。巴爾札克則留在巴黎，因為一位律師朋友會在他完成幾年實習後，有足夠的能力時，就把自己的業務交給他。

但是巴爾札克堅持要當作家，家裡為此經常大吵大鬧。儘管母親極力反對（他的母親是一個嚴肅務實的人，他很討厭她），但父親還是讓步了，願意給他兩年的時間，看看他能做什麼。他住在一間閣樓裡，裡面只有一張桌子、兩張椅子、一張床、一個衣櫃和一個作為燭臺的空瓶，一年的租金是六十法郎。那時他二十歲，他自由了。

在妹妹結婚時，他帶著自己寫的悲劇劇本回家了。他把這個故事讀給家人和兩個朋友聽，他們都覺得這個故事寫得很差勁。於是他又把劇本寄給一位教授，教授的意見是，這位作者可以做任何事，除了寫作以外。巴爾札克既憤怒又氣餒地回到巴黎，他決定：既然自己沒有成為悲劇詩人的天賦，不如就成為小說家。受到史考特、安妮・拉德克利夫（Anne Radcliffe）和查爾斯・馬圖林（Charles Maturin）的小說啟發，他創作兩、三本小說。但是父母已經認定他失敗了，要求他乘坐最早的驛站馬車回到維勒帕里西。不久後，一位朋友來探望他，對方是他在拉丁區認識的窮文人，朋友提議兩人合寫小說。於是他創作很多長篇小說，有一些是自己單獨寫的，有一些則是合寫的，以不同的筆名出版。沒有人知道他在

---

3 法國小說家、劇作家、文學評論家和報紙撰稿人（一八〇四－一八七六）。

一八二一年到一八二五年之間出版多少部小說，有權威人士聲稱多達五十部。除了聖斯伯里以外，不知道還有多少人看過這些作品；聖斯伯里也承認，這需要付出很大的努力。這些小說大多數是歷史小說，因為史考特當時正處於鼎盛時期，創作這些小說就是為了沾他的光。這些小說品質不佳，但是巴爾札克學會如何迅速吸引讀者的注意力，如何處理人們眼中最重要的東西（愛情、榮譽、財富和生命）。這些小說也許還教會他（或是他自己的特性所暗示的）一個道理：作者必須充滿激情，才能讓自己的作品有閱讀價值。

投身寫作的巴爾札克結識鄰居德伯爾尼（de Berny）夫人，她的父親是一位德國音樂家，曾服務於瑪麗・安東妮（Marie Antoinette）和她的女僕。她時年四十五歲，丈夫脾氣暴躁、身體很差，她和他生下六個孩子，還與情人有一個私生子。她成為巴爾札克的朋友，後來又成為他的情人，在她去世之前的十四年裡，一直忠於巴爾札克。兩人的關係十分奇怪：巴爾札克像情人一樣愛著她；除此之外，他對她還抱持著本來應該對母親懷有的愛。她是巴爾札克的情人和知己，總能在巴爾札克需要時，給予建議、鼓勵和無私的關愛。這件事也在村子裡引起流言蜚語，巴爾札克的母親十分反對兒子和這個年齡大到可以當他母親的女人糾纏在一起，他寫的書也沒有賺到多少錢，母親十分擔憂他的前途。一位熟人提議巴爾札克可以去做生意，這個主意似乎很好，德伯爾尼夫人出資四萬五千法郎，再加上幾個合夥人，巴爾札克成為出版商，以及印刷和鑄字廠的老闆。他不善經營，花錢大手大腳，把自己在珠寶店、裁縫店、鞋店，甚至是洗衣房的開支記在公司帳上。三年後，公司破產了，巴爾札克的母親不得不花費五萬法郎替他還債。

既然錢在巴爾札克的生活中發揮很大的作用，我們就有必要考慮一下這五萬法郎到底意味著什麼。五千法郎約等於兩千英鎊，那時候，兩千英鎊的購買力遠遠超過現在，但是很難說到底價值多少錢。拉斯蒂涅一家是鄉紳，家中有六人，住在巴黎近郊，過著節儉的生活，但是根據他們的社會地位，一年花費三千法郎已經夠體面了。長子尤金被家人送到巴黎學習法律時，在伏蓋太太的公寓裡租了一間房，每月支付四十法郎的食宿費。有好幾個年輕人在其他地方租屋，卻在這裡用餐，他們每月支付三十法郎。現在要是在與伏蓋太太的公寓同等級的旅館食宿，每個月至少要花費三萬五千法郎，而當時巴爾札克的母親為他償還五萬法郎，是相當大的一筆錢。

巴爾札克雖然完全失敗了，但是他獲得很多特殊的見識和商業知識，這對他創作小說發揮很大的作用。

破產以後，巴爾札克前往布列塔尼（Brittany），和朋友們住在一起。他在那裡找到小說《朱安黨人》（*Les Chouans*）的素材，這是他的第一部嚴肅作品，也是第一部具名發表的作品。當時他三十歲，從那時候開始，直到二十一年後去世，他一直勤勤懇懇地瘋狂創作。他的作品數量驚人，每年出版一、兩部長篇小說和十幾部中短篇小說，還創作許多劇本，其中有的沒有上演，而上演的劇本中也只有一部成功。他至少曾創辦一次報紙，大部分的內容都由他親自撰寫，但是時間很短。工作時，他過著簡樸規律的生活，吃完晚飯不久，就上床休息，凌晨一點被僕人叫醒。他說寫文章時要穿乾淨無垢的衣服，所以會穿上整潔的白色長袍。他在燭光下不停喝咖啡，讓自己保持清醒，以由烏鴉翅膀羽毛製成的筆寫作。他寫到早上七點才停止，通常會洗澡，然後躺下來休息。八、九點時，出版商會送校對稿給他，或是從他那裡取走手稿，然後他又繼續工作到中午。他的午餐是水煮蛋，還要喝更多的咖啡和水，吃完後會一直工作到六點，搭配武富雷（Vouvray）葡萄酒，吃一頓清淡的晚餐。有時會有一、兩個朋友來訪，但是沒聊多久，巴爾札克就要上床睡覺了。

雖然他獨處時是如此節制，但和人們在一起時就會狼吞虎嚥。巴爾札克的一位出版商，曾看到他一頓飯吃了一百個牡蠣、十二塊肉排、一隻鴨子、一對鷓鴣、一條龍脷魚、一些糖果和好幾顆梨子。難怪他後來很胖，肚子也變得很大。保羅．加瓦尼（Paul Gavarni）評論道：「他吃飯的樣子像頭豬，餐桌禮儀也十分不雅。他用刀子吃飯，而不是用叉子，我並不覺得冒犯，我肯定路易十四（Louis XIV）也是這麼做的，但是我對巴爾札克用餐巾紙擤鼻子的習慣很反感。」

巴爾札克的筆記寫得不錯，無論走到哪裡，都會隨身攜帶筆記本，發現有用的東西、突然有了靈感，或是被別人的想法迷住時，他都會記錄下來。情況允許的話，他會探訪自己故事中的場景，有時還會驅車長途跋涉，參觀自己要描繪的街道和房子。他謹慎地為小說中的角色命名，在他看來，名字應該與人物的性格和外貌相符。人們普遍對巴爾札克的作品不夠滿意，聖斯伯里認為，在這十年裡，巴爾札克為了謀生，匆忙地創作大量作品。這個理由並不能讓我信服，巴爾札克是一個粗俗的人（但他的粗俗難道不是天才的一部分嗎？），他的散文也寫得很粗俗，文章冗長乏味、裝腔作勢，內容經常不準確。法蓋是當時一位重要的評論家，他在書中用了整整一章，論述巴爾札克在品味、風格、句法和語言上犯的錯誤，其中有些錯誤實在低級，連不是很懂法語的人都能發現。巴爾札克並未意識到自己的母語是如此優雅，也從來沒想過散文可以與優美的詩歌媲美，但他在失去創作長篇小說的熱情時，也能寫出簡明扼要的箴言，分布在小說各處，無論在內容還是形式上，這些名言警句都不輸法蘭索瓦・德・拉羅希福可（François de La Rochefoucauld）所寫的箴言。

巴爾札克並不是一開始就知道自己要寫什麼，他會先打草稿，再進行徹底的修改；寄給出版商時，文字已經幾乎不能辨認。拿到出版商送來的校對稿時，他會把這當成作品的大綱，不僅在上面增添文字，還增添句子；不僅加上句子，甚至添加段落；不僅添加段落，甚至加上章節。出版商再次送來定稿時，他又會做出更多的修改。只有這樣，他才會同意出版，還要在出版後繼續修訂。這一切都使得出版成本大幅提高，他為此與出版商爭吵不斷。

巴爾札克與出版商的故事說來話長，他一簽下寫書的合約（有時合約簽得並不如意），就會搬進一間寬敞的公寓，購買昂貴的家具、敞篷馬車和兩匹馬。他很不道德，出版商給他預付款，並約定交稿時間；但是為了更快拿到錢，他會中止這本書的寫作，匆忙為另一個出版商撰寫其他小說，所以他時常因為違約遭到起訴，訴訟費和賠償款大幅增加他的債務。

他雇用馬夫、廚師和男僕，不僅為自己採買新衣服，還為馬夫買制服。他還買了許多金屬片來裝飾一枚不屬於自己的徽章，這枚徽章屬於一個名叫巴爾札克・德恩拉格（Balzac d'Entragues）的古老家族，他在自己的名字裡加上「德」這個字，讓人們相信自己出身高貴。為了支付這些奢侈物品的費用，他接二連三向妹妹、朋友和出版商簽下借據。儘管債務不斷增加，但他還是繼續購買珠寶、瓷器、櫥櫃、鑲嵌家具、繪畫和雕像；他把自己的作品用摩洛哥皮革包得嚴密整齊；他有很多的手杖，其中有一根鑲嵌著綠寶石。為了舉辦晚宴，他會重新裝潢餐廳，把所有的裝飾都換新。債主急用錢時，他就把這些東西典當，當鋪老闆不時會來他家搬走一、兩件家具，再公開拍賣。他一直這樣揮霍浪費，不知羞恥地向人借錢，直到生命的盡頭為止。朋友們欽佩他的天分，對他一直十分慷慨。女性一般不願意借錢給別人，但是巴爾札克卻能毫不費力地讓她們上當，他根本沒有羞恥心，不會為了向女人借錢而感到不安。

我們還記得，巴爾札克的母親為了讓他免於破產，花了一大筆錢；另外，為兩個女兒置辦嫁妝又花了她不少錢。最後，她只剩下巴黎的一處房產。她在急需幫助時寫給兒子一封信，莫洛亞在他的《巴爾札克傳》（*Vie de Balzac*）的第一版中引用這封信，我翻譯如下：「你的最後一封信是在一八三四年十一月寄來的，在信中同意從一八三五年四月一日起，每三個月給我二百法郎，用來支付房租和女傭的工錢。你知道的，我過不了貧窮的生活。你顯赫的名聲和奢侈的生活，導致我們之間令人震驚的差距。你答應過我，便是承認了這筆債務。現在已經是一八三七年四月，你欠了我兩年的錢，總共是一千六百法郎。去年十二月，你給了我六百法郎，這筆錢就像施捨。歐諾黑，兩年來我的生活就像噩夢一般。我知道你沒有能力幫助我，但是我靠著抵押房子換來的錢已經貶值，所有值錢的東西都被拿去典當，如今我再也借不到錢，終於到了必須向你討口飯吃的時候。幾個星期以來，我吃的東西都是一位好女婿給的。歐諾黑，我不能一直這樣。由於奢侈的長途旅行，導致你無法履行合約，既花錢又有損名譽，想到這一切時，我的心都碎了！我的兒子啊！既然你養得起情婦，買得起手杖、戒指、銀器、家具，自然也可以輕易履行對自己母親的諾言，她不到最後一刻是不會這麼做的，但最後一刻還是來了……。」

收到信後，巴爾札克回覆道：「我想您還是到巴黎和我談談吧！」

巴爾札克的傳記作者表示，既然天才有特權，就不該用普通標準來評判他的行為。我不認同這個觀點，覺得最好還是承認他是一個自私、無恥的人。他花錢時十分狡猾，最好的藉口是他過於自負和樂觀，總是堅信自己能靠寫作賺大錢（他有一段時間確實賺了不少錢），當時一個又一個靠投機買賣發財的例子激發他的興趣，但是當他真正投身參與時，卻欠下更多的錢。他喜歡奢侈的生活，總是忍不住花錢。他為了償還債務，拚命地工作，但糟糕的是，舊債還沒還清，又欠下新債。如果他務實一些的話，絕對不會淪落到這個地步。有件奇怪的事值得一提：他只有在債務的壓力下才會寫作，在工作到臉色蒼白、筋疲力盡時，他最好的小說就完成了。當他從困境中暫時解脫，沒有債主打擾，編輯和出版商沒有找上門時，他似乎失去創造力，甚至無法動筆寫字。他在臨終時說母親毀了他，這句話令人震驚，其實是他毀了自己的母親。

* * *

和其他成就一樣，巴爾札克在文學上的成就為他帶來很多新朋友。他活力四射，富有幽默感和魅力，這讓他成為幾乎所有高檔沙龍裡最受歡迎的客人。一位偉大的女士——德卡斯特里（de Castries）女侯爵被巴爾札克的名氣吸引，她是德麥勒公爵（de Maillé）的女兒，也是詹姆斯二世（James II）的直系後裔德菲茲—詹姆斯（de Fitz-James）公爵的姪女，她用假名寫信給巴爾札克，他回信了。於是她再次寫信給他，並在信中說明自己的身分。巴爾札克前去拜訪她，他感到十分愉快，表示以後會每天去看她。她的膚色雪白，一頭金髮，像花朵一樣嬌嫩。巴爾札克愛上她，她允許巴爾札克親吻自己高貴的雙手，卻拒絕他進一步的要求。他每天噴香水，戴上嶄新的黃色手套，但都是白費工夫，他開始暴躁不安，懷疑對方在玩弄自己的感情。顯然這位女侯爵只是想要仰慕者，而不是情人，有一位聰明又頗具名氣的年輕人拜倒在自己腳下，無疑是一種榮幸。在叔叔詹姆斯公爵的陪伴下，她與巴爾札克一同前往義大利，途中在日內瓦停留。危機發生了，沒有人知道到底發生什麼事，巴爾札克和德卡斯特里女侯爵一同散步，回來時卻淚流滿面。也許是因為巴爾札克向她提出最終的請求，她卻以令人萬分傷心的方式回絕。巴爾札克痛苦而憤怒，覺得自己被可恥地利用，於是回到巴黎。但他是一位小說家，不管是多麼屈辱的經歷都有一定的價值，德卡斯特里女侯爵就此成為上流社會輕浮女子的原型。

巴爾札克苦苦追求德卡斯特里女侯爵時，收到一封來自敖德薩（Odessa），署名為「外國人」的信件。在兩人分手後，他又收到一封相同署名的信件。他在唯一一份能在俄國發行的法國報紙上刊登一則廣告：「德．B先生收到寄給他的信，直到今日才能透過這份報紙告知，但遺憾的是不知該往何處回信。」這封信的作者是一位出身高貴、家境殷實的波蘭女性，名叫伊芙琳．漢斯卡（Eveline Hanska）。她三十二歲，和五十多歲的丈夫生了五個孩子，但是只有一個女孩存活。她看到巴爾札克刊登的廣告，於是叫他把信轉交給敖德薩的一位書商，表示這樣自己就能收到。隨後兩人開始透過書信往來，巴爾札克所說的偉大的激情就這麼開始了。

不久後，信上的對話就開始變得親密。當時盛行浮誇的文風，巴爾札克為了激發對方的憐憫和同感，便向她表露心跡。她的骨子裡很浪漫，五萬英畝的鄉村城堡讓她備感壓抑，她仰慕這位作者，對他感興趣。通信幾年之後，漢斯卡夫人和她年老體弱的丈夫、女兒、一位家庭教師及一位隨從，一同前往瑞士的納沙泰爾（Neufchâtel），巴爾札克也應邀前往。他們的相遇浪漫得幾乎脫離現實，巴爾札克在公園散步時，看見一位女士坐在長凳上看書。女士的手帕掉落在地，他文雅地撿起來。巴爾札克這時候注意到，她正在看自己的作品。他開口搭訕，發現對方就是自己要拜訪的女子。她的長相漂亮，華貴迷人，頭髮秀麗，有著紅潤的雙脣，人們輕瞥一眼，就會被她的雙眼打動。也許她吃了一驚，正是這個身材矮胖、臉頰通紅，長得像屠夫的人，寫了那麼多抒情感人、熱情洋溢的信件。但是巴爾札克閃爍著光芒的雙眼、旺盛的生命力和那顆世間少有的善良之心，讓她忘卻最初的驚訝。在納沙泰爾待了不到五天，兩人就墜入愛河。但巴爾札克必須返回巴黎，於是他們約定初冬時在日內瓦見面。巴爾札克在那裡待了六個星期，與她共度聖誕節。在與漢斯卡夫人共浴愛河時，他創作了《朗熱公爵夫人》（*La Duchesse de Langeais*），在書中狠狠報復德卡斯特里女侯爵。

漢斯卡夫人答應巴爾札克，丈夫去世後就嫁給他，巴爾札克帶著她的承諾離開日內瓦。回到巴黎不久，巴爾札克遇見吉多博尼．維斯康蒂（Guidoboni-Visconti）伯爵夫人，並對她一見鍾情。她是一位英國女人，頭髮呈現淡金色。儘管她是英國人，卻十分輕浮，兩人的事情鬧得盡人皆知。住在維也納的漢斯卡夫人聽說這件事，寫信斥責巴爾札克，表示要返回烏克蘭。這對巴爾札克來說是一個嚴重的打擊，因為一直期盼著漢斯卡夫人在病重的丈夫去世後和他結婚，繼承遺產。巴爾札克借了兩千法郎，匆匆趕去維也納，希望和她重歸於好。他把那枚假徽章放在行李上，帶著一個貼身男僕，以德巴爾札克侯爵的身分去找她。這樣一來，旅途的費用就大幅增加了。身為侯爵，不僅不能和旅館老闆講價，還要提供與地位相符的小費。抵達時，他已經身無分文。好在漢斯卡夫人很慷慨，卻還是忍不住責備巴爾札克，他用滿口謊言打消她的疑慮。三個星期後，她去了烏克蘭，此後兩人八年沒有見面。

巴爾札克回到巴黎，與維斯康蒂伯爵夫人再續前緣，巴爾札克為了她比以往任何時候都來得奢侈。他因為欠債被捕，維斯康蒂伯爵夫人支付必要的金額，才讓他免於坐牢，從那時開始，她便不時解決巴爾札克的經濟困難。一八三六年，巴爾札克的第一任情婦德伯爾尼夫人去世，巴爾札克說她是自己唯一愛過的女人，而其他人都說這是唯一愛過他的女人。同年，這位金髮伯爵夫人懷了他的孩子。在孩子出生後，她那位寬容的丈夫說：「我知道夫人想要一個深色頭髮的孩子，她現在得償所願了。」

巴爾札克一共有五件風流韻事，我再講一件，是關於他和一位叫作埃萊娜·德·瓦萊特（Hélène de Valette）的寡婦。因為這件情事的契機與前兩件一樣，發端於書迷寫信給他。說來奇怪，在巴爾札克主要的風流韻事中，有三次都是這樣開始的，也許這正是這些戀愛不圓滿的原因。如果一個女人被一個男人的名聲吸引，就會過於在意這個男人能否為自己帶來榮耀，而忘記真正無私的愛情。她是一個受挫又愛出風頭的女人，只想要自我滿足。巴爾札克與瓦萊特的戀愛持續四、五年，後來發現她不像自己說的在上流社會很有地位，就和她分手了。巴爾札克向她借了一大筆錢，他去世後，她試圖向巴爾札克的遺孀要回這筆錢，不過卻是白費力氣。

和瓦萊特戀愛的同時，巴爾札克還繼續與漢斯卡夫人保持聯繫，他早年的幾封信明確表明兩人之間的關係。漢斯卡夫人不小心把兩封信落在一本書中，被丈夫看見了。巴爾札克在得知這件尷尬的事情後，寫信給漢斯卡先生，表示漢斯卡夫人嘲笑他不會寫情書，於是他就證明自己寫情書的功力給她看。這個解釋毫無說服力，但是漢斯卡先生相信了。從此以後，巴爾札克寫信十分謹慎，希望對方能讀懂自己含蓄的承諾。他向漢斯卡夫人保證，會永遠熱烈地愛著她，希望和她一起共度餘生。這個承諾只是花言巧語，在兩人分開的八年內，他除了偶爾的拈花惹草外，還有兩件重大的風流韻事：一件是和維斯康蒂伯爵夫人；另一件則是和瓦萊特，他對漢斯卡夫人的愛遠遠沒有口中說得那麼多。巴爾札克是一位小說家，當他坐下來寫信給她時，很自然就把自己想像成飽受相思之苦的情郎。我毫不懷疑他在寫情書給漢斯卡夫人時，清楚意識到自己情深意切的表達。她答應在丈夫死後會嫁給巴爾札克，他的未來也要靠她信守諾言才能得到保障，所以就算他在信中稍微強調一些，也是無可厚非。

八年後，漢斯卡先生去世了，巴爾札克的夢想要實現了，他終於可以發財，擺脫小資產階級的債務。然而，他在得到漢斯卡先生的死訊後，緊接著又收到另一封信：漢斯卡夫人告訴巴爾札克，自己永遠不會嫁給他，她無法忍受巴爾札克的不忠、奢侈和積欠的債務。巴爾札克陷入絕望，她曾說只要他的心愛著她，就不在意他在肉體上的背叛，他明明做到了。巴爾札克感到憤怒，覺得只有和她見面才能重歸於好。在寫了大量的信件之後，儘管她不情願，但巴爾札克還是來到聖彼得堡，當時她正在那裡處理丈夫的後事。他沒猜錯，兩人都到了中年——巴爾札克四十三歲，她四十二歲，他們都發了福，可是他的魅力、生命力及天才般的創造力卻絲毫未減，她難以抗拒，兩人再次成為情人。她答應和他結婚，但是七年後才履行諾言。傳記作家們不明白她為什麼會猶豫這麼久，但是原因也不難猜，她出身高貴，以自己的高貴血統為榮，就像《戰爭與和平》裡的安德烈公爵一樣，她發現當知名作家的情婦和庸俗暴發戶的妻子之區別。家人竭盡全力勸阻她和這樣一個不合適的人結婚，並為她安排另一樁門當戶對的婚事。巴爾札克的揮霍浪費是出了名的，她也擔心他會拿著自己的財產揮霍，他總想從她那裡拿錢，不只是把一隻手伸向她的錢包，而是兩隻手都要伸進去了。她本身也很奢侈，但是為了自己的快樂花錢，和為了別人的快樂花錢，有著很大的區別。

真正奇怪的事情是，她仍然嫁給巴爾札克。他們隔一段時間就見面，有一次見面後，她懷孕了，巴爾札克欣喜若狂，覺得終於得到她，於是立刻向她求婚。但是她不想被強迫，於是寫信告訴他，分娩後打算回烏克蘭過節儉的日子，將來再嫁給他。她在一八四五年或一八四六年生下一個死胎，在一八五〇年嫁給巴爾札克。巴爾札克在烏克蘭度過整個冬季，婚禮也在那裡舉行。她最後為什麼會同意結婚？她從未想過嫁給巴爾札克，她有虔誠的信仰，還認真考慮要進入修道院，也許是神父敦促她處理好這段不尋常的感情。整個冬天，巴爾札克都在不停工作，由於大量飲用濃咖啡，心肺受到嚴重影響，他已經活不了多久了。也許她對巴爾札克起了惻隱之心，儘管對方曾對自己不忠，但是好歹也愛了自己那麼多年。她的哥哥亞當・熱武斯基（Adam Rzewuski）寫信懇求她不要嫁給巴爾札克。皮爾・德卡夫（Pierre Descaves）在《巴爾札克的一百天》（*Les Cent Jours de M. de Balzac*）中引用她的回覆：「不，不，不，我欠了他一份情。他因為我受了這麼多苦，也替我承受這麼多苦難；他帶給我靈感，也給了我快樂。如今他生病，來日也不多了……他總是被人背叛，我會對他保持忠誠，不管曾經發生什麼，也不管將要發生什麼，我都會忠於他，當他心目中那個理想的女人。如果像醫生說得那樣，他不久後就要去世了，至少讓我能握住他的手，讓我住在他的心裡，願我是他眼裡的最後一個人，那個他如此深愛的女人，那個真心誠意愛著他的女人。」這封信十分感人，沒有懷疑它的理由。

伊芙琳不再富裕了，她為女兒獻出一部分財產，只保留一份年金。就算巴爾札克有些失望，也沒有表現出來。這對夫婦前往巴黎，用伊芙琳的錢在那裡買下一幢大房子，用昂貴的家具加以裝飾。

令人遺憾的是，這樁婚姻並不圓滿。他們每隔一段時間就會到烏克蘭居住，有人覺得他們非常瞭解對方，即使個性不合，也能十分親密。也許是因為伊芙琳愛使性子，巴爾札克以前能縱容，但是現在身為丈夫的他很惱怒。多年來，巴爾札克一直低聲下氣，也許是因為結婚了，就變得蠻橫霸道。伊芙琳自大、苛刻、暴躁，為了嫁給巴爾札克，做出很大的犧牲，但是巴爾札克卻沒有心存感激，這讓她很不滿。她一直強調，在巴爾札克還清債務前，絕對不會嫁給他，而巴爾札克向她保證一切都辦妥了，可是到了巴黎，她發現房子已經被拿去抵押，他又欠下一屁股債。她當慣大房子的女主人，還有幾十個家奴聽她使喚，不習慣法國的僕人。她不喜歡他的家人，討厭他們干涉自己的家務事，還覺得他們過於平庸、自命不凡。這對夫婦之間的激烈爭吵，所有的朋友都知道。

巴爾札克在回到巴黎後已經纏綿病榻，這場疾病引起許多的併發症。一八五〇年八月十七日，巴爾札克去世了。

伊芙琳和凱瑟琳·狄更斯（Catherine Dickens）及托爾斯泰夫人一樣，留給後人不好的印象。她比巴爾札克多活三十二年，為了償還他的債務做出很大的犧牲；每年給巴爾札克的母親三千法郎，這是他曾經答應卻沒有做到的；她還重新出版巴爾札克的所有作品。巴爾札克過世後幾個月，一位名叫坎普弗雷（Champfleury）的年輕人為了出版工作前來拜訪。坎普弗雷很受女性歡迎，當場就向伊芙琳示好，她也沒有拒絕。他們的關係持續三個月，之後伊芙琳就和一位叫作吉恩・吉格斯（Jean Gigoux）的畫家在一起，這是一場柏拉圖式戀愛，一直持續到伊芙琳八十二歲去世為止。但是對後人來說，他們更希望她在巴爾札克去世後悲痛欲絕，保持忠貞。

* * *

喬治・桑說得很對，巴爾札克書裡的每一頁都是這本書中最好的一頁，如果漏掉一頁就不完美了。一八三三年，巴爾札克想到一個主意，以「人間喜劇」為題，把所有作品編成一冊。有了這個想法後，他就對妹妹說：「向我致敬吧！我是一個天才。」他是這麼計畫的：「法國的社會就像一個歷史學家，而我僅僅是它的祕書，我列舉惡行和善行，刻畫人物，展現情感，選取社會上的主要事件，結合幾類人物的特點，也許就能記錄許多歷史學家遺忘的歷史——有關風俗習慣的歷史。」這是一個野心勃勃的計畫，他直到去世都未能完成。在他留下的大量作品中，雖然有些篇章必不可少，但這些不是最有趣的。由於作品數量太多，很難避免這個問題。幾乎在他所有的小說中都有兩、三個由單純原始激情所驅動的人物，他們以非凡的力量在書中脫穎而出。巴爾札克的創作力就體現在描寫這些人物上，如果讓他處理更複雜的人物，就不是那麼擅長。幾乎在他所有的小說中都有一些十分有力的場景，一些小說的故事很引人入勝。

如果要我向一位從未讀過巴爾札克的人，推薦一部他最具代表性的小說，我會毫不猶豫地選擇《高老頭》（*Le Père Goriot*）。**這部小說自始至終都很有趣。在其他小說裡，他會中斷敘述，談論無關的事情，或是長時間地描寫那些你完全不感興趣的人物，但是《高老頭》完全沒有這些缺陷。巴爾札克讓小說中的人物透過言談舉止來展現自己，十分客觀自然。**這部小說的結構十分精巧，小說有兩條主線：高老頭對忘恩負義的女兒付出無私的父愛；野心勃勃的拉斯蒂涅初入腐敗的巴黎。兩條主線巧妙地交織，闡明巴爾札克在《人間喜劇》（*La Comédie Humaine*）中揭示的真理：人性既不善良，也不邪惡，而是生來就具備天性和才能。這個世界也不像讓－雅克・盧梭（Jean-Jacques Rousseau）所說的那樣讓人墮落，而是讓人成長，最終走向完美；但自私卻讓人的邪惡本性得到極大的發展。

據我所知，巴爾札克最早是在寫《高老頭》時，產生讓同一個人物反覆出現在多部作品中的想法。這麼做是困難的：這個人物必須十分有趣，才會激發讀者的興趣。巴爾札克獲得圓滿成功，我對某些人物的未來十分感興趣，拉斯蒂涅就是其中之一，這就讓閱讀變得更有趣。巴爾札克本身也對這些人物相當感興趣，他曾有一位祕書，名叫朱爾・桑多（Jules Sandeau），也是一個作家；他身為喬治・桑的眾多情人之一，而在文學史上留名。他因為姊姊病重回家探望，並在姊姊去世後加以安葬，他從家中返回後，巴爾札克對他的家人表示慰問和哀悼，然後接著說：「好了，這件事就說到這裡，我們回到嚴肅的事情上，談談《歐葉妮・葛朗台》（*Eugénie Grandet*）吧！」巴爾札克採用的寫作手法（順便提一句，聖伯夫曾在一怒之下嚴厲譴責這種手法）非常簡單，但十分有效。憑巴爾札克驚人的創造力，我不相信他是出於簡單方便而採用這種手法的。我想，他是認為這樣敘述更加真實，因為我們會和一小部分人頻繁接觸。除此之外，我認為他的主要目的，是將自己的所有作品建構成一個整體。正如他自己所說，他描繪的並不是一個群體、一個階級或一個社會，而是一個時代和一種文明。他有一種錯覺，就是認為不論發生什麼災難，法國永遠都是宇宙的中心，這種錯覺在他的同胞裡並不少見。也許正因如此，他才有信心創造一個五彩繽紛、豐富多彩的世界，並賦予這個世界蓬勃的生命力。

巴爾札克寫作時，作品的開頭寫得很慢，他總是樂於先細緻地描述事情發生的環境，以至於經常會告訴讀者一些多餘的內容。他沒有學過正確的表達方法——只說必須說的，多餘的不說。他還會告訴讀者角色的樣貌、性格、身世，以及他們的想法和缺陷，交代完這些之後，才開始講故事。他筆下的人物和現實生活中的不太一樣，這些人物生動鮮明，由最基本的色彩刻畫而成，有時刻畫得過於濃重，但是他們有呼吸、有生命。我想，你之所以相信他們存在，是因為巴爾札克本人也十分確信他們比普通人更令人動容。透過他們，我們可以看出巴爾札克的熱情。臨終之際，他還哭喊著：「快叫皮安訓來，皮安訓會救我的。」皮安訓是經常出現在他小說裡那個聰明誠實的醫生，是《人間喜劇》中為數不多的無私形象之一。

我相信巴爾札克是第一位以寄宿公寓作為創作背景的小說家，他開了先河。後來有很多作家都沿用這種方法，對作者來說，這種方法便於展現不同人物的困境，但是沒有哪一部作品能達到《高老頭》這樣的效果。在這部小說中，我們可以看到巴爾札克創造出最激動人心的角色——伏脫冷，這個角色已經被再創造無數次，但是從未如此逼真，伏脫冷的頭腦機靈，有很強的意志力和生命力。儘管他是一個冷酷無情的罪犯，卻能夠吸引巴爾札克。有一點值得讀者注意，就是巴爾札克巧妙暗示這個人的凶險，但是直到書末，他才揭露那個一直保守的祕密。伏脫冷歡快、慷慨、善良，身體強健，既聰明又冷靜；你禁不住佩服他，但是不知為何，他又令人感到恐懼。他讓你著迷，就像拉斯蒂涅這個野心勃勃、出身高貴的年輕人一樣。拉斯蒂涅初到巴黎，想闖出一片天地，伏脫冷迷住他；但是跟這樣一個罪犯待在一起時，你也會和拉斯蒂涅一樣感到不安。伏脫冷是一個偉大的角色。

巴爾札克把伏脫冷與拉斯蒂涅的關係寫得很好。伏脫冷洞察這個年輕人的內心，並且逐漸削弱他的道德感。當拉斯蒂涅得知伏脫冷為了娶一位女繼承人而殺害一個男人時，他雖然也曾反對，但是邪惡的種子已經播下。

《高老頭》以老人的死為結局，拉斯蒂涅參加老人的葬禮。葬禮結束後，他獨自留在墓地，俯瞰著塞納河兩岸的巴黎。他盯著城市的一角，他渴望進入的上流社會就在那裡。「讓我們倆較量較量吧！」他大聲喊道。有些讀者也許不打算閱讀所有出現拉斯蒂涅這個角色的小說，卻好奇伏脫冷對他的影響。紐沁根夫人是高老頭的女兒，也是富有銀行家紐沁根男爵的妻子。她愛上拉斯蒂涅，為他買下公寓和豪華家具，還給他錢，讓他過著紳士般的生活。但丈夫總是讓她的手頭有些緊，她又是怎麼做到給拉斯蒂涅錢的？巴爾札克沒有交代清楚這一點。也許巴爾札克覺得一個女人需要一個情人時，自然會想辦法把錢弄到手。紐沁根男爵似乎對這件事抱持寬容的態度，一八二六年，紐沁根男爵利用拉斯蒂涅進行一場交易，這場交易讓他的一些朋友破產。作為報酬，拉斯蒂涅從中分得四十萬法郎，他拿出一部分的錢給兩個妹妹當嫁妝，讓她們能嫁好人家。剩下的錢每年有兩萬法郎的利息，他告訴友人皮安訓，這是「過安穩日子的開銷」。這麼一來，他就不用再依靠紐沁根夫人。他還意識到婚外情持續太長時間是有百害而無一利的，於是決定拋棄她，成為艾斯帕德侯爵夫人的情人，這不是出於愛情，而是因為她是一位富有、高貴又有名聲的女人。「也許有一天我會和她結婚，」他補充道，「她會讓我最終有能力償還債務。」一八二八年，我們不確定艾斯帕德侯爵夫人是否相信他的花言巧語，但是就算她相信了，這樁情事也沒有持續多久，拉斯蒂涅又成為紐沁根夫人的情人。一八三一年，他想迎娶一位叫阿爾薩斯的女孩，但是後來發現對方沒有想像中那麼富有。一八三二年，在紐沁根夫人以前的情人——在路易·菲利普任法國國王時擔任某部長的亨利·德·馬爾塞幫助下，拉斯蒂涅被任命為副國務卿，並在任職期間大幅累積財富。他與紐沁根夫人的關係一直持續到一八三五年。也許雙方達成和平分手的協議，三年後，他娶了她的女兒奧古斯塔，她是一個富裕人家的獨生女，對拉斯蒂涅來說已經相當不錯了。一八三九年，他受封為伯爵，再次進入政府部門。一八四五年，他成為法國貴族，年收入三十萬法郎（相當於一萬二千英鎊），這在當時是一筆巨大的財富。

巴爾札克對拉斯蒂涅的偏愛表現得很明顯，賦予他高貴的出身、俊俏的外表、迷人的氣質和智慧，讓女人一眼就會被他迷住。還有人猜測，除了名聲外，他願意放棄一切來成為拉斯蒂涅。巴爾札克享受成功的感覺，也許拉斯蒂涅是一個無賴之徒，但他成功了，儘管他的成功是以別人的破產為代價，不過這些人實在太傻，巴爾札克對傻瓜毫不同情。呂西安·德·呂邦波萊是巴爾札克作品中的另一個冒險者，他因為軟弱而失敗，但是拉斯蒂涅卻靠著勇氣、決心和力量取得成功。從他在拉雪茲神父公墓向巴黎發起挑戰的那一天起，就不曾讓任何東西阻擋自己前進，他決心征服巴黎，也的確做到了。我想，巴爾札克不會譴責拉斯蒂涅在道德上的過失，畢竟他的本性是善良的。拉斯蒂涅關心利益，在追求利益時冷酷無情，但是直到最後，他還願意幫助年輕時認識的朋友。他一開始就想過有錢人的生活，擁有一棟漂亮的房子，配備許多僕人，擁有馬車、馬匹和許多情婦，還有一個有錢的妻子，他實現了這個夢想，但巴爾札克從未發現，這其實是一個庸俗的夢想。

查爾斯・狄更斯
和
《塊肉餘生錄》

Charles Dickens
&
David Copperfield

狄更斯雖然個子不高，但是舉止優雅、容光煥發，在他二十七歲時，丹尼爾．麥克利斯（Daniel Maclise）為他畫了一幅畫像，現在陳列於英國國家肖像館（National Portrait Gallery）。畫像中的他坐在書桌旁一張漂亮的椅子上，一隻優雅小巧的手輕輕地放在手稿上；他的衣著華麗，戴著一條由綢緞製成的寬大領巾；棕色的頭髮捲曲著，從耳後垂到兩邊的臉頰上。他的眼睛很漂亮，若有所思，這正是仰慕者希望看到的模樣。然而這幅肖像沒有表現出他的活潑生氣和豐富感情，凡是曾和他接觸的人都能注意到這些。他一直很愛打扮自己，年輕時喜歡穿天鵝絨大衣、鮮豔的背心，戴著五彩領巾和白色帽子，但他從未得到自己期待的評價，人們總是對他的穿著感到震驚，覺得這樣的穿著不講究，過於豔俗。

狄更斯的祖父威廉．狄更斯（William Dickens）是一個僕人，娶了一位女傭，最終成為切斯特（Chester）議員約翰．克魯（John Crewe）居住的克魯府邸（Crewe Hall）管家。狄更斯的祖父有兩個兒子：威廉．狄更斯（William Dickens）和約翰．狄更斯（John Dickens）。但我們只需瞭解後者，他是英國最偉大小說家的父親，而且在狄更斯的一本小說中，米考伯先生這個角色就是以他為原型創造的。狄更斯的祖父去世後，他的遺孀留在克魯府邸擔任管家。三十五年之後，她退休並搬到倫敦居住，也許是想要和兩個兒子距離近一些。兩個孩子失去父親之後，克魯一家讓他們接受教育，還在海軍出納辦公室為約翰找了一份差事。在那裡，約翰和一位同事成為朋友，不久後就迎娶對方的妹妹伊麗莎白．巴羅（Elizabeth Barrow）為妻。婚後不久，他們面臨經濟窘境，約翰總是向那些傻到願意相信他的人借錢。他的心地善良、慷慨大方、機靈勤奮，但這份勤奮總是斷斷續續，他喜歡喝酒，因為第二次向他提起訴訟的是一位酒商。他晚年時被人描述為「一位穿著考究的老傢伙，總是在撫弄自己手錶上的一大串印章」。

狄更斯是約翰和巴羅的第二個孩子，一八一二年出生在波特西（Portsea）。兩年後，約翰被調派到倫敦工作；三年後又調職到查塔姆（Chatham），狄更斯在那裡入學，父親為他準備幾本書：《湯姆．瓊斯》、《威克斐牧師傳》（*The Vicar of Wakefield*）、《吉爾．布拉斯》、《唐吉訶德》、《藍登傳》（*The Adventures of Roderick Random*）、《皮克爾歷險記》（*The Adventures of Peregrine Pickle*）。他反覆閱讀這些書，從他的作品中可以看出，這些小說對他影響深遠。

一八二二年，約翰已經有了五個孩子。他被調回倫敦，狄更斯則留在查塔姆上學，幾個月沒有和家人團聚。他們居住在倫敦郊區的卡姆登鎮（Camden Town）的一間房子裡，後來狄更斯在小說中把它寫成米考伯的家。當時約翰的年薪是三百英鎊出頭，購買力相當於今天的四倍，但他已經沒有錢供小狄更斯上學。更令小狄更斯厭惡的是，父母要他幫女傭照顧孩子、做家務。休息時，他就在卡姆登鎮這個「被田地和溝渠包圍的荒蕪之地」遊蕩，有時逛得更遠，到附近的蘇默斯鎮（Somers Town）、肯特郡、蘇活區（Soho）、萊姆豪斯（Limehouse）。

狄更斯太太決定為那些父母在印度的英國孩子興辦一所學校，借了一些錢（也許是從婆婆那裡借來的），還印製小廣告，讓孩子放進鄰居的信箱。不用說，根本沒有學生。家裡的債務越來越緊迫，他們讓狄更斯把家裡的東西拿去典當，家裡的珍貴書籍也被賣掉了。後來，狄更斯太太的遠房姻親——詹姆斯．拉默特（James Lamert）在和人合夥創辦的一家鞋油廠，為狄更斯找了一份工作，每週工資是六先令。狄更斯的父母非常感激，但是狄更斯卻傷透了心，因為當時他只有十二歲，而父母為了減輕負擔，卻迫不及待將他送走。不久後，約翰因為欠債被關進馬夏爾西（Marshalsea）監獄，妻子典當剩下的財產，帶著孩子到監獄陪他。監獄又髒又亂，擁擠不堪，裡面不僅有囚犯，還有囚犯的親屬。我不知道讓囚犯的親屬住進監獄，究竟是為了減輕囚犯在監獄中生活的艱苦，還是因為這些可憐的囚犯親屬無處可去。如果欠債人有錢，喪失自由就是他必須忍受的最大不便；但是有時只要符合特定條件，就可以出獄。過去，典獄長常常會無恥地敲詐囚犯，殘忍對待他們。但是在約翰入獄時，監獄已經沒有暴力行為，他在裡面過得夠舒適。家裡那位忠實的女僕住在監獄外，每天都來幫忙照顧孩子，準備飯菜。他每週依然可以獲得六英鎊的薪水，卻不打算還債，或許是因為覺得債主不會來找他，也不是很想被釋放。很快他就恢復精神，其他的欠債人任命他為「監管監獄內部經濟委員會主席」，上至獄卒，下至最卑劣的囚犯，他和每個人都很合得來。傳記作者們對約翰領取工資一事感到疑惑，唯一的解釋是：這些政府職員都是依靠權貴的關係得到公職，不認為欠債入獄是需要被停薪的嚴重過錯。

父親入獄之初，狄更斯住在卡姆登鎮，這裡離他工作的地方——位於查令十字街的亨格福德平臺（Hungerford Stairs）的鞋油廠太遠，於是約翰在靠近馬夏爾西監獄的南華克區

（Southwark）蘭特街為他找了一個房間。這樣一來，他就能和家人一起吃早餐與晚餐。狄更斯要做的工作並不難，只是清洗瓶子、貼上標籤，再把它們捆起來。一八二四年四月，克魯家的老管家，也就是狄更斯的祖母去世，把積蓄留給兩個兒子。約翰的債務還清了（由兄長償還），他重獲自由，一家人又在卡姆登鎮安頓下來，約翰也回到海軍出納辦公室上班。狄更斯繼續在工廠清洗瓶子。後來，約翰和拉默特「在信中吵了起來」，狄更斯後來寫道：「我把父親寫的信交給他，引起他的爆發。」拉默特告訴狄更斯，他的父親侮辱自己，因此他必須離開這家工廠。「我懷著一種奇怪的感覺回家了，心中既沉重又輕鬆。」他的母親設法平息這件事，讓狄更斯保住原來的工作（這時候工資已經變成七先令），因為她仍然急需用錢。為此，他沒有原諒母親，還說：「後來我從未忘記，永遠也不會忘記、不能忘記，母親熱切地希望我回到工廠。」約翰不願聽從妻子的建議，把兒子送到位於漢普斯特德路上一所名字很好聽的學校——惠靈頓豪斯學院（Wellington House Academy），狄更斯在那裡待了兩年半。

狄更斯在二月初進入工廠，六月回來，最多也就待了四個月。他覺得這是一段不堪回首的屈辱經歷。當密友福斯特向他打聽時，狄更斯表示對方戳到自己的痛處，儘管過了二十五年，「仍然歷歷在目，難以忘卻。」

我們已經聽膩傑出的政治家和企業家吹噓年輕時洗盤子與賣報紙的經歷，以至於很難理解為什麼狄更斯會把父母送自己到工廠，視為巨大的傷害和一個可恥的祕密。他們家很貧困，還要填補父親的揮霍，所以當他還是淘氣機靈的孩子時，就已經見識到生活中的醜陋。

在卡姆登鎮時，狄更斯負責打掃、刷洗、典當大衣或首飾、買晚餐。他曾和其他相同出身的男孩一樣在街上玩耍，到了工作的年齡就進入工廠。他的工資也很合理，一週六先令，後來漲到七先令，相當於現在的二十五先令到三十先令。在一段時間內，他都靠著工資養活自己。後來他搬到馬夏爾西監獄附近，可以和家人一起吃早餐和晚餐，只需要花費午餐的錢。和他一起工作的男孩們都很友善，但不知為何，狄更斯覺得和他們交往是一種墮落。他常常被帶到牛津街拜訪祖母，他知道祖母一生都在「伺候別人」，也許約翰表現得有些勢利，但這個十二歲的小夥子顯然還不知道什麼是社會地位。假設狄更斯夠老練，認為自己比工廠裡的其他男孩強一些，必然能意識到自己的收入對家庭來說十分重要，也許會為自己賺錢養家而感到驕傲。

由於福斯特要寫傳記，所以狄更斯寫了一小段自傳交給對方，我們才能瞭解這段生活的細節。我猜他在回憶童年經歷時加入想像，更加同情當時的小男孩。當他寫下那個可憐的孩子被信任的人出賣，感到無比孤獨和痛苦時，淚水模糊了他的雙眼，他柔軟的心流血了。我認為他情不自禁地誇張一些，他的才華或者說他的天才，都建立在誇張的基礎上。比如，他放大米考伯先生性格中的喜劇因素，讓讀者捧腹大笑；強調小內爾病重的悲劇感情，令讀者潸然淚下。如果他不能把自己在工廠的經歷描繪得感人至極（只有他能做到），就當不成小說家了；而且他利用這段經歷為書中的大衛．科波菲爾增添強烈的悲劇色彩。我不認為這段經歷像他後來說得那麼痛苦，更不相信傳記作家和評論家所認為的——這段經歷對他的生活和工作產生決定性影響。

在監獄裡，約翰擔心自己因為無力償還債務，失去海軍出納辦公室的工作，就以身體不好為由，向部門主管請求領取退休金。由於他已經工作二十年，還有六個孩子，所以每年能領取一百四十英鎊的「同情撫卹金」。對約翰這樣的人來說，這筆錢根本不夠養家糊口，所以還得想辦法增加收入。他不知道從哪裡學會速記，透過在新聞界工作的大舅子，他得到一份議會記者的工作。

狄更斯在學校待到十五歲，就到律師事務所做事，在今天算是「白領階級」。幾週後，父親為他找了另一家律師事務所，每週工資是十先令，後來漲到十五先令。他覺得生活枯燥乏味，為了自我提升，學習速記。十八個月後，他已經能在主教常設法庭上擔任記者，二十歲時就有資格報導下議院的議案，並且很快成為旁聽席裡，速記最快、最準確的記者。

狄更斯在十七歲時愛上瑪麗亞．比德內爾（Maria Beadnell），她是一位銀行職員的漂亮女兒。比德內爾是一個輕佻的姑娘，似乎總在引誘狄更斯，兩人可能曾經祕密訂婚。她覺得擁有一位情人是榮幸又有趣的事情，但是狄更斯身無分文，她絕對不會嫁給對方。這段戀情在兩年後結束，他們互相歸還禮物和信件，這是真正的羅曼蒂克，狄更斯心碎了。多年後他們再次見面，比德內爾是已婚的女人，她的身材肥胖，平庸又愚蠢，與知名的狄更斯和他的妻子共進晚餐。《小杜麗》（*Little Dorrit*）中的弗洛拉．費因欽就是以她為原型，在此之前，她是《塊肉餘生錄》裡朵拉的原型。

為了距離自己工作的報社近一些，狄更斯在斯特蘭德（Strand）外一條昏暗的街道上找到住處，不久後就在弗尼瓦爾旅館（Furnival's Inn）裡租了一間無家具的房間。他還來不及購買家具，父親又因為欠債被捕，因此不得不拿出錢維持父親在救濟所的生活。「我們必須假設，約翰在很長一段時間內不會和家人團聚了。」狄更斯為家人租了一間便宜的房子，帶著弟弟弗雷德里克·狄更斯（Frederick Dickens）一起住在弗尼瓦爾旅館四樓背面的房間。已故的尤娜·波普－亨內西（Una Pope-Hennessy）在她頗具可讀性的《狄更斯傳記》（*Charles Dickens*）中寫道：「輕鬆處理這類困難已經成為他的習慣，包括後來妻子家的人，都希望他能為一群沒骨氣的家庭成員找工作，讓他們賺一點錢。」

* * *

狄更斯在下議院旁聽席工作一年左右，開始創作一系列關於倫敦生活的隨筆，第一篇文章在《月刊》（*The Monthly Magazine*）上發表，第二篇刊登在《紀事晨報》（*The Morning Chronicle*）上。撰寫這些文章沒有報酬，卻吸引一位叫作馬克龍（Macrone）的出版商注意。在狄更斯二十四歲生日那天，這些隨筆由克魯克山（Cruickshank）繪製插圖，並以《博茲札記》（*Sketches by Boz*）為名，分成兩卷出版。初版的稿酬是一百五十英鎊。這本書備受好評，為他帶來更多的寫作機會。當時有一種描寫人物軼事，帶有插圖的幽默小說，價格是一先令，它是連環畫的前身，在當時有很高的人氣。查普曼和霍爾（Chapman and Hall）出版社的一位合夥人，請狄更斯撰寫一個業餘運動員俱樂部的故事，與一位知名藝術家的插畫一起出版。他們計畫出版二十期，每個月給狄更斯十四英鎊的酬勞，我們現在應該稱為「連載權」，以後這些故事單獨出版時，他還會獲得更多的稿酬。狄更斯對運動一無所知，也不認為自己可以按照出版社的要求完稿，但是奈何「薪酬太誘人，實在難以拒絕」，這就是日後出版的《匹克威克外傳》。前五期故事並未獲得太大的成功，但是隨著人物山姆・韋勒的出現，銷售量開始激增。當這些故事出版成書時，狄更斯已經是知名作家。儘管評論家們對他表示質疑，但是他已經聲名大噪。《評論季刊》（*The Quarterly Review*）在提到狄更斯時表示：「不需要任何天賦就能預言他的命運，他像煙花一樣冉冉升起，亦會像火柴一樣日漸衰弱。」在他整個職業生涯中，作品廣受歡迎，但是評論家們卻對他頗有微詞。

一八三六年，就在《匹克威克外傳》第一期面世的前幾天，狄更斯與凱瑟琳・霍加斯（Catherine Hogarth）結婚了。凱瑟琳是狄更斯報社同事喬治・霍加斯（George Hogarth）的長女。霍加斯有六個兒子和八個女兒，女兒們身材矮小，體型豐滿，有著漂亮的藍眼睛，凱瑟琳是唯一到了適婚年齡的女孩，或許這就是狄更斯娶她的原因。短暫的蜜月結束後，他們在弗尼瓦爾旅館安頓下來，還邀請凱瑟琳年僅十六歲的漂亮妹妹瑪麗・霍加斯（Mary Hogarth）同住。狄更斯與出版商簽訂《孤雛淚》（*Oliver Twist*）的合約，他在撰寫《匹克威克外傳》時，也在寫這部小說。這部小說也是作為月刊發行。在一個月裡，他分別用兩週時間完成

《匹克威克外傳》和《孤雛淚》的連載。大多數小說家在寫作時，都會被筆下的角色吸引，無暇顧及其他的創作靈感，而狄更斯卻能輕鬆地在不同的故事間來回跳躍、轉換，顯然十分了不起。

狄更斯很喜歡瑪麗，在凱瑟琳有孕在身，無法陪他出行時，瑪麗就成為他的忠實伴侶。孩子出生後，他們打算繼續生養幾個孩子，於是從弗尼瓦爾旅館搬到道提街的一棟房子裡。隨著瑪麗一天天長大，越發討人喜歡。在五月的某個晚上，狄更斯帶著凱瑟琳和瑪麗去看戲，他們玩得很盡興。回家後瑪麗生病了，雖然請來醫生，但是幾個小時後，瑪麗就死了。狄更斯取下對方手上的戒指，戴在自己的手上，直到生命終結。狄更斯悲痛欲絕，在日記中寫道：「如果她現在仍在我們的身邊，而且還是以前那個迷人、開朗、親切的伴侶，比認識的所有人都更能理解我的思想和感情，我就別無所求了，只希望這樣的幸福可以延續下去。但是她已經永遠離開了，願仁慈的上帝保佑我能在某天與她重聚。」這些話可以告訴我們很多東西。狄更斯死後葬在瑪麗旁邊，我們不知道狄更斯是否意識到自己已經深深愛上她。

瑪麗的去世讓有孕在身的凱瑟琳受到驚嚇，導致流產。凱瑟琳的身體恢復後，狄更斯帶她到國外短期旅行，好讓兩人都能恢復精神。到了夏天，狄更斯已經恢復得差不多了，於是又開始活力滿滿，和一位名叫埃莉諾·P（Eleanor P）的女子調情。

＊　＊　＊

狄更斯憑藉《孤雛淚》、《少爺返鄉》（*Nicholas Nickleby*，又名《尼古拉斯‧尼可貝》）、《老古玩店》（*The Old Curiosity Shop*）開創輝煌的寫作事業。他工作很勤奮，有幾年往往舊書還沒寫完，就開始寫新書。他願意取悅大眾，並且密切關注讀者的反應。有趣的是，直到銷售量下滑前，他都沒想過讓《馬丁‧朱述爾維特》（*Martin Chuzzlewit*）在美國發行。他不是那種視流行為可恥的作家，他獲得巨大的成功，但是對一個文學家來說，取得成功並不意味著生活變得多彩，他依舊要按照原來的計畫，每天花時間寫作。他與文學家、藝術家，還有上流社會的名人接觸，被那些高貴的女士迷住了，他參加聚會、舉辦聚會、四處旅行，還在公共場合露面，這就是狄更斯的生活模式。只有少數幾位文學家曾獲得像狄更斯這樣的成功。他似乎有著用不完的精力，不僅無間斷地創作長篇小說，還創辦雜誌，在報社當編輯，有時候也會寫一些文章；他偶爾演講，在宴會上致辭，公開朗讀自己的作品；他喜歡騎馬，一天徒步二十英里（約三十二公里）也不在話下；他也會跳舞，興致勃勃地扮演小丑和變戲法，逗自己的孩子開心；他還會參加業餘的戲劇表演。他對戲劇一直很著迷，還曾認真想過上臺表演，在一個演員那裡聽課，熟記臺詞，還在鏡子前練習如何進場、入座和鞠躬。人們覺得他進入時尚界是順理成章的，但是時尚界的人卻覺得他有些粗俗，衣著裝飾華麗。在英國，人們會用口音來劃分社會地位，狄更斯幾乎一輩子都住在倫敦，所以說話帶有倫敦腔。但是他的長相俊俏，雙眼熠熠生光，歡樂活潑，這就讓他足夠迷人。也許他時常被別人的諂媚包圍，卻依舊保持謙虛，這一點十分迷人。他是一個和藹可親、討人喜歡、溫柔親切的人，只要他走進房間，就能為滿屋子帶來歡聲笑語。

奇怪的是，儘管他的觀察力很強，也與上流社會的人相熟，卻從未在小說中成功描寫他們。人們經常批評他無法刻畫紳士，他刻畫的律師和助理角色都很鮮明，這是因為他曾在律師事務所工作，但是筆下的醫生和牧師卻刻畫得不好。他最擅長描寫童年時接觸的勞苦大眾，似乎一位小說家最瞭解的是從小和自己親近的人，這樣才能把他們刻畫成經典人物。小孩的一年比成年人的一年漫長得多，有很多時間瞭解身邊的人。費爾丁寫道：「許多英國作家完全無法描繪上流社會的生活方式，也許是因為他們對這些人的生活一無所知。……這些地位高貴的人不像普通人一樣出現在街上、商店或者咖啡館，我們很難在生活中看見他們；這些人也不像其他上流人士一樣拋頭露面。簡而言之，一個人要是不具備頭銜、財富，或是能與這二者相提並論，在賭場上的赫赫戰績，根本沒有資格進入上流社會。而且遺憾的是，在有資格進入這個社會的人裡，很少有人願意從事寫作這個糟糕的行業，做這一行的人一般都是身處底層的貧苦之人，因為許多人覺得從事這一行，什麼都不需要準備。」

經濟狀況好轉後，狄更斯一家就搬進時尚街區裡的新房子，還在一家知名公司訂購全套家具和厚厚的地毯，窗戶上裝飾著帶花邊的窗簾。他們雇用一個手藝好的廚師、三名女僕和一名男僕，還配備一輛馬車。他們多次舉辦宴會，到場的都是權貴名流，宴會的盛大程度令珍・卡萊爾（Jane Carlyle）感到吃驚。傑佛瑞（Jeffrey）勛爵在信中告訴朋友考伯恩（Cockburn）勛爵，他曾在新房子裡用餐；對一個剛剛開始發家的人來說，這場宴會實在過於奢華。狄更斯慷慨大方，喜歡和朋友待在一起，何況他還曾經歷貧苦的生活，自然更喜歡奢侈的生活。但是這樣很浪費，家人和親戚不斷耗費他的財產。為了支付巨額開支，狄更斯創辦第一本文學雜誌《漢普雷老爺的鐘》（*Master Humphrey's Clock*），為了讓雜誌有一個好的開始，他在上面刊載《老古玩店》這部作品。

一八四二年，狄更斯把四個孩子交給小姨子喬治娜·霍加斯（Georgina Hogarth）照顧後，帶著凱瑟琳前往美國。儘管他享有極高的待遇，但是這次旅行並不圓滿。當時的美國抵制歐洲，對批評自己的聲音十分敏感。美國報紙肆意侵犯「新聞人物」的隱私，將傑出外國人的到訪視為天賜良機，把他們當成動物園裡的猴子一樣對待，一旦他們表現出不耐煩，就說他們傲慢自大。那時的美國是言論自由的國家，只要不觸犯他人的情感和利益，人人都可以發表自己的觀點，但是這些觀點必須與他人相同。狄更斯因為對此一無所知，犯下一個大錯。由於沒有國際版權法，不但英國作家在美國的圖書市場無法得到任何利潤，就連美國作家的利益也蒙受損失，書商們不願為美國作家出書，更願意出版英國作家的書，因為這樣不用支付版權費用。人們為狄更斯舉辦一場歡迎晚宴，狄更斯在宴會演講中提到這件事，得罪很多人。觀眾的反應很激烈，報紙評論他「根本不是紳士，而是唯利是圖的惡棍」。

他在費城時被崇拜者團團包圍，花費兩個小時和他們握手，但是他的戒指、鑽石胸針，還有華麗豔俗的背心引發人們批評。雖然有人覺得他和上流社會相去甚遠，但是狄更斯自然不做作，沒有人能抗拒他俊秀的外表和蓬勃的朝氣，他在美國結交一些朋友，並在去世前一直和他們保持親密的關係。

在經歷四個月豐富多彩卻疲憊的旅程後，狄更斯一家回到英國。孩子們越來越依戀阿姨喬治娜，這兩位疲憊的旅客邀請她一起回家。當時喬治娜十六歲，和新婚夫婦住在弗尼瓦爾旅館的瑪麗是同樣的年紀，兩人長得很像，從遠處來看無法分辨。狄更斯寫道：「她們兩人是如此相似，當她和凱瑟琳坐在一起時，我覺得以前發生的事情彷彿是一個惆悵的夢境，自己剛剛從夢中醒來。」喬治娜很漂亮也很迷人，為人謙遜；她很有模仿的天賦，常常逗得狄更斯開懷大笑。隨著時間推移，狄更斯越來越離不開她，狄更斯經常和她一起散步，還與她討論自己的寫作計畫，她成為狄更斯可靠的祕書。狄更斯的生活奢侈，沒多久就負債累累，他決定將房子出租，帶著家人（當然也包括喬治娜）前往義大利，那裡的物價很便宜，可以節省開支。他在義大利待了一年，大多數時間居住在熱那亞（Genoa）。雖然他遊覽整個義大利，但是他的思想偏狹，文化觀念也有些淡薄，這些遊歷沒有觸動他，他仍是典型的英國遊客。狄更斯發現在國外的生活令人愉快，而且很省錢，就在歐洲大陸待了很長一段時間。有一天，他們打算到巴黎待上很長一段時間，於是喬治娜和狄更斯前往巴黎尋找公寓，凱瑟琳則在英國等待他們為自己準備好一切。

凱瑟琳的性情平和憂鬱，不適應旅行，也不喜歡聚會。她相當愚蠢，那些來找狄更斯談話的人必須忍受他的妻子，令她惱怒的是，有的人根本不把她當成一回事。只有具備幽默感和足夠的機智，才能做好名人的妻子，如果缺乏這些素質，她就要非常愛自己的丈夫；她必須夠聰明，明白人們對他的興趣勝過自己；她要在丈夫對自己的愛裡尋找慰藉，不管他的思想有多不忠，最終都會回到自己身邊尋求安撫。凱瑟琳似乎從來沒有愛過狄更斯，他們訂婚時，狄更斯就曾寫信責備她的冷漠，或許她會嫁給他，是因為那時候婚姻是女人一生中唯一的事業；又或許因為她是家中長女，迫於父母的壓力，才會同意這樁能保障未來生活的婚事。她是和藹溫柔的小人物，無法達到丈夫的顯赫地位對自己的要求。她在十五年內，一共生下十個孩子，並流產四次。在凱瑟琳懷孕期間，喬治娜陪同狄更斯旅行、參加派對，逐漸代替凱瑟琳主持晚宴。有人猜測凱瑟琳會對這種情況抱持不滿，但是我們不能確定。

* * *

歲月流逝，到了一八五七年，狄更斯已經四十五歲了，他的孩子裡有的已經長大成人，有的才五歲。他成為英國最受歡迎的作家，生活在大眾視野裡，並且享譽全球，這滿足他的表現欲。幾年前，他認識了威爾基・柯林斯（Wilkie Collins）[1]，兩人很快就變得非常親密。柯林斯比狄更斯小十二歲，艾德加・強森（Edgar Johnson）這樣評價他：「他喜歡豐盛的食物、香檳和歌舞表演。他經常同時和幾個女人糾纏不清。他為人有趣，有些憤世嫉俗，脾氣很好，十分灑脫自在，甚至有些粗俗。」狄更斯引用強森的話，說他「是為有趣和自由而

1 英國小說家、劇作家和短篇故事作家，代表作為《白衣女人》（*The Woman in White*）與《月光石》（*The Moonstone*）（一八二四－一八八九）。

生」。他們一同周遊英國，又去了巴黎玩樂。和那些同等地位的人一樣，狄更斯很可能一有機會就和水性楊花的女子來往。凱瑟琳未能滿足他想要的一切，狄更斯對她越來越不滿意，他寫道：「她待人親切、性格隨和，但是無法理解我。」她從結婚開始就很愛猜忌。我想，當對方的猜忌毫無理由時，狄更斯能夠容忍，但是後來她有充分的理由懷疑時，狄更斯就說服自己，兩人根本就不合適。他認為自己成長許多，但是對方一直在原地踏步。狄更斯深信自己沒有什麼可受責備的，確信自己是對孩子竭盡全力的好父親。要養活這麼多的孩子很麻煩，狄更斯也歸咎給凱瑟琳。在孩子們很小的時候，狄更斯很喜愛他們；但是隨著他們逐漸長大，狄更斯就對他們不再感興趣。孩子到了一定的年齡，他就把他們打發得遠遠的，而這些孩子的確也沒有什麼出息。

要不是發生一場意外，狄更斯和妻子的關係可能也不會有太大的改變。和許多個性不合的夫妻一樣，他們只是在外人面前表現恩愛。狄更斯很迷戀舞臺，他受邀在曼徹斯特表演一齣叫作《極寒深淵》（*The Frozen Deep*）的戲劇，這是柯林斯在他的幫助下創作的。這齣戲劇在德文郡酒店（Devonshire House）上演，獲得英國女王、王夫和比利時國王的讚賞。狄更斯同意在曼徹斯特的舞臺上演出這齣戲劇，他的女兒曾在劇中扮演一個角色，他覺得女兒的聲音在大劇院裡聽不清楚，於是決定找專業演員。他找了一位身材嬌小、面容姣好的女演員，名叫艾倫・特南（Ellen Ternan），她只有十八歲，有一雙動人的藍眼睛。狄更斯在家親自指導她排練，特南對狄更斯十分崇拜，迫不及待地討好他。狄更斯受寵若驚，排練尚未結束就愛上特南，狄更斯為她買了一個手鐲，但是誤交到妻子的手上，引發爭吵，在這個尷尬的時刻，狄更斯裝成無辜的受害者，這或許是最好的辦法。後來狄更斯也扮演一個劇中的主角——一位捨己為人的北極探險家。整場演出悲情萬分，所有觀眾都不禁潸然淚下。為了演這齣戲劇，狄更斯還特地蓄鬍。

狄更斯和妻子的關係越來越緊張，他一向是容易相處的人，如今卻變得喜怒無常、心煩意亂，對所有人都不耐煩地發脾氣（除了喬治娜以外）。他很不愉快，認為不能再和凱瑟琳一起生活。但是他的社會地位如此之高，公然離婚會招致流言蜚語，更何況他在那本獲利頗多的《聖誕故事集》（*Christmas Books*）中，讓聖誕節成為歌頌家庭團聚的節日，多年來一直用感人至深的語言，讓讀者相信家庭是最美好的。於是狄更斯提出許多建議：一是讓凱瑟琳擁有單獨的房間，並在宴會上成為女主人，陪他參加公眾活動；二是當他住在加德山莊（Gad's Hill，狄更斯不久前在肯特郡購置的房產）時，凱瑟琳應該留在倫敦，而當他住在倫敦時，凱瑟琳就到加德山莊；三是建議凱瑟琳在國外定居。凱瑟琳拒絕所有的提議，最後兩人決定徹底分開。凱瑟琳被安置在卡姆登鎮邊的一間小房子裡，每年有六百英鎊的收入。沒過多久，狄更斯的長子和她同住一段時間。

照理來說，凱瑟琳知道狄更斯迷戀著特南，只要抓住這個把柄，就能提出任何條件。所以人們不禁疑惑，儘管凱瑟琳可能有些傻，但是她怎麼可能任由自己被趕出家門，還棄自己的孩子於不顧？狄更斯在一封信中提到凱瑟琳的「弱點」，在另一封信上也說過她患有精神障礙，這讓她意識到「最好還是離開自己」（很不幸的是這封信出版了）。現在可以肯定，這是在謹慎地指出凱瑟琳酗酒。如果是她的猜忌、悲觀及被拋棄的屈辱感，將她引導向酒精，就不足為奇了。如果她真的酗酒，就可以解釋為什麼是喬治娜負責看管房子和照顧孩子，也解釋她為什麼沒有和孩子們住在一起。後來喬治娜寫道：「大家都知道，可憐的凱瑟琳沒有能力照料孩子。」也許讓大兒子跟她住一段時間，是為了確認她有沒有飲酒過量。

狄更斯的名氣太大了，他的醜聞傳遍海外。他聽見霍加斯夫婦（也就是凱瑟琳和喬治娜的父母）說特南是他的情婦，於是怒不可遏，威脅要把凱瑟琳掃地出門，逼迫簽署一份他們不相信他有婚外情的聲明。如果狄更斯真的趕走凱瑟琳，他們就可以帶著證據上法庭；但是他們一定清楚，凱瑟琳也有很多不便公開的過失，所以霍加斯夫婦在考慮兩週後就簽字。當時還有許多關於喬治娜的傳言，她是最神祕的人物。我很好奇，為什麼沒有人想過寫一齣以她為主角的戲劇？我曾說過，瑪麗死後，狄更斯寫的日記很有深意。在我看來，當時他不僅愛上瑪麗，而且已經對凱瑟琳十分不滿。後來喬治娜搬來和他們同住，她與瑪麗驚人地相似，狄更斯被她迷住了，但是沒有人知道兩人之間有沒有愛情。喬治娜很嫉妒凱瑟琳，在狄更斯死後，她修改狄更斯的信件，刪除所有讚美凱瑟琳的句子。但是教會與國家認為和已故妻子的妹妹結婚，有點接近亂倫，喬治娜本人也許從未想過，會和自己居住十五年房子的男主人產生特殊情感，也許她覺得能獲得這樣一位大名鼎鼎人物的信賴，並且能夠完全處於支配地位就夠了。但最奇怪的是，在狄更斯與特南熱戀時，喬治娜還和特南成為朋友，在加德山莊迎接她。無論喬治娜的心裡在想什麼，她都沒有說出口。

在一些知情人士的幫助下，狄更斯和特南的關係處理得十分謹慎，但是其中的細節無法確定，她很抗拒狄更斯的要求，但最終還是屈服了。狄更斯化名查爾斯・特林漢姆（Charles Tringham），為她在佩卡姆（Peckham）租下一間房子，她一直住在那裡，直到狄更斯去世為止。據狄更斯的女兒凱蒂・狄更斯（Katie Dickens）回憶，他們生下一個兒子，可以推測這個孩子剛出生不久就去世了。狄更斯知道特南不愛他，他比她大二十五歲，沒有什麼比不求回報的單相思更令人痛苦。狄更斯在遺囑中，留給特南一千英鎊。後來特南嫁給一位牧師，她向一位叫作貝納姆（Benham）的教士友人抱怨，表示十分厭惡狄更斯強加給她的親密關係。和大部分的女性一樣，她接受自己處於這個位置的好處，但卻不認為自己應該給予任何回報。

和妻子分居時，狄更斯開始為人朗讀自己的作品，他遊歷不列顛群島，再次前往美國。他的表演天賦讓他獲得驚人的成功，但長期旅行令他疲憊不堪，他看起來有些蒼老。朗讀作品並不是他唯一的活動，從與妻子分開，到他去世的十二年裡，他創作三部長篇小說，並且主編一本非常受歡迎的雜誌《一年到頭》（*All the Year Round*）。他罹患一些纏人的小病，有人勸他回家休息，但是他沉醉在人們的掌聲中，享受在臺上演講帶來的權力感，或許狄更斯還覺得，特南在看到人們向他發出讚美後會愛上他。在他打算做最後一次巡講時，由於病情加劇，只好先回到加德山莊，開始創作《艾德溫・德魯德之謎》（*The Mystery of Edwin Drood*）。

為了彌補經紀人的損失，他不得不縮短寫作時間，並計畫在倫敦再開十二場講座。這時已經是一八七〇年一月，「聖詹姆斯大廳擠滿聽眾，在狄更斯入場和出場時，他們有時會起立歡呼。」回到加德山莊後，狄更斯繼續創作小說。六月某天，狄更斯在用餐時發病了，喬治娜派人請來醫生，並通知住在倫敦的兩個外甥女。第二天，機敏能幹的小姨子就派小女兒凱蒂，把狄更斯快要過世的消息告訴特南。凱蒂和特南一起回到加德山莊。狄更斯於一八七〇年六月九日去世，葬在西敏寺。

* * *

阿諾德在一篇著名的文章中指出，真正優秀的詩歌必須具有高度嚴肅性。他發現傑弗里．喬叟（Geoffrey Chaucer）的詩歌缺乏這種嚴肅性，所以儘管稱讚喬叟的詩作，但是拒絕將他列為最偉大的詩人之一。阿諾德太過嚴肅，他對幽默的風格抱持疑慮，我不認為他會承認法蘭索瓦．拉伯雷（François Rabelais）作品中的大笑，和約翰．彌爾頓（John Milton）想要向人們證明上帝一樣嚴肅，不過我明白他的意思，其實不只詩歌如此，也許正是因為狄更斯的小說中缺乏這種嚴肅性，所以儘管有許多優點，但還算不上完美。如今，我們的腦海裡已經裝滿偉大的法國和俄羅斯小說；和它們相比，連喬治．艾略特（George Eliot）的小說都幼稚得令人吃驚，更別說狄更斯的作品。當然，我們必須記住，我們已經不怎麼閱讀他的作品。時代變了，這些小說也隨之改變，我們已經無法體驗到這些小說剛出版時人們的情感。關於這一點，我想引用波普－亨內西書中的一段話：「傑佛瑞勛爵的鄰居和朋友亨利．西登斯（Henry Siddons）夫人，朝他的書房窺視一眼，看見傑佛瑞的頭靠在桌上，抬起頭的時候，眼裡噙滿淚水。她請求對方的原諒，說道：『我不知道你聽到什麼壞消息，也不知道你為何會這麼難過，否則我就不會來了。是有人去世了嗎？』『是的，的確有人去世了，』傑佛瑞勛爵回答道，『表現出自己的這一面實在太傻，可是我忍不住。知道這件事，你也會難過的，小內莉，《博茲札記》的小內莉死了。』」傑佛瑞是蘇格蘭的法官，《愛丁堡評論》（*The Edinburgh Review*）創辦人，還是一位嚴厲刻薄的評論家。

狄更斯的幽默感讓我覺得非常有趣，但他的悲傷卻很難打動我，他的情感很強烈，卻不真誠。狄更斯有一顆仁慈的心，同情窮人和被壓迫者，一直熱衷於社會改革，但這是一顆演員的心，他可以強烈感受到自己想要描繪的那種情感，就像一個演員扮演悲劇角色一樣。「赫卡柏是他什麼人？他又是赫卡柏什麼人？」[2]我想起一位女演員告訴我的一件事，當時這位偉大的藝術家正在表演《費德爾》（*Phèdre*），演到高潮時，她聽到廂房一側有人在大聲說話，於是她做出一副痛苦的姿態，掩面走到他們旁邊，用法語憤怒地低聲說：「閉嘴，你們這些混蛋。」然後又擺出一副愁容，轉過身來繼續演出，而觀眾什麼都沒有發現。如果她沒有真實的情感，絕對不會表演得如此精彩，但她的情感是職業化的，只受神經系統的控

2 莎士比亞戲劇《哈姆雷特》（*Hamlet*）中的一句臺詞，劇中的意思是「騙子只會騙別人，演員連自己都騙，寧可為一個素昧平生的赫卡柏流淚」。

制，而不是發自內心。我並不懷疑狄更斯的真誠，但那是一個演員的真誠，或許這就是無論他如何在小說中堆砌情感，我們也不會被感動的原因。

然而，我們無權要求一位作者提供他沒有的東西。儘管狄更斯達不到阿諾德的要求，但也有別的長處。他是一位天資超凡的小說家。在他看來，《塊肉餘生錄》是自己最優秀的一部小說。小說家常常無法準確地評價自己的作品，但狄更斯的判斷是準確的，《塊肉餘生錄》很像一部半自傳體小說。他根據自己的創作目的，從生活中汲取許多素材，而對於小說的其他部分，他則運用生動的想像。他不是一個夠格的讀者，對文學交流感到厭煩，對文學的瞭解始終停留在小時候於查塔姆初次閱讀的作品上。我認為斯摩萊特的作品對他的影響最為深遠。斯摩萊特給讀者呈現的角色雖不夠超群脫俗，卻鮮活生動，與其說它們是「角色」，不如說它們是「性情」。

狄更斯生來善於觀察別人。米考伯先生的原型就是他的父親約翰。米考伯先生說起話來口若懸河，花起錢來鬼鬼祟祟，但是絕非無用之人，他勤奮善良，溫柔親切。如果福斯塔夫[3]是文學史上最偉大的喜劇人物，米考伯先生就名列第二。一些評論家認為，他應該一直任性魯莽、目光短淺，因為米考伯先生最終成為體面的地方法官而指責狄更斯。我認為這種指責很不公正，澳大利亞人口稀少，而米考伯先生風度翩翩、有學識、談吐不凡，憑藉這些優勢，為什麼不能獲得官職？狄更斯不僅把喜劇人物刻畫得極其出色，就連斯提福茲那位狡詐圓滑的助手也描繪得淋漓盡致，神祕陰險的氣質令人毛骨悚然。還有希普，雖然他給人一種大眾情節劇的感覺，卻是令人恐懼的角色。**《塊肉餘生錄》裡的人物極其豐富，他們的生動形象、構思獨特，令人讚嘆**。世上並不存在米考伯夫婦、辟果提和巴基斯、特拉德斯、貝西·特洛伍德、迪克先生、希普和他母親這樣的人，他們都是在狄更斯的想像中誕生的，他們的言行一致、真實自然，雖然這些人物完全是虛構的，但是極具生命力。

一般來說，**狄更斯經常透過誇大人物特性和怪癖來塑造人物，而且透過幾個字或幾句話，就能在讀者腦海中留下深刻的印象**。他筆下的人物自始至終都保持一致（其中只有一、兩個例外，但他們性格上的變化不太具有說服力，只是為了創造一個圓滿的結局），這麼做會讓人物失去真實性，變得像漫畫一樣誇張。如果作者想要一個給讀者帶來歡樂的喜劇角色，誇張一些也無妨；但是若想引發讀者的同情，就萬萬不可過於浮誇。除了把「我永不背棄米考伯先生」掛在嘴邊的米考伯太太和貝西這樣誇張的人物，狄更斯對女性角色的刻畫從來沒有特別成功。狄更斯以初戀比德內爾為原型塑造的朵拉不明事理，過於孩子氣；以瑪麗和喬治娜為原型塑造的艾格尼絲又太過完美。這兩個人物都十分令人厭倦。小艾蜜莉也是一個失敗的角色。狄更斯顯然想讓我們憐憫她，她的理想是嫁給斯蒂福斯，成為「淑女」，於是他們私奔了；但是她成天鬱鬱寡歡、哭哭啼啼、自怨自艾，斯蒂福斯對她很厭煩，但這也是她咎由自取。《塊肉餘生錄》中，羅莎·達特爾是最令讀者感到莫名其妙的女性。我猜狄

---

3 莎士比亞歷史劇《亨利四世》（*Henry IV*）中的人物，是莎士比亞筆下最出名的喜劇人物之一。

更斯本來想在小說中更好地利用這個角色，如果他放棄這個計畫，也是因為害怕冒犯讀者。我只能假設她是斯蒂福斯的情人，因為被拋棄而對他恨之入骨，但她仍懷有嫉妒的愛，也許巴爾札克能更加得心應手地完成這個角色。《塊肉餘生錄》的所有角色中，斯蒂福斯是唯一「直接」刻畫的角色，此處借用演員常說的「直接角色」這個概念。狄更斯筆下的斯蒂福斯體面高雅、為人親切、善良友好，能與任何人和睦相處；他開朗、勇敢、自私、莽撞，讓讀者留下深刻的印象。他走到哪裡都能給人們帶來歡樂，卻又惹出許多事端。他的下場很悲慘，如果是費爾丁來寫的話，可能會對他仁慈一些。正如奧諾爾（Honour）夫人在談到《湯姆・瓊斯》時說：「如果姑娘們太主動，就不應該責備小夥子，畢竟那只是他們的本性。」

如今的小說家在安排情節時，不僅要顧及可能性，還要考慮必然性，而在狄更斯所處的時代並沒有這樣的限制。離開英國幾年後，斯蒂福斯從葡萄牙乘船歸國，輪船在離雅茅斯（Yarmouth）不遠的地方失事，他不幸溺水身亡。當時科波菲爾恰好去那裡看望老朋友，這樣的巧合實在令人難以置信。如果斯蒂福斯必須得到報應，是為了符合維多利亞時代的「惡人有惡報」的要求，狄更斯也應該想到更可行的方法來達到目的。

* * *

濟慈早逝，華茲華斯長壽，這是英國文學的兩大不幸。同樣令人悲哀的是，正當小說家們文思泉湧時，當時盛行的出版制度卻助長小說家冗長散漫的文風。維多利亞時代的小說家是靠筆桿吃飯的勞動者，他們必須按照合約要求，為十八期、二十期或二十四期報紙交出確定篇幅的稿件，還得巧妙安排每一期的結尾，吸引讀者購買下一期。他們對自己要講的故事瞭然於心，在連載開始前準備兩、三篇內容就夠了。他們相信在創作過程中會找到足夠的素材，用來應付接下來的寫作。他們有時會失去創造力，但是必須盡力交差。有時故事已經講完，連載卻還沒有結束，他們就得想盡一切辦法拖延情節。這樣一來，他們的文章就變得結構混亂、冗長枯燥。

《塊肉餘生錄》以第一人稱敘述，這種敘述視角很適合複雜的情節，其中有一處明顯的偏題，是對斯特朗先生與妻子、母親及妻子的表妹之間關係的描寫，這些描寫和科波菲爾毫不相關又十分乏味。我覺得狄更斯也沒辦法，只能藉此填補兩段間隔的時間：一是科波菲爾在坎特伯里上學的那幾年；二是科波菲爾對朵拉失望，直到她去世。

半自傳體小說的寫作者所面臨的風險，在於他們把自己作為小說的主角，狄更斯也未能倖免。科波菲爾十歲時，嚴厲的繼父就讓他去工作，狄更斯也有相似的遭遇。科波菲爾內心認為同齡男孩的社會地位都比不上自己，和他們交往會害自己墮落。狄更斯也一樣，在交給福斯特的自傳的一些片段中，也聲稱自己曾經歷這樣的痛苦。狄更斯竭盡所能地想要引起讀者對筆下主角的同情，書中有一個著名的片段：在科波菲爾逃往多佛，想要尋求姨媽貝西（她是一個迷人有趣的角色）的庇護時，狄更斯進行肆無忌憚的描寫。無數的讀者認為這段冒險悲慘十足，而我的要求卻更高一些。我驚奇於這個小男孩居然傻到被途中遇見的每個人打劫和欺騙，他畢竟在工廠工作幾個月，從早到晚都在倫敦遊蕩，就算工廠裡的其他男孩的社會地位不如他，至少也能教他一點東西。他還曾和米考伯一家生活在一起，為他們典當過七零八碎的東西，還去馬夏爾西監獄探望他們。如果他真像狄更斯說的那樣聰明，就算當時年紀還小，也一定會對這個世界有所瞭解，至少有照顧好自己的能力。然而，科波菲爾的無能不僅表現在童年時期無法應對困難，還表現在面對朵拉時變得懦弱，還有處理家庭生活中的普通問題上缺乏常識，幾乎令人難以忍受。他實在過於遲鈍，居然看不出艾格尼絲對他的愛慕。最終他成為一位小說家，這是令我難以信服的。倘若他真的創作小說，也是亨利·伍德夫人（Mrs. Henry Wood）[4]那樣的小說家，而不是狄更斯這樣的小說家。說來奇怪，科波菲爾的創造者竟然沒有把自己的能量、活力和熱情賦予他。科波菲爾的身材纖瘦、長相英俊，很有魅力，不然也不會讓所有遇到他的人都對他喜愛有加。他為人誠實、善良友好、勤勉盡責，但是確實有些傻，依舊是小說中最無聊的角色。科波菲爾在蘇活區的閣樓目睹小艾蜜莉和羅莎之間發生的恐怖一幕，最能體現出他形象的黯淡、軟弱和面對尷尬局面時的無能。出於某種淺薄的藉口，他沒有試圖阻止她們，這一幕是很好的例子，說明用第一人稱寫小說可能會讓敘述者搞錯自己的定位，與小說主角的身分極不相稱，引起讀者極度不滿。如果用第三人稱的全知角度來進行描寫，這個場景依然過於誇張，令人厭惡，雖然有些難度，但是至少能讓讀者接受。當然，人們能在閱讀《塊肉餘生錄》時獲得樂趣，並不是因為他們相信生活是或曾經是狄更斯描述得那樣，但這不是在貶低他。小說如同天國，遍布各種樓宇，小說家可以邀請你進入他所選擇的任何一間，其中每一間都有存在的意義，但你必須盡量適應自己所處的環境，必須用不同的眼光來閱讀《金碗》和《蒙帕納斯的布布》（*Bubu de Montparnasse*）。**《塊肉餘生錄》是一部由一位有著豐富想像力和溫暖情感的人，用回憶寫就關於生活的幻想之作，它時而歡樂，時而哀傷。你必須以閱讀《皆大歡喜》（*As You Like It*）[5]的情緒來閱讀這本書，它能帶來同等的快樂。**

---

4 英國女作家，本名艾倫・普萊斯（Ellen Price，一八一四－一八八七），成名作為《東林恩》（*East Lynne*）。

5 莎士比亞在一五九九年創作的喜劇。

福樓拜
和
《包法利夫人》

Gustave Flaubert
&
Madame Bovary

一個作家能寫出什麼樣的書，取決於他的經歷。福樓拜是一個極不尋常的人，他比任何作家都熱情。對他來說，寫作不僅極其重要，還集多種功能於一體，能夠緩解疲勞、放鬆身心、豐富經驗。他並不認為活著是人生的目的，對他而言，寫作才是人生的目的。**他獻身於文學，為了創作出藝術作品，福樓拜捨棄豐富多彩的生活，犧牲塵世的歡樂**。他既是浪漫主義者，又是現實主義者。浪漫主義者對現實不滿，渴望逃離現實，所以福樓拜醉心於想像，在東方大陸和遠古時代尋求精神的庇護。儘管他痛恨現實，厭惡資產階級的卑鄙、陳腐和愚蠢，但他還是為之著迷。他的天性強烈引導自己接近最憎惡的東西，人類的愚蠢能為他帶來病態的快樂。它擁有某種魔力，令他惶恐不安，就像身上的一處傷口，雖然很痛，但還是忍不住觸碰。他又從現實主義的觀點出發，把人性視為一堆垃圾，這麼做並不是為了找尋其中的價值，而是為了展示人性的卑鄙。

* * *

福樓拜於一八二一年出生在盧昂（Rouen），父親是醫院院長，和妻兒一起住在那裡。這是一個幸福、快樂、受人尊敬的富裕家庭。福樓拜和其他同階層的男孩交朋友，他不常工作，讀書很多，想像力豐富，十分情緒化。和許多孩子一樣，他的內心充滿孤獨，敏感的人一生注定為孤獨所困。他寫道：「我十歲就去上學，很快就對人類產生強烈的反感。」他從小就是一個悲觀主義者。當時十分盛行浪漫主義，隨之流行的就是悲觀主義。福樓拜就讀的學校有兩個男孩自殺，一個是用槍對準自己的腦袋，另一個則是用領帶上吊。人們不明白，福樓拜的家境優渥，父母和姊姊都很寵愛，他竟然也無法忍受生活。儘管如此，他還是健康地長大成人了。

他在十五歲那年的夏天墜入愛河，當時他們一家前往特魯維爾（Trouville），那是一個海邊的小村莊，只有一家旅館。音樂出版商和冒險家莫里斯・施萊辛格（Maurice Schlesinger）也帶著妻兒住在那裡。福樓拜後來對意中人的描繪是這樣的：「她的身材高䠷，一頭烏黑濃密的秀髮披散在肩膀，她有一個希臘式的高鼻梁；她的眼神灼熱，眉毛呈現高挑的拱形；她的皮膚晶瑩剔透，彷彿被一層金色的迷霧籠罩；她的身材纖細、婀娜多姿，在她紫褐色的頸部，可以看見蔓延的青色血管；嘴上的細絨毛加深她上唇的顏色，為她的容貌增添幾分陽剛和活力，令那些白皮膚的金髮美女黯然失色。她說話很慢，聲音輕柔悅耳。」我曾猶豫是否要將pourpré翻譯成「紫褐色」，這樣聽起來並不悅耳，但它的翻譯就是如此，可能福樓拜將這視為明亮色彩的同義詞。

二十六歲的艾莉莎・施萊辛格（Elisa Schlesinger）正在照顧自己的孩子。福樓拜很膽小，要不是艾莉莎有一個友好熱情的丈夫，他甚至沒有勇氣和她說話。施萊辛格帶他一起騎馬。有一次，他們三個人一起乘船出遊，福樓拜和艾莉莎的肩膀靠在一起。她的裙子挨著他的手，她說話時聲音低沉甜美，他的心裡一片混亂，對她當時說的話連一個字都想不起來了。到了夏末，施萊辛格一家離開，福樓拜一家也回到盧昂，福樓拜也開學了，這是他生命中第一次迸發激情。兩年後他重返特魯維爾，得知艾莉莎曾在那裡留下足跡。他認為自己當初太慌亂了，還不是真正的愛，現在他有了男人的慾望，距離只會加深思念。回到家之後，他又重新開始創作半途而廢的《狂人之憶》（*Les Mémoires d'un Fou*），講述的是那個夏天愛上艾莉莎的故事。

十九歲時，為了獎勵他進入大學，父親送他和克洛凱（Cloquet）醫生到庇里牛斯山和科西嘉島（Corsica）旅行。那時他已經長大成人，同時代的人都稱他為巨人，他自己也是這麼說的。儘管他身高還不到六英尺（約一百八十三公分），放到現在根本算不上高，但是當時的法國人比現在矮得多。他的身材纖瘦、舉止優雅，黑色睫毛覆蓋海藍色眼睛，金色長髮垂在肩上。四十年後，一位年輕時就認識他的女士說，那時的他像希臘天神一樣俊美。從科西嘉島返回的途中，兩位旅行者在馬賽稍作歇息。一天早上，剛洗完澡的福樓拜看到旅館的院子裡坐著一個女人，便開始和她交談。她的名字叫尤拉莉・富科（Eulalie Foucaud），丈夫是法屬圭亞那的官員，她正在等待開船，回到丈夫身邊。福樓拜和富科共度一晚，那晚的愛情火焰就像陽光照在雪地上一樣唯美。後來福樓拜再也沒有見過她，但是這次經歷在他心中留下深刻的印象。

不久後，福樓拜為了找工作，到巴黎學習法律。他對法律書籍和大學的生活感到厭煩，對同學們的平庸姿態以資產階級的文化品味感到不屑。他創作一部叫作《十一月》（*Novembre*）的中篇小說，他在小說中描繪與富科的邂逅，但卻給了她艾莉莎那樣高挑的彎眉，覆著淺色絨毛的上唇和可愛的脖子。拜訪過那位出版商後，福樓拜再次與施萊辛格一家取得聯繫，還應邀與他們夫妻共進晚餐。艾莉莎和從前一樣美麗。上一次見到她時，福樓拜還是毛小子，如今已經成為熱切、殷勤、俊俏的男人。他們經常一同用餐，一起旅行，他還是和以前一樣靦腆，很長一段時間都不敢表明自己的心意。後來他終於鼓起勇氣，艾莉莎卻並沒有像他擔心的那樣生氣，而是明白告訴他，自己只把他當成朋友。

艾莉莎的故事也很不尋常，福樓拜第一次遇見她時，和大多數人一樣，以為她是施萊辛格的妻子。其實不然，艾莉莎的丈夫艾米爾．朱迪亞（Emile Judéa）因為欺詐面臨起訴，施萊辛格提供足夠的金錢，讓他免於坐牢，條件是要他離開法國，放棄自己的妻子。後來施萊辛格便和艾莉莎一起生活。當時法國還不允許離婚，直到一八四〇年朱迪亞去世後，他們才結婚。雖然朱迪亞已不在人世，但是艾莉莎依然愛著他，再加上她忠於施萊辛格，不願答應福樓拜的懇求。不過福樓拜十分殷勤，施萊辛格又對她不忠，艾莉莎最終被打動，約好時間去他的公寓。福樓拜在焦急中等候，可是她卻沒有赴約。基於《情感教育》的內容，也許這就是值得相信的事實。可以確定的是，艾莉莎從未做過他的情婦。

一八四四年發生一件事，徹底改變福樓拜的生活，對他的文學創作也產生影響。事情是這樣的，福樓拜和哥哥去看望母親，乘車回家時已經很晚了。路上，他突然感到一陣焦灼，像石頭一樣摔倒在地。他醒來時渾身是血，原來是哥哥把他帶到附近的房子裡，進行放血治療。回到盧昂後，父親又為他放了一次血，給予一些纈草和槐蘭當作藥材，還禁止他吸菸、喝酒、吃肉。接下來幾天，他的病情總是間歇性發作，神經已經嚴重受損。他的病情有很大的謎團，醫生們從不同的角度進行分析，其中一些醫生坦率地說這是癲癇，福樓拜的朋友們也是這麼想的，但是在他姪女的回憶錄裡卻對此避而不談。雷恩・杜梅斯尼爾（Réne Dumesnil）是醫生，後來也是福樓拜的重要傳記作者，他認為這種病是癔病性癲癇。但不管是哪種病，治療方法都大同小異，福樓拜連續幾年都要服用大劑量的硫酸奎寧，並且終身都在服用溴化鉀。

福樓拜的家人並未感到意外。福樓拜曾告訴居伊・德・莫泊桑（Guy de Maupassant），他在十二歲就曾出現幻視和幻聽。十九歲時，父親讓他和醫生去旅行，改變一下生活環境，這或許說明他當時就出現癲癇的症狀。福樓拜雖然家境富裕，但是父親十分保守、毫無情趣、勤儉節約，很難相信他會因為兒子被大學錄取，就讓兒子和一位醫生去旅行。也許正是這種疾病影響福樓拜的神經系統，讓他有了嚴重的悲觀情緒。這種可怕的疾病發作時間不定，必須改變生活方式，他決定不再學習法律（也許他很樂意這樣做），並終身不娶。

一八四五年，福樓拜的父親去世了。兩、三個月後，他最喜歡的妹妹卡洛琳・福樓拜（Caroline Flaubert）也因為難產死亡，他們從小形影不離，直到妹妹結婚前，都是他最親密的同伴。

福樓拜的父親在去世前，買下塞納河畔一處叫作克魯瓦塞（Croisset）的房子。這棟房子有兩百年的歷史，由石材精心建成，屋前有一個露臺和一個能眺望河面的小亭子。父親去世後，他的遺孀和兒子、卡洛琳的小女兒一起住在這裡。大哥阿希爾・福樓拜（Achille Flaubert）已經結婚，接替父親在盧昂醫院的職位。福樓拜餘生一直住在克魯瓦塞，從很小的年紀就開始斷斷續續地寫作，如今由於生病，不能過著正常的生活，他便決定投身文學事業。他在一樓有一間很大的工作室，透過窗戶能看到塞納河。他的生活很有規律，每天大約十點起床，之後閱讀信件和報紙。十一點吃午餐，隨後在露臺上閒逛，或是坐在小亭子裡看書。他從下午一點開始工作，一直忙到七點，然後去花園散步，接著又工作到深夜。有時他會邀請朋友來家裡討論工作，除此之外，誰也不見。他有三個經常見面的朋友：阿爾弗雷德・勒波提文（Alfred Le Poittevin），他比福樓拜年長，是家族的摯友；馬克西姆・杜坎（Maxime du Camp），他是福樓拜在巴黎學習法律時認識的友人；路易・布勒（Louis Bouilhet），他在盧昂教英語和法語，還是一位詩人。他們都對文學很感興趣。福樓拜對朋友很忠誠，是一個重感情的人，但占有慾強，又十分挑剔。在知道尊敬的勒波提文娶了莫泊桑的女兒時，他很生氣，後來表示：「這個消息之於我，就像是一位主教引起的醜聞之於他的信徒。」關於杜坎和布勒，我接下來會提到。

卡洛琳死後，福樓拜為她的雙手和臉部做了模型。幾個月後，他去巴黎委託當時著名的雕塑家詹姆斯・普拉迪爾（James Pradier）為她製作半身像。在普拉迪爾的工作室裡，他遇見一位名叫露易絲・科萊特（Louise Colet）的女詩人。文學界有很多像她這樣的作家，以為不斷折騰就能彌補天賦上的不足；在美貌的加持下，她在文學界站穩腳跟，被稱為「繆斯女神」，許多名人都來參加她舉辦的沙龍。她的丈夫希波利特・科萊特（Hippolite Colet）是一位音樂教授；情人維克多・庫桑（Victor Cousin）是一位哲學家，同時也是一位政治家，兩人育有一個私生子。她的金黃色鬈髮垂落在臉頰兩旁，聲音熱情而溫柔，她說自己三十歲，但是實際年齡還要大上幾歲。當時福樓拜二十五歲，不到兩天就成為她的情人（由於福樓拜的緊張和激動，還引發一小段爭執）。但是福樓拜並未取代庫桑，按照露易絲的說法，她和庫桑是十分正式的柏拉圖式關係。三天後，福樓拜傷心地與對方分別，回到克魯瓦塞。當晚，他就開始持續寫給露易絲古怪的情書。

許多年後，福樓拜告訴愛德蒙・德・龔固爾（Edmond de Goncourt），他曾『瘋狂地』愛過露易絲；但他總是誇大其詞，從寫給露易絲的信件中也無法看到他的感情。我們可以推測，他會因為情人是公眾人物而自豪。他的想像力十分豐富，和許多愛做白日夢的人一樣，與對方分別反而會加深感情。他把這種感受告訴露易絲。露易絲催促他來巴黎，但他說父親和妹妹的死已經讓母親傷心，他不能再離開母親；於是露易絲懇求他，但是他說除非有正當理由才能出門。露易絲生氣地問他：「這是不是意味著你像女孩一樣，受到嚴厲的管教？」其實這句話說得沒錯，他的癲癇一旦發作，就會連續幾天身體虛弱、心情抑鬱，讓母親擔心。他喜歡游泳，但是母親不讓他這麼做，也禁止他獨自坐船遊覽塞納河。每次他搖鈴叫喚僕人時，母親都會衝上樓。他告訴露易絲，如果自己想要離開幾天，母親不會反對，但是會讓她擔心。露易絲不會不明白，他完全有離開家門在巴黎待幾天的理由。當時他很年輕，如果他很少與露易絲見面，就說明他的性慾被強力鎮靜劑壓抑了。

露易絲寫道：「你這根本算不上愛，我在你的生活中根本無足輕重。」他回信寫道：「妳想知道我愛不愛妳，答案當然是愛，我盡自己最大的能力去愛妳；也就是說，愛情在我生命中只是次要的事。」福樓拜還為自己的坦率而自豪，不過他的情商實在太低。他還讓露易絲向住在卡宴（Cayenne）的一位朋友打聽富科（他在馬賽邂逅的那位女子）的消息，甚至還請露易絲寄給她一封信。露易絲對此大為惱火，他卻對她的憤怒感到十分吃驚。福樓拜甚至把自己與妓女的情事告訴她，表示很喜歡這個妓女，還對此洋洋得意。不過男人經常在性生活上撒謊，他甚至把自己沒有性能力的事拿來吹噓。他對露易絲很不用心，有一次在她的強烈要求下，福樓拜約她在芒特（Mantes）的一家旅館會面，他提議兩人早點出發，共度一個下午，在天黑之前回家，露易絲的怒火讓他十分震驚。在這兩年的戀情中，他們一共見了六次面，顯然是露易絲先提出分手的。

與此同時，福樓拜在創作一本早已構思好的小說《聖安東尼的誘惑》（*La Tentation de St. Antoine*），準備寫完後與杜坎去地中海東部旅行，福樓拜的親友認為溫暖的生活環境有益健康。寫完後，福樓拜把杜坎和布勒叫到家裡，讀給他們聽，他們說好在聽完之前不會發表意見。福樓拜連續讀了四天，每天讀八個小時。第四天午夜，福樓拜讀完小說，用拳頭重重捶了一下桌子，問道：「怎麼樣？」一個朋友回答道：「我認為你應該把這本書燒了，再也不要提它。」這對他來說是一個慘痛的打擊。他們爭論幾個小時，最終福樓拜接受這個結論。

布勒建議福樓拜學習巴爾札克，創作一部現實主義小說。他們爭論完後，已是早上八點，都去睡覺了。當天傍晚，他們再次討論。根據杜坎在《文學回憶錄》（*Souvenirs Littéraires*）中的描述，布勒當時想到的一個故事成為《包法利夫人》裡的情節。但是在福樓拜和杜坎之後的旅程裡，福樓拜在寫給家裡的信上提到很多當時正在構思的小說主題，其中並沒有《包法利夫人》，因此杜坎的說法並不準確。

福樓拜和杜坎一起去了埃及、巴勒斯坦、敘利亞及希臘，在一八五一年返回法國。布勒就是在這時候對他講述尤金．德拉馬爾（Eugène Delamare）的故事。德拉馬爾在盧昂的一家醫院實習，是一名家庭外科醫生，第一任妻子是一個比他大上許多的寡婦，後來娶了鄰家農民的漂亮女兒，她自命不凡，揮霍無度，很快就對遲鈍的丈夫感到厭煩。她有好幾個情人，買了很多昂貴的衣服，變得負債累累，於是服毒自殺，德拉馬爾也自殺了。眾所周知，福樓拜非常關注這個小故事。

回到法國後不久，福樓拜又遇見露易絲。她的情況很糟，丈夫去世了，庫桑也不再給她錢，沒有人在意她的劇本。她寫信告訴福樓拜，她從英國回來時會路過盧昂，於是他們見面了，又開始互相寫信。沒過多久，她再次成為福樓拜的情人。她是一位金髮碧眼的女性，金髮女郎往往最不抗老，而且當時那些自視甚高的女性都不化妝，也許福樓拜被她的感情打動了，她是唯一一個愛過他的女人。也許福樓拜對自己的性能力沒有自信，但是在兩人僅有的幾次性生活中，他對自己的表現還算滿意。她的信已經被銷毀，但是福樓拜的信還在，我們從這些信裡得知，露易絲還是像以前一樣固執專橫、挑三揀四、令人厭煩。她強行要求福樓拜來巴黎，或是讓她到克魯瓦塞，而福樓拜繼續找藉口不去看她，也不讓她來看自己。他在信裡談的主要是文學方面的話題，到了結尾才敷衍地表達愛意。有趣的是，他談及撰寫《包法利夫人》時遇到的困難。那時他正一心創作，露易絲不時寄來自己的詩作；他的評論很嚴苛，難怪他們的戀情會走向終結。這是由於露易絲的魯莽造成的，她故意讓福樓拜知道自己拒絕庫桑的求婚，她已經下定決心要嫁給福樓拜，還把這件事告訴朋友。福樓拜感到屈辱和恐懼，多次爭吵後，他告訴露易絲，自己再也不想見到她。但她並沒有退卻，而是來到克魯瓦塞，引發一場鬧劇；福樓拜狠狠把她趕出去，就連他的母親都嚇了一跳。雖然女性總是只相信她們願意相信的事物，但是這位「繆斯女神」不得不接受兩人的分離。據說她為了報仇，寫了一部糟糕的小說，把福樓拜寫成惡毒之人。

* * *

這次旅行回來後，杜坎在巴黎定居，購買《巴黎半月刊》（*Revue de Paris*）的股份，還到克魯瓦塞向福樓拜和布勒邀稿。福樓拜死後，杜坎為他出版兩卷厚厚的《文學回憶錄》，所有為福樓拜寫傳記的人都能無償使用，但是他們似乎都忘恩負義，傲慢無禮地對待這本書的作者。杜坎在書中寫道：「一共有兩類作家：一類是將文學作為手段的人；另一類是將文學作為目的的人。我一直是前者，向文學索取的僅僅是熱愛。」杜坎希望成為這樣的人：他們熱愛文學，又有品味和才能，卻不具備創作天賦。他們在年輕時能夠寫出優美的詩句和平庸的小說，但是過不了多久，就會找一些更容易的工作，比如為書籍撰寫評論、在雜誌社當編輯、為已故作家的精選集寫前言、為名人寫傳記，撰寫相關文學主題的文章，最終創作自己的回憶錄。他們在文學界發揮重要的作用，再加上他們文筆優美，創作的文章頗具可讀性，我們不該像福樓拜對待杜坎那樣輕視他們。

據說杜坎嫉妒福樓拜，我覺得這種說法有失公允。杜坎在回憶錄中寫道：「我從未想過要與福樓拜相提並論，也從未質疑他的傑出才能。」沒有人能說出比這更公正的話了。福樓拜在學法律時，他們就成為親密的朋友；他們一起吃飯，一起在咖啡館裡暢談文學，後來兩人一起旅行，在地中海暈船，在開羅醉酒，一有機會就去嫖娼。福樓拜暴躁易怒、無法容忍不同意見，但杜坎還是給予極高的評價，他很瞭解福樓拜，不可能不清楚對方的缺點。和福樓拜的狂熱崇拜者不同，他敬仰的並不是這位年輕時結交朋友的人性。也正是因為這一點，這個可憐之人受到惡意中傷。

杜坎認為福樓拜不該一直住在克魯瓦塞，竭力勸說他搬到巴黎，在巴黎，他可以融入首都的文藝界，與同時代的作家交流思想，拓展自己的眼界。表面上看來，這個提議有其道理，小說家必須生活在自己的素材中，要主動尋求更多的經歷。福樓拜的生活很狹隘，他熟悉的女人只有自己的母親、艾莉莎，以及那位「繆斯女神」。儘管福樓拜討厭別人干涉自己的事，但是杜坎並不甘心，從巴黎寫信告訴福樓拜，如果他繼續過著這樣保守的生活，大腦很快就會退化。這句話激怒福樓拜，讓他記了一輩子。這句話確實有些不太合適，因為他總是擔心癲癇會讓大腦退化。福樓拜生氣地回信給杜坎，表示自己根本看不上那些巴黎的可憐文人，如今的生活正合心意。於是他們的關係就此疏遠，雖然後來又重歸於好，但是再也不像以前那麼親密。杜坎是一個主動積極的人，坦誠表示想要躋身當時的文學界，這引起福樓拜的反感。福樓拜寫道：「他已經不再是我們中的一員。」他覺得杜坎的作品鄙俗不堪，風格令人生厭，借鑑其他作者的作品也成為可恥之罪，每次提到杜坎的名字時，他都覺得不屑。儘管如此，在看到杜坎在《巴黎半月刊》上，刊登布勒關於羅馬的三千行詩作創作後，福樓拜感到十分欣慰，他接受杜坎提供的機會，在《巴黎半月刊》上連載《包法利夫人》。

布勒仍是福樓拜最親密的朋友，福樓拜曾經以為他是一位偉大的詩人（如今看來顯然是錯誤的）。他幫了福樓拜很多忙，要是沒有布勒的幫助，可能《包法利夫人》根本不會存在。正是在與他進行無休止的爭論後，福樓拜才為《包法利夫人》寫下提綱，法蘭西斯·史蒂格穆勒（Francis Steegmuller）在著作《福樓拜與包法利夫人》（*Flaubert and Madame Bovary*）中提過這件事，布勒認為這本書有成功的潛力。一八五一年，三十歲的福樓拜正式開始創作這部小說，除了《聖安東尼的誘惑》外，他早期的幾部重要作品非常私人化，都是以邂逅為題材的中篇小說。現在他的目標是保持絕對客觀，不帶任何偏見地陳述事實、揭露人物性格，既不貶損，又不讚揚。就算他同情某個角色，也絕不表現出來；就算某個角色的愚蠢或是另一個角色的惡毒令他惱怒，他也絕不讓情緒在字裡行間流露。整體來說，他做到這一點，也許這就是讀者在小說中體會到某種冷漠的原因。這種刻意為之的客觀，實在難以令人感到觸動，讀者總是希望作者和自己一樣感同身受，我想這是閱讀中的一個缺陷。

和其他小說家一樣，福樓拜的嘗試以失敗告終，因為絕對的客觀根本無法實現，作者讓角色的行為與自身的個性相符就很不錯了。如果一位作者故意讓你注意某個角色，不斷說教或談論別的事情，是非常惹人厭的。但這僅僅是寫作方法的問題，一些非常優秀的小說家曾使用這種方法，就算它現在過時了，也不代表這個方法不好。回避這種方法的作者只是從表面上看起來客觀而已，他在選擇角色、主題和視角時，還是會透露自身的個性。福樓拜以陰鬱憤慨的眼光看待世界，他極度偏執，對愚蠢的行為毫不容忍；他毫無憐憫之心，資產階級和市民階級都令他惱怒。他在成年後飽受疾病的折磨，正如我提到的，他既是浪漫主義者，也是現實主義者。因為生活不得志，生活貧困潦倒，他投身於艾瑪·包法利的故事中。這部五百多頁的小說向我們介紹許多人物，但除了拉里維耶醫生這個小人物外，其他人物都是卑鄙、刻薄、愚蠢、平庸、粗俗之輩。他的書中有非常多這樣的人物，不管一個城鎮有多小，竟然連一個善良友好的人都找不到，福樓拜未能成功地把自己的個性排除在小說之外。

他挑選一些平凡的人物，根據他們的個性安排一連串事件。不過他很清楚人們不會對如此無聊的角色感興趣，他們的故事也一定乏味至極。至於他是如何處理此事的，我們稍後再談。我們先看看他取得多大程度的成功：書中的角色極具真實性，以至於讀者把他們當作活生生的人，就像水管工、雜貨商或醫生，我們忘了他們是小說中的人物。舉例來說，赫麥和米考伯先生一樣幽默，法國人對他的熟悉程度就像我們熟悉米考伯先生一樣。我們甚至認為他比米考伯先生更真實，因為他始終沒有改變。但艾瑪絕對不是普通的農民女兒，她和每個人都有共同點：我們都做過不切實際的白日夢，幻想自己變得富有、英俊，成為浪漫冒險故事中的男、女主角。可是我們十分理智或太過膽小，不會讓幻想影響日常行為，而艾瑪不同，她長得十分漂亮，會努力實現自己的夢想。所以這部小說剛出版時，被指控傷風敗俗，作者和印刷商都遭到起訴。我看過公訴人和辯護律師的辯論，公訴人列舉一連串認為色情的段落，放到現在來看根本不算什麼；與現代小說家的性愛描寫相比，這些內容實在是保守克制。很難相信在當時（一八五七年），公訴人會對這些內容感到震驚。辯護律師申辯這些段落是情節需要，小說的道德觀沒問題，艾瑪最終付出代價，於是法官宣判被告無罪。但艾瑪的悲慘下場並不是因為通姦，而是因為欠了太多的錢，如果她能像諾曼的農民一樣節儉，就可以全無顧忌地腳踏幾條船。

福樓拜這部偉大的小說一經出版，就成為暢銷書，但是評論家們對這本書不感興趣，說來奇怪，他們更關注同時出版的《范妮》（*Fanny*），這是歐內斯特．費杜（Ernest Feydeau）寫的小說。但因為《包法利夫人》讓大眾留下深刻的印象，對後來的小說家產生重要影響，才迫使評論家們不得不重視。

《包法利夫人》講述一個不幸的故事，但不是悲劇。這是有區別的，悲劇是由人物的性格導致，而故事只是一個偶然事件。艾瑪是一個魅力四射的女子，卻嫁給查爾斯．包法利這樣一個傻瓜；她希望生下一個兒子，彌補即將破滅的婚姻，卻生下女兒；她的第一個情人魯道夫．布朗格自私刻薄、懦弱無能，令她十分失望；在她絕望無助，向村裡的牧師尋求幫助和指導時，卻發現對方是冷酷無情的傻瓜；當她負債累累、面臨訴訟，屈辱地向布朗格要錢時，對方卻身無分文、愛莫能助，竟然沒想到自己信用良好，律師一定會毫不猶豫把需要的錢給他。在這個故事中，艾瑪只有死路一條，但福樓拜引出結局的方式，是對讀者信任度的極大考驗。

人們在這個故事中發現一個缺陷：雖然艾瑪是小說的中心人物，但小說是以包法利少年時期及他的第一段婚姻為開端，並以他的崩潰和死亡而告終。據我猜測，福樓拜可能是想把艾瑪的故事放在她丈夫的故事中講述，也許他覺得這能讓故事更圓滿。如果這就是他的本意，結局就顯得太過倉促了。縱觀全書，包法利是一個懦弱無能的人，容易被人牽著鼻子走，可是在艾瑪死後，他卻徹底改變了。儘管他破產，卻很難令人相信他會變成一個喜歡爭吵、任性頑固的人。他很愚蠢，但也算得上勤懇負責；照理說不該拋棄病人，況且他很需要病人的錢，他要支付艾瑪的帳單，養活女兒。福樓拜應該針對包法利性格上的轉變提出更多的解釋，但是最終包法利在年富力強時就去世了，唯一的解釋就是，福樓拜在經歷五十五個月的艱辛創作後，想要盡快完成這本書。既然書上明確地告訴我們，隨著時間的流逝，包法利對艾瑪的記憶逐漸模糊，想必他的痛苦會大為減弱。這就引起人們的好奇：為什麼福樓拜不讓包法利的母親像安排第一次婚姻一樣，再為他安排第三次婚姻呢？這樣就能為艾瑪的故事平添幾分虛無，剛好符合福樓拜強烈的反諷風格。

創作小說不是複製生活，而是透過展示人物行為和安排情節引起讀者興趣，小說中的對話必須是日常對話的總結和提煉，剔除不相關的事件和重複的情節，還必須把被時間阻隔的孤立事件銜接起來，這樣才能符合創作目的，吸引讀者的注意。沒有哪一部小說是完全真實的，對於那些常見的荒誕情節，讀者都已經習以為常。小說家並不是把生活搬到紙上，而是創作一幅畫作；如果他是一個現實主義者，會努力讓作品接近生活，要是讀者相信他，他就成功了。

整體來說，《包法利夫人》帶來強烈的現實感，這不僅是因為人物生動，還在於對細節的刻畫。艾瑪婚後生活的頭四年，是在一個叫作托斯特的村子裡度過的，那段日子令她無聊透頂，為了保持相同的敘述節奏，書中其他的部分也得做細緻的描述。描述一段無聊的日子，很容易讓讀者乏味，但是這一大段內容卻讓人讀得津津有味。福樓拜敘述的都是一連串新鮮的細碎小事，所以讀起來不覺得無聊；但由於每件小事（不管是艾瑪所做、所感受，還是所見到的）都是如此庸俗，所以能讓你生動地感受到她的無聊生活。離開托斯特之後，包法利一家搬到一個叫作永城的小鎮。書中對此只描寫一段，其餘部分都是對鄉村和城鎮的描寫，景物描寫與內容敘述交織在一起，增強敘述的趣味性。福樓拜透過連續的行動展示人物的外貌、生活及所處的環境，就像我們在生活中認識新朋友一樣。

* * *

我在前面說過，以尋常百姓作為小說的主題，可能會導致作品枯燥乏味，福樓拜也意識到這種風險。他認為只有借助優美的文體，才能克服因作品醜惡的主題和粗俗的人物而帶給讀者的閱讀障礙。我不知道世界上是否存在天生的文體家，但福樓拜顯然不是，據說他生前未出版的那些早期作品都十分冗長乏味、辭藻浮誇。人們普遍認為，從信件裡看不出他精通母語，但是我不認同這種觀點，因為大部分的信都是他在工作到深夜後匆忙寫就，很多單字和語法都是錯的；信中還夾雜著許多俚語，有時內容還十分粗俗，但是也有一些簡短的風景描寫，這些描寫繪聲繪色、富有韻律，就算放到《包法利夫人》中也不會顯得突兀。還有一些段落是他在憤怒時寫的，它們是如此尖銳直接，根本沒有修飾更改的必要，你能從那些簡短有力的句子中聽見他的聲音；但這都不是福樓拜理想的風格，他對這種風格抱持極大的偏見，對其優點視而不見。他視讓・德・拉布呂耶爾（Jean de La Bruyère）[1]和孟德斯鳩（Montesquieu）[2]為榜樣，他理想中的文章邏輯清晰、細緻準確、情節多樣、節奏優美，像詩歌一樣富有音樂感，同時兼具散文的特色。在他看來，描述事物只有一種方式：措辭必須符合思想，就像手套戴在手上必須合適一樣。福樓拜說：「當我在自己的句子中發現半諧音或重複時，就知道自己又犯錯了。」〔《牛津英語詞典》中提出關於半諧音的例子：人（man）和帽子（hat）、國家（nation）和叛徒（traitor）、懺悔（penitent）和沉默（reticent）。〕福樓拜認為，即使用一個星期來修改，也必須避免出現半諧音。他認為一個單字不能在同一頁中連用兩次，除非實在無法替換。每個作家天生就帶有獨特的節奏感（就像喬治・摩爾（George Moore）在後來作品中所痴迷的那樣），他很謹慎地避免讓這種節奏感困擾自己；他挖空心思，將聲音和詞彙結合，給人迅速或懶散、鬆懈或緊張的印象。總之，他努力呈現想要表達的效果。

寫作時，福樓拜會大致勾勒出想要描述的內容，然後繼續構思和刪改。寫完後，就會到露臺上大聲讀出自己寫下的文字。如果不太順耳，就繼續修改，直到滿意為止。泰奧菲爾・戈蒂耶（Théophile Gautier）認為，福樓拜想用音韻來豐富文章，可是他覺得只有在福樓拜大聲朗讀時，音韻才會被注意到；句子是用來默讀，而不是用來喊叫的。戈蒂耶總是取笑福樓拜的過分講究，他說：「這個可憐的傢伙因為一件事而自責了一輩子，但你不知道他在自責什麼，他在《包法利夫人》的一句話中用了兩個所有格，一個在另一個之上：une couronne de fleurs d'oranger（一個橘色的花環）。他不管怎麼修改都無法避免，這讓他痛苦不堪。」幸運的是，使用英語就可以避免這個問題，我們只要說"Where is the bag of the doctor's wife?"（那個醫生的妻子的包包在哪裡？）但在法語裡，我們必須說"Where is the bag of the wife of the doctor?"

1 法國作家、哲學家和道德家（一六四五－一六九六），主要作品是諷刺性的《品格論》（*Character*）。

2 法國啟蒙時期思想家、法學家（一六八九－一七五五）。

這樣確實不太悅耳。

布勒會在星期日來克魯瓦塞，福樓拜為他朗讀這一週寫下的文字，布勒則做出評論。這會引發福樓拜大聲爭論，但是布勒堅持自己的立場，直到福樓拜同意修改為止。福樓拜曾在一封信中表示：「週一和週二只寫了兩行字。」這並不是說他兩天只寫了兩行字，而是雖然寫了很多，但是只有兩行文字能讓他滿意。福樓拜發現寫作讓自己疲憊不堪，阿爾豐斯・都德（Alphonse Daudet）認為，這是因為長期使用鎮靜劑造成的。如果真是如此，就足以說明，他得付出巨大的努力，才能把腦子裡的想法清晰地寫到紙上。我們也知道，福樓拜在創作《包法利夫人》中展覽會那一段時耗費多少精力，艾瑪和布朗格坐在當地一家旅館的窗邊，一位行政官的代表前來發表講話。福樓拜在寫給露易絲的信中提到自己的意圖：「我必須把五到六個人（說話的人），以及其他幾個人（其中一個是聽眾）放在一場對話裡，交代事情發生的地點和氛圍，描寫人物外貌，表現出人群中的一對男女，因為相同的品味和愛好而相互吸引。」福樓拜一共寫了二十七張紙，花費整整兩個月的時間。要是巴爾札克來寫，不出一週就能寫好。像巴爾札克、狄更斯、托爾斯泰這樣偉大的小說家，都具備我們稱為靈感的東西，然而福樓拜的靈感只是偶爾在文中閃現，其他內容都是他憑藉辛勤的工作、敏銳的觀察和布勒給予指點完成的。這並不是在貶低《包法利夫人》，只是奇怪，這樣一部偉大的作品並不像《高老頭》或《塊肉餘生錄》那樣是以揮灑豐富的幻想寫就，而是來自純粹的推理。

人們不禁想問：福樓拜吃了那麼多的苦頭後，距離自己的完美狀態還差多遠？對於文體這件事，非本國人很難準確評判，即便這個人精通這門語言，也難以抓住微妙的細節與韻律，所以必須參考當地讀者的評價。福樓拜去世之後，他的寫作風格在法國人中備受推崇；但今不如昔，當代法國作家認為他的作品不夠自然。我之前提過，福樓拜對於「寫作就要像說話」這個新準則心懷恐懼，但是想要讓小說具備生機與活力，必須牢牢扎根於當前的會話。福樓拜出生於巴黎外，常在文章中使用方言，這就令語言純正論者感覺深受冒犯。不過外國人就很難意識到這一點，也很難注意到福樓拜和其他作者犯下的語法錯誤。雖然有些英國人能夠輕鬆愉快地閱讀法文，但是很少有人能指出以下這句話裡的語法錯誤：“Ni moi! reprit vivement M. Homais, quoiqu'il lui faudra suivre les autres au risque de passer pour un Jésuite.” 能改正錯誤的人就更少了。

法語重視修辭，英語側重意象（這就足以體現兩個國家的人之間的巨大差異），福樓拜以修辭為基礎，在寫作中大量（甚至過度）使用三項式排比句。這種句子由三部分組成，通常按照重要程度依次排列，能夠簡單有效地達到平衡，這種句子深受演說家的青睞。以下是伯克舉出的例子：「他們的願望應該得到極大的重視，他們的觀點應該獲得高度的尊重，他們的事務應該受到持續的關注。」這種句子使用多了，會讓小說變得單調，福樓拜也未能避免。福樓拜在一封信中寫道：「比喻令我受盡折磨，就像飽受蝨子之苦的人。我終其一生想要將其碾碎，但它們仍遍布在我的句子中。」評論家們發現，福樓拜書信中的比喻都是自然而然的，但是《包法利夫人》中的比喻就不夠自然。舉例來說，包法利的母親前來拜訪艾瑪和兒子：“Elle observait le bonheur de son fils, avec un silence triste, comme quelqu'un de ruiné qui regarde, à travers les carreaux, des gens attablés dans son ancienne maison.”[3]這句話寫得很妙，但是裡面的比喻讓你分散注意力，讓你忽視其中的情緒；比喻的目的正好是加強語氣，而不是減弱情緒。

據我所知，當今最優秀的法國作家都提倡簡練的表達，盡量避免使用三項式排比句和比喻，就像福樓拜躲避害蟲一樣，也許這就是他們不喜歡福樓拜的文風——至少不喜歡《包法利夫人》文風的原因。在創作《布瓦爾和佩庫歇》（*Bouvard et Pécuchet*）時，福樓拜已經不再使用修辭。比起福樓拜寫的著名小說，他的書信自然、生動，更受評論家青睞，但這只是流行的問題，我們不能因此評判優劣。一個作家的寫作風格可以像史威夫特那樣直白、可以像傑里米・泰勒（Jeremy Taylor）那樣華美，也可以像伯克那樣浮誇，每一種寫作風格都有其長處，只是個人喜好不同。

* * *

《包法利夫人》出版後，福樓拜又寫了《薩朗波》（*Salammbô*），這被人們認為是一部拙作。沒過多久，《情感教育》再版，福樓拜再次在書中表達自己對艾莉莎的愛。法國許多文人把這本書視為他的代表作，但是這本書雜亂無章，令人難以理解。小說中男主角弗雷德里克・莫羅的原型一半出自福樓拜眼中的自己，一半出自福樓拜眼中的杜坎，他們的性格相差太大，因此這個角色也顯得很不真實。但是這本書的開頭寫得很精彩，快要結尾時，阿爾努太太（以艾莉莎為原型）與莫羅淒美分別的場景也很動人。接下來他又寫了《聖安東尼的誘惑》。雖然福樓拜聲稱自己有大量的構思，能夠創作到生命的盡頭，但這些想法都是模糊的。除了《包法利夫人》是現有的故事情節外，他僅有的小說都源於年輕時候的想法。他提前衰老了，才三十歲就開始禿頭，大腹便便，也許像杜坎說的那樣，因為神經紊亂與服用鎮靜劑，他的想像力和創造力都遭受巨大破壞。

光陰荏苒，福樓拜的外甥女卡羅琳出嫁，後來他的母親也過世了。福樓拜獨自住在克魯瓦塞，偶爾也搬到其他公寓。除了那些每個月在馬格尼（Magny）聚餐兩、三次的文人外，他幾乎沒有什麼朋友。他是一個外鄉人。龔固爾表示，他在巴黎住得越久，就顯得越粗俗。他無法忍受周圍人的吵鬧，只能一個人在包廂裡脫下外套和靴子，才吃得下飯。一八七〇年法國戰敗後，卡洛琳的丈夫陷入財務困境，福樓拜拿出全部財產資助。除了家裡那棟老房子外，他就不剩什麼錢了，這讓他舊病復發，就連出去吃飯，都需要莫泊桑送他安全回家。龔固爾說這時候的福樓拜喜歡挖苦別人，任何事都能讓他大動肝火，但是他在日記中還補充一點：「只要你由著他的性子，就算自己感冒，也讓他開著窗戶，他就還是一個討喜的夥伴。雖然他的歡樂總是慢半拍，但笑容很有渲染力，像小孩一樣。在日常接觸中，可以感受到他

3 該句意為：她憂傷地注視著幸福的兒子，就像一個被毀掉的人，透過窗戶，看見別人坐在她老房子的餐桌旁大吃大喝。

的親切和深情，可以說是魅力十足。」龔固爾的評價很公正。杜坎這麼評價他：「他是一個魯莽衝動、固執專橫的巨人，但同時也是每位母親夢寐以求最溫柔體貼的兒子，這一點都不矛盾。」只要讀一讀他寫給外甥女的信，就會知道他有多溫柔。

福樓拜的最後幾年是孤獨的，大部分的時間都待在克魯瓦塞。他抽很多菸，動不動就暴飲暴食，而且根本不鍛鍊。他的生活很拮据，朋友們為他找了一個閒職，每年有三千法郎的收入。儘管這讓他倍感屈辱，但他還是接受這個職位，不過還沒拿幾天工資就去世了。

他發表的最後一部作品是三部小說的合集，其中《簡單的心》（*Un Coeur Simple*）是一部難得的佳作。他還創作一部叫作《布瓦爾和佩庫歇》的小說，為了蒐集素材，他閱讀一千五百頁資料，決心在這本書中對人類的愚蠢再做一次嘲諷，這本書分為兩卷，那是一八八〇年五月八日上午十一點，他已經快寫到第一卷的結尾，女僕送午餐到書房給他，看到他躺在沙發上，嘴裡說著讓人聽不懂的話。女僕馬上把醫生帶到書房，但是醫生已經無能為力。還不到一個小時，福樓拜就去世了。

他唯一真心愛過的女人只有艾莉莎。他在馬格尼和戈蒂耶、泰納、龔固爾吃晚飯時，說自己從來沒有真正擁有一個女人，他還是「處男」，曾經的所有女人都是他夢中情人的替身。施萊辛格的投機買賣失敗，導致破產，於是便攜妻帶子搬到巴登（Baden）。一八七一年，施萊辛格過世了。暗戀艾莉莎整整三十五年之後，福樓拜才寫給她第一封情書。他沒有按照常用的方式開頭，而是寫道：「我的舊愛，我唯一愛著的人。」她到克魯瓦塞來了。兩人都有了很大的變化，福樓拜留著濃密的鬍鬚，大腹便便，紅紅的臉上布滿斑點，戴著一頂黑帽子掩蓋禿頭。艾莉莎變得消瘦，她的皮膚失去光澤，頭髮也白了。《情感教育》中對阿爾努太太和莫羅最後一次見面的淒美描述，也許就是福樓拜和艾莉莎見面時的真實寫照。在此之後，他們還見了一、兩次面，而後就再也沒有見過。

福樓拜去世後一年，杜坎在巴登度過夏天。一天，他外出狩獵時，路過伊萊諾（Illenau）精神病院。病院的大門是敞開的，女病人在看護的照料下出來散步。有兩個人並排走出來，一位女病人向他鞠了一躬，她就是艾莉莎——福樓拜一生徒勞地愛著的人。

赫爾曼·梅爾維爾
和
《白鯨記》

Herman Melville
&
Moby Dick

自從研究小說以來，我發現儘管小說之間存在差異，但都是由很久以前的虛構故事直接演變而來。我在《大英百科全書》（*The Encyclopaedia Britannica*）中瞭解到，「小說已經成為諷刺、教導、政治或宗教宣傳、技術資訊的載體，但這些作用都是次要的。小說最直接的目的是透過對自然景物的描寫，以及一連串情感敘事，以供讀者消遣。」這是比較概括的說法。我還瞭解到，虛構故事在亞歷山大時代很受歡迎，當時人們生活輕鬆，很容易對虛構人物的冒險和感情（無論是真實還是虛構的）產生興趣。第一部能稱為小說的虛構作品，是一個叫作朗格斯（Longus）的希臘人創作的，名為《達芙妮與克羅伊》（*Daphnis and Chloe*）。經過漫長的發展，才產生我現在一直在討論的這些小說。正如《大英百科全書》中說的，它們的直接目的是透過對自然場景的描繪及情感敘事來取悅讀者。

不過，還有另一種小說，包括《白鯨記》、《咆哮山莊》、《卡拉馬助夫兄弟們》，以及詹姆斯．喬伊斯（James Joyce）和卡夫卡的作品。這類小說家和小說家的父母一般是預備主教、酒吧老闆、警察和政客等普通人，由於「基因突變」而產生這些文學家。這種「突變」極為反覆，但是生物學家告訴我們，大多數突變是有害，甚至致命的。小說家能創作出什麼樣的作品，取決於他是什麼樣的人，部分原因在於父母的不同基因在染色體上的關聯，還有部分取決於他所處的環境。值得注意的是，小說家一般沒有後代。歷史上只有狄更斯和托爾斯泰這兩位小說家有很多子女。這種突變的破壞性極強，不過也不要緊，牡蠣能生出牡蠣，但是小說家只能生出傻瓜。據我所知，我很在意的這些「特殊變種」，他們的後代基本上沒有出現文學家。

我首先要介紹這本偉大奇書——《白鯨記》的作者。我讀過雷蒙德·韋弗（Raymond Weaver）的《赫爾曼·梅爾維爾：水手與神祕主義者》（*Herman Melville, Mariner and Mystic*）、路易士·孟福（Lewis Mumford）的《赫爾曼·梅爾維爾》（*Herman Melville*）、查爾斯·羅伯茲·安德森（Charles Roberts Anderson）的《梅爾維爾在南海》（*Melville in the South Seas*）、威廉·艾勒里·塞奇威克（William Ellery Sedgwick）的《赫爾曼·梅爾維爾：心靈的悲劇》（*Herman Melville: The Tragedy of Mind*），以及牛頓·阿爾文（Newton Arvin）的《梅爾維爾》（*Melville*）。讀這些書很有趣，讓我瞭解很多事情，但我絕不敢說自己對梅爾維爾的認識比以前來得多。

據韋弗所言，在一九一九年梅爾維爾百年誕辰時，有一位「不謹慎的評論家」寫道：「由於一些未被解釋的奇怪心理體驗，他的寫作風格及對生活的看法發生翻天覆地的轉變。」我不明白人們為什麼說這位不知名的評論家是不謹慎的，每個對梅爾維爾感興趣的人都想弄清楚這個問題，於是人們研究他的生活細節，閱讀他的書信（其中一些書不下苦功是讀不下去的），只為了發現一些解開這個謎團的線索。

這些內容是傳記作者告訴我們的：梅爾維爾出生於一八一九年，他的父親艾倫·梅爾維爾（Allan Melville）和母親瑪麗亞·甘瑟沃特（Maria Gansevoort）都出身名門。父親是博學多識、見多識廣的人，母親則是優雅虔誠的貴族小姐，兩人婚後在奧爾巴尼（Albany）住了五年，之後定居在紐約，父親在那裡做法國紡織品的進口商，生意一度很興隆。梅爾維爾就在那裡出生，在八個孩子中排行老三。一八三〇年，父親時運不濟，搬回奧爾巴尼。據說他後來瘋了，兩年後就身無分文地過世，留下貧窮的一家人。梅爾維爾在奧爾巴尼古典男子學院（Albany Classical Institute for Boys）待到十五歲，畢業後被聘雇為紐約銀行（New York State Bank）的職員。一八三五年，他在哥哥甘斯沃特・梅爾維爾（Gansevoort Melville）的皮草店工作，隔年又去了叔叔在匹茲菲爾德（Pittsfield）的農場，還在塞克斯（Sykes）區的一所小學教了一個學期。十七歲時，他出海了。關於這件事有很多說法，但我覺得梅爾維爾自己提出的理由就夠了：「我為自己將來所做的描繪和規畫都落空了，必須為自己做一點什麼。出海當水手剛好符合我放浪的性格，正在我的計畫之中。」他嘗試很多職業，卻都以失敗告終，據我們對他母親的瞭解，她一定不曾掩飾自己的不滿。於是梅爾維爾像很多男孩一樣，因為待在家裡不開心而離家出走。梅爾維爾的確是一個不尋常的人，但是完全沒必要在這件理所當然的事情裡挑骨頭。

他渾身濕透地來到紐約，身上穿著補丁的褲子和獵裝。他身無分文，只有哥哥甘斯沃特給的一把獵槍。他穿越整個城市，在哥哥的一個朋友家過夜。隔天，他們在碼頭發現一艘開往利物浦的船，梅爾維爾以每月三美元的價格簽訂合約，在船上做小夥計。十二年後，他在《雷德本》（*Redburn*）中寫下自己在利物浦往返和逗留的事。他覺得這部作品有些拙劣，其實寫得很生動、直接，是他可讀性最強的作品之一。

我們不太瞭解他在接下來三年是怎麼度過的。根據已知的說法，他在不同的地方「教書」，其中之一就是紐約州格林布希（Greenbush），每季給六美元，還提供食宿。他為省報寫了一些毫無趣味的文章，人們發現其中一、兩篇，從中可以看出他閱讀大量書籍，還有直到後來都無法擺脫的文風，即莫名其妙地引用神話人物和知名作家的故事。韋弗巧妙地說：「他引用伯頓（Burton）、莎士比亞、拜倫、彌爾頓、柯勒律治、切斯特菲爾德、普羅米修斯（Prometheus）、仙度瑞拉（Cinderella）、穆罕默德（Mahomet）、克里奧佩脫拉（Cleopatra）、聖母瑪麗亞（Madonna）、天堂美人（Houris）、梅迪奇（Medici）家族、穆斯林，任由他們分散在自己的書中。」

喜歡冒險的他無法忍受平淡的生活，終於決定再次出海。一八四一年，他乘坐一艘捕鯨船從新伯福（New Bedford）駛向太平洋。船艙的水手都是粗俗野蠻、缺乏教養的人，只有一個叫作理查・托比亞斯・格林（Richard Tobias Greene）的十七歲男孩除外，梅爾維爾這麼描述他：「托比有著十分出眾的容貌，他穿著藍色上衣和帆布褲，比其他水手都時髦。他的身材瘦小、四肢靈活，鬢角烏黑的鬈髮，為他那雙黑黑的大眼睛蒙上一層陰影。由於長期暴露在熱帶的陽光下，他本來就黝黑的膚色變得更黑了。」

經過十五個月的航行，阿庫什內特號（Acushnet）在位於馬克薩斯群島（Marquesas）的努庫希瓦島（Nuku-Hiva）靠岸。兩個小夥子厭倦捕鯨船上艱苦的生活和船長的暴行，於是決定離開。他們帶著許多菸草、餅乾和給當地人的白棉布，逃進小島。他們艱難地走了幾天，最終到達泰皮人（Typees）居住的山谷，受到他們熱情的款待。不久後，托比就以梅爾維爾受傷、外出求醫為藉口離開了，他只是找藉口逃走，泰皮人是食人族，不能指望他們會一直這麼熱心善良。托比離開後就沒有再回來。後來人們發現，托比一到海岸，就被一艘捕鯨船綁走了。根據梅爾維爾自己回憶，他在山谷裡待了四個月，受到不錯的招待，還和一個叫作菲亞維（Fayaway）的女孩交朋友，和她一起划船、游泳，除了有些擔心會被吃掉外，在那裡住得還算開心。後來碰巧茱莉亞號（Julia）捕鯨船來到努庫希瓦島，船上的水手都逃走了，船長聽說有一個水手在泰皮人手裡，於是讓一群當地人救出這位水手。梅爾維爾說服當地人讓自己去海灘，後來發生衝突，還用船鉤殺死一個人才得以逃脫。

　　這艘新船比阿庫什內特號還要糟糕，連續幾週都沒有找到鯨魚，船長只好把船停在大溪地。一些叛亂的水手被關進當地監獄，茱莉亞號與新船員簽訂合約，重新啟航。被關進監獄的船員沒過多久就被釋放了，老船員裡有一個家道中落的醫生，梅爾維爾叫他「長鬼醫生」（Doctor Long Ghost）。他們一起航行到臨近的茉莉亞島（Moorea），為農場主人種植馬鈴薯。梅爾維爾本來就不喜歡務農，更別說在玻里尼西亞這樣熱帶地區的陽光下勞動。他和「長鬼醫生」一起離開，靠當地人的接濟生活。最終他拋下醫生，跟著利維坦號（Leviathan）捕鯨船的船長離開了。他乘坐這艘船到達檀香山，但是我們不確定他在這裡做了什麼，據說他找了一份文職人員的工作。後來，他以普通海員的身分乘坐美國號（United States）護衛艦出海，船一到美國，就辭職離開了。

這時已經到了一八四四年，梅爾維爾二十五歲了。他沒有留下年輕時的畫像，根據他中年的畫像推測，年輕時是一個身材高大、健康強壯、活潑開朗的小夥子，他的眼睛很小，鼻子筆挺，還有紅潤的臉色和一頭美麗的頭髮。

返家後，梅爾維爾發現母親和妹妹們搬到奧爾巴尼郊區的蘭辛堡（Lansingburg）。大哥甘斯沃特已經不再經營皮草店，而是轉行擔任律師和政治家。二哥艾倫・梅爾維爾（Allan Melville）也成為律師，住在紐約。最小的弟弟湯姆・梅爾維爾（Tom Melville）才十幾歲，不久後也要像他一樣去當水手。人們對他和食人族一起居住的經歷很感興趣，想瞭解他的故事，還強烈要求他出書，他就照做了。

他以前曾嘗試寫作，但是幾乎都以失敗告終。然而他必須賺錢，和古往今來許多受到誤導的作者一樣，他把寫作視為賺錢的捷徑。當他完成《泰皮》（*Typee*）這本描繪在努庫希瓦島短暫經歷的作品後，已經擔任美國大使祕書的大哥甘斯沃特前往倫敦，將此書交給約翰・默里（John Murray，一位知名的出版商）。沒過多久，這本書就在美國出版。此書出版後大受歡迎，受到鼓勵的梅爾維爾接著寫下《歐穆》（*Omoo*），描繪他在南太平洋的冒險和奇遇。

《歐穆》於一八四七年問世。這一年，梅爾維爾娶了伊麗莎白・蕭（Elizabeth Shaw）為妻，妻子是蕭大法官的女兒，兩個家庭曾經有過往來。婚後不久，夫妻搬到紐約，和梅爾維爾的妹妹奧古斯塔・梅爾維爾（Augusta Melville）、芬妮・梅爾維爾（Fanny Melville）和海倫・梅爾維爾（Helen Melville），一起住在二哥艾倫位於第四大道一〇三號的房子裡，我們無從得知這三個年輕女子為什麼要離開自己的母親。梅爾維爾開始從事寫作。一八四九年，他的長子馬爾科姆・梅爾維爾（Malcolm Melville）出生了。他再次越過大西洋，不過這次是要去見出版商，商量《白外套》（*White Jacket*）的出版事宜，這本書描述他乘坐美國號護衛艦從倫敦到巴黎，從布魯塞爾到萊茵河的經歷。他的妻子在回憶錄裡這麼寫道：「一八四九年夏天，我們待在紐約，他創作《雷德本》和《白外套》。那年秋天，我們去了英國，出版這兩本小說。這段旅途並不算滿意，因為思念家鄉，我們未能趕赴那些名人的邀約，匆匆回家。魯特蘭（Rutland）公爵邀請我們去貝爾沃城堡住一週，我們也沒有答應，我們去了匹茲菲爾德，在一八五〇年夏天上船，並在八月搬到『箭頭農場』。」

「箭頭農場」（Arrowhead）是梅爾維爾為匹茲菲爾德的一個農場取的名字。他向岳父借錢買下這座農場，和妻子、孩子及妹妹們定居在此。梅爾維爾太太在日記裡實事求是地寫道：「《白鯨記》的創作過程極為艱辛——他一整天都坐在書桌前，但是到下午四、五點才能寫出一點東西；天黑之後，他會騎馬到村子裡；他起得很早，早餐前會去散步；有時會透過劈柴來鍛鍊身體，我們都很擔心他會累壞身子。一八五三年春。」

梅爾維爾發現納撒尼爾・霍桑（Nathaniel Hawthorne）也住在箭頭農場附近，他就像女學生一樣迷戀著霍桑，讓沉默內向、寡言少語的霍桑有些不知所措。他懷著滿腔熱情寫信給霍桑，信中寫道：「能夠認識您，就算讓我離開這個世界，我也心滿意足。與您相識比《聖經》（*Bible*）更讓我相信永恆。」傍晚的時候，他會騎馬到萊諾克斯（Lenox）的紅樓（Red

House），聊「天意和未來，以及人類無法理解的一切事物」（霍桑對此感到有些厭煩）。霍桑太太目睹兩位作者的談話，在寫給母親的信中，以自己的角度描述梅爾維爾：「我不敢說他是一個十分偉大的人……他是一個真誠熱心的人，既有靈魂，又有智慧，他是一個活生生的人。他認真虔誠、溫柔謙虛。他有敏銳的洞察力，眼睛不大，眼窩也不深，他的眼睛這麼小，竟然能準確洞察一切事物。雖然他的眼睛算不上犀利出眾，但是鼻子筆挺俊俏，說話十分具有情感表現力。他高大挺拔、神采奕奕，頗具男子氣概。他談話的時候，會做很多充滿力量的手勢，沉浸在自己的主題中，沒有什麼風度。有時，他會從目光中流露出奇異而安靜的神態，讓你感覺到他在沉思，能深深地吸引你。」

霍桑一家離開萊諾克斯，他們的友誼也結束了。梅爾維爾把《白鯨記》獻給他，霍桑寫給他的信已經找不到了，但是從梅爾維爾的回信上看來，他好像猜到霍桑不太喜歡這部小說。大眾和評論家也不喜歡這部作品，而他接下來寫的《皮埃爾》（*Pierre*）更是惡評如潮。他不僅要養活妻子和四個孩子，還要照顧三個妹妹。從梅爾維爾的信中可以得知，無論是為自己耕地，還是為叔叔在匹茲菲爾德耕地，又或是在茉莉亞島挖馬鈴薯，都讓他感到厭煩。「看看我的手，手掌上有四個水泡，都是這幾天用鋤頭和錘子害的。今天早上下雨了，所以我沒有出去工作，所有的農事都擱置了。我還挺開心的……。」一個雙手嬌嫩的農民，是做不好農事的。

岳父時常接濟，既然他善良又理智，肯定會建議梅爾維爾另謀生路。為了幫他找工作，岳父為他拉了不少關係，不過都失敗了，他只好繼續寫作。他患病之後，岳父再次伸出援手。一八五六年，他去了君士坦丁堡、巴勒斯坦、希臘和義大利，回來時靠著講課賺了一點小錢。一八六〇年，他最後一次出行，最小的弟弟湯姆在中國貿易裡掌管一艘名為流星號（Meteor）的快速帆船。梅爾維爾乘著這艘船繞過合恩角（Cape Horn），航行到舊金山。人們也許會以為他會抓住前往遠東的機會，但是或許兄弟兩人有了矛盾，他在舊金山下船後就回家了。一八六一年，岳父去世，為女兒留下一筆數量可觀的遺產。他們決定從梅爾維爾在紐約的富有二哥艾倫那裡買一間房子，還用箭頭農場的房子抵了一部分的錢。梅爾維爾在這間位於東二十六街一〇四號的房子裡度過餘生。

韋弗說，要是梅爾維爾一年能賺一百美元的版稅就算不錯了。一八六六年，梅爾維爾找到一份海關檢查員的工作，每天能賺四美元。隔年，大兒子馬爾科姆被槍殺，我們不知道是他殺還是自殺；二兒子斯坦維克斯·梅爾維爾（Stanwix Melville）離家出走，再無音訊。梅爾維爾在海關工作二十年，在妻子獲得她哥哥塞繆爾·蕭（Samuel Shaw）的遺產後就辭職了。一八七八年，叔叔資助他出版一部名為《克拉瑞爾》（*Clarel*），有著兩萬行詩句的長詩。去世前不久，他創作（或重寫）一本叫作《比利·巴德》（*Billy Budd*）的小說。梅爾維爾於一八九一年去世，享年七十二歲，很快就被世人遺忘。

* * *

以上就是傳記作家們眼中梅爾維爾的生平，但是還有許多內容沒有提到，他們略過馬爾科姆的死和斯坦維克斯的離家出走，彷彿這都是無關緊要的事。大兒子意外去世，無疑會讓父母感到萬分悲痛，二兒子的失蹤也讓他們憂慮不安。大兒子在十八歲時因槍擊身亡後，梅爾維爾太太肯定和她的哥哥們通了許多信，也許這些信都被藏起來了。一八六七年，梅爾維爾已經不再有名氣，但是媒體和報紙可能會重新注意到他。美國的報紙從來不放過任何一則新聞，難道不會調查這個男孩的死因嗎？如果他是自殺，原因是什麼？斯坦維克斯又為什麼要離家出走？眾所周知，梅爾維爾太太是和藹可親的好母親，可是她好像從來沒有找過兒子。我們知道只有她和兩個女兒參加梅爾維爾的葬禮，這是他僅有的直系親屬，所以可以猜測斯坦維克斯已經去世。梅爾維爾在晚年時期非常疼愛孫子、孫女，但是對自己子女的感情卻十分模糊。孟福所寫的傳記比較符合實際情況，他認為梅爾維爾和子女的關係很糟糕，他似乎是一個嚴厲又不耐煩的父親，一個女兒一提到他，就感到痛苦和噁心。「噁心」是一個很強烈的詞彙，如果一位父親對女兒漠不關心，用「煩人」或「生氣」來表述會更恰當。他在家裡吃不起麵包時，還花十美元購買版畫或雕像，這種行為難免會讓孩子留下負面印象。梅爾維爾似乎常常開一些她們理解不了的玩笑，這很可能是他的酒後之言。不過愛爾默・艾德加・斯托爾（Elmer Edgar Stoll）教授在《思想史雜誌》（*The Journal of the History of Ideas*）發表的一篇文章中提到，梅爾維爾滴酒不沾，但是我對此抱持懷疑。他很開朗，以前當水手時很可能會和其他人一起坐在桅杆前喝酒。第一次去歐洲旅行時，他徹夜未眠，和一位年輕學者阿德勒（Adler）一邊喝威士忌，一邊暢談形而上學。後來他住在箭頭農場，經常和朋友遊覽附近的名勝，一路上不停地談論香檳、杜松子酒和雪茄。再後來，梅爾維爾在海關檢查進港船隻，可以肯定除非當時的美國船長和現在不一樣，否則他一定經常被叫去喝酒。如果他是因為對生活失望，而在酒精中尋求慰藉，就再正常不過了。我要補充一點，他和海關裡大多數的同事不一樣，十分正直地履行著自己的職責。

梅爾維爾是一個與眾不同的人，很難參考其他人來評價他的性格。我們可以從書中看到他年輕時候的樣子。**我覺得《歐穆》比《泰皮》更具有可讀性，這本書直截了當地講述他在茉莉亞島上的經歷，內容大體上真實準確；而《泰皮》更像是真實和想像的大雜燴。**根據安德森的說法，梅爾維爾在努庫希瓦島上只待了一個月，並不是他說的四個月；他在去泰皮山谷途中經歷的，也不像他說得那麼驚險，從食人族逃跑的經歷也沒有那麼恐怖；他顯然是為了讓自己成為主角，才寫下一個傳奇故事。但是梅爾維爾不該為此受到責備，他一再向熱情的聽眾講述自己的冒險經歷，每次說故事時都自然地把故事講得更加精彩，更何況是寫小說。事實上，梅爾維爾似乎是在遊記小說中蒐集到一本材料，結合大肆渲染的自身經歷，才創作出《泰皮》。勤奮的安德森表明，梅爾維爾不僅重複遊記裡的錯誤，而且經常引用上面的原話，也許這就是讀者覺得這本書略顯沉悶的原因。不過《歐穆》和《泰皮》習慣用書面語代替口語，他把一棟大樓稱為「大廈」；一間茅屋不是「靠近」另一間茅屋，而是「臨近」；更傾向於「展露」，而不是「表現」感情；使用「疲憊」，而不是「累」。

兩本書都清晰展示作者的形象，我們能輕鬆看出他是一個堅強勇敢、堅毅果斷的年輕人，他意氣風發、喜愛玩樂，不愛工作但絕不懶惰；他生性樂觀、和藹可親、為人友善、無憂無慮。和大多數的年輕人一樣，他被玻里尼西亞姑娘們的美貌吸引，如果他拒絕她們的好意才奇怪。如果他身上有什麼不尋常的地方，就是他對美有著強烈的喜愛，而年輕人往往對此很冷漠。他對大海、天空、青山的描寫中，都蘊含深厚的感情；另外，他喜歡沉思。他後來寫道：「我喜歡思考。出海的時候，我常常在晚上爬到高處，獨自坐在帆桁，身上裹著夾克，放任自己自由思考。」

是什麼把這個正常的年輕人，變成那個寫《皮埃爾》的憤怒悲觀主義者？是什麼讓這位創作《泰皮》的平庸作家，變得富有幻想、充滿靈感、能言善辯，能創作出《白鯨記》這樣的作品？有人歸結為精神錯亂。梅爾維爾的崇拜者極力否認這個說法，彷彿這是一件不太光彩的事。當然，這並不比得了黃疸要羞恥到哪裡。我在本書中沒有提到《皮埃爾》，因為這本書荒唐得離譜，儘管書中有些意味深長的言論。梅爾維爾痛苦不堪的創作，偶爾激情迸發，寫出一些雄辯有力的段落，但是書中的內容都不太真實，人物動機缺乏可信度，對話也略顯僵硬。《皮埃爾》給人的印象是，這本書是梅爾維爾在晚年神經衰弱的情況下完成的，但是並不意味他精神錯亂。據我所知，還沒有證據能表明梅爾維爾已經瘋了。還有人認為，梅爾維爾從蘭辛堡搬到紐約時，閱讀大量的書籍，對他影響深遠。還有人認為他為托馬斯・

布朗（Thomas Browne）[1]爵士瘋狂，就像唐吉訶德為騎士傳記瘋狂一樣，但是這種想法太過天真，沒有說服力。這位平凡的作家不知為何擁有才華，在那個對性十分敏感的時代，人們很自然會從性上尋找原因。

《泰皮》和《歐穆》是梅爾維爾娶妻之前創作的，婚後的第一年，他寫了《瑪地》（*Mardi*），這本書繼續以他的航海經歷為開頭，後面的內容都是異想天開的想像。我認為這本書冗長乏味，對於主題的評價，我的描述也不及韋弗的評論：「《瑪地》試圖完全沉浸在他處於求愛期，感受到的聖潔而神祕的快樂，對母親的愛讓他痛苦不堪時，他感受到這種快樂；對伊麗莎白的愛情令他傾倒時，他感受到這種快樂……《瑪地》是對失去的美好的朝聖，這本小說追尋的是一個來自快樂之島奧羅利亞的少女——伊拉。為了追尋她，人們要進行穿越文明世界的航行。他們（小說中的人物）有很多機會可以談論國際政治及其他一連串話題，但是始終未能找到伊拉。」

一個想像力豐富的人，很可能會把這個奇怪的故事看成梅爾維爾對婚姻失望的跡象，我們只好從伊麗莎白——也就是梅爾維爾太太僅存的幾封信中，猜測她是什麼樣的人。她不擅長寫信，也許信中展現的並不是她的全貌，但是至少可以看出她深愛丈夫。她是一個理智、善良、務實的女人，雖然目光不算長遠，思想也比較傳統，心甘情願地過著貧窮的生活，但是她並不明白丈夫的轉變。在丈夫決心要拋棄《歐穆》和《泰皮》帶來的名聲時，也許她會覺得遺憾，但是仍然信任丈夫，始終如一地愛慕他。她並不聰明，卻是一個善良包容、溫柔親切的女人。

梅爾維爾愛她嗎？他在求愛時，連一封信都沒有留下，也許那種「聖潔而神祕的快樂」只是人們的猜測。雖然他們結了婚，但男人結婚並不只是因為愛情，還有可能是他受夠飄泊的生活，想過安穩的日子。這個怪人雖然自稱「天生喜歡流浪」，但是去完利物浦，在南海生活三年之後，他就對冒險失去興趣，後來的旅程也只是為了遊玩。梅爾維爾之所以會和伊麗莎白結婚，也許是因為到了適婚年齡，也許是為了減輕抑鬱。孟福指出：「和伊麗莎白在一起時，梅爾維爾未曾開心過；離開她的時候，他也不覺得快樂。」孟福還猜測，梅爾維爾不僅對她有感情，而且分開一段時間後，對她的感情還越發強烈，但緊隨其後的就是厭倦。他絕對不是第一個在分開時更愛妻子的男人，對性愛的憧憬比性愛本身更能刺激他。梅爾維爾或許受不了婚姻的束縛，或許認為婚姻無法帶給他想要的生活，但是仍與妻子維持關係，還生下四個孩子。據大家所知，他對妻子一直很忠誠。

任何一位梅爾維爾的讀者都能注意到他對男性美的喜愛，從巴勒斯坦和義大利回來後，他做了一場關於雕塑的演講，提到被稱為《貝爾維德爾的阿波羅》（Apollo Belvedere）的希臘－羅馬雕像。這座雕塑的亮點在於，它塑造一個非常英俊的青年。我先前已經提到托比（和他一起離開阿庫什內特號的男孩），讓梅爾維爾留下的印象。在《泰皮》中，梅爾維爾

1 英國博學家與作家，巴洛克時期英語散文的大師之一（一六〇五－一六八二），作品展現對自然世界的深層好奇，並受到科學革命思想影響，經常引用經典和《聖經》，極具自我風格。

詳細描繪這個和自己廝混在一起的年輕人的肉體之美，對方的形象甚至比和他調情的女子還要生動。梅爾維爾十七歲時，坐上一艘開往利物浦的船，在船上和一個叫作哈利·博爾頓（Harry Bolton）的男孩成為朋友。梅爾維爾在《雷德本》中是這麼描述對方的：「他是那種個子矮小但身材勻稱的人，有著一頭鬈髮，光滑的肌膚彷彿從蠶蛹裡孵出來；他的皮膚呈現出微微的褐色，臉龐像女孩一樣柔美；他有著一雙小巧的腳，雙手白皙；雙眼又大又黑，活脫脫像個女孩；他的聲音不僅和詩歌一樣動聽，還像豎琴一樣優美。」有人曾質疑他們是否真的去過倫敦旅行，甚至有人懷疑博爾頓是否真的存在；但如果梅爾維爾只是為了增添一個有趣的插曲，像他這樣的陽剛之人，為何會創造一個同性戀的形象？

在美國號護衛艦上，梅爾維爾和一位名叫傑克·蔡斯（Jack Chase）的英國水手成為朋友。他的「身材高大健壯，眼睛炯炯有神，眉目清秀，有著濃密的棕色鬍鬚」。梅爾維爾在《白外套》中寫道：「他給人一種極其理智又良好的感覺，要是有人不喜歡他，一定是在說謊。」梅爾維爾還進一步表示：「親愛的傑克，無論你漂浮在哪片湛藍的海域，我的愛都與你同在。無論你身處何方，願上帝都保佑你。」這是梅爾維爾少有的溫柔。梅爾維爾為這位水手創作一部中篇小說《比利·巴德》，這部小說完成於五十五年後，也就是在他去世前三個月。小說緊緊圍繞主角的美貌而展開，每一位船員都喜愛他，間接引發悲劇。

顯然梅爾維爾是受壓抑的同性戀者。書上說，在那個時代的美國，這種類型的人比現在更常見。作者的性取向和讀者無關，除非影響到作品，一旦他們坦然承認事實，很多隱晦又難以置信的事情就能解釋清楚了。也許我在這個問題上多談了幾句，但這可能是他婚姻生活不幸福的原因。也許是性生活的挫敗導致他的變化，讓那些對他感興趣的人困惑不解。也許是他的道德感占上風，他從未告訴別人自己的性取向；就算曾經偶爾顯露，也被狠狠地壓抑，只能在想像中得到滿足，這可能是他性格發生天翻地覆變化的原因。

＊　＊　＊

梅爾維爾閱讀很廣泛，對十七世紀的詩人和散文作家感興趣，也許他們與梅爾維爾的古怪性情相符。這些內容對他是利是弊，全憑個人判斷。他早期沒有受過太多教育，成年後也難以吸收接觸的文化。文化並不是像衣服一樣能立即穿上，而是塑造人格的養分，就像食物讓人變得強壯一樣。文化不是為了辭藻和點綴，也不是用來炫耀的學識，而是靈魂的充實，必須透過辛勤努力才能獲得。

為了創作《白鯨記》，梅爾維爾進行一項危險的實驗，參照十七世紀作家的寫作風格，順利的話，會讓人留下富有詩意的深刻印象。不過這終究是對其他作家的模仿，這樣說並不是在貶低，模仿的作品也能擁有極強的美感。雕像《米羅的維納斯》（Venus of Milo）於西元前一世紀完成，它是模仿而成的作品；之後的《挑刺的少年》（Spinario）也是如此，這兩件作品都曾被認為是五世紀中葉雕塑家的作品。杜奇歐（Duccio di Buoninsegna）是席耶納（Siennese）的一位偉大畫家，他模仿的是十二世紀初期的繪畫，而不是兩個世紀以後，他那個時代的拜占庭繪畫。然而，當一個作家嘗試模仿時，就很難實現連貫性。詹森博士的老同學喬納森・愛德華茲（Jonathan Edwards）也發現，就像心情愉快時無法思考哲學一樣，在創作古代風格的作品時，現代語言也會影響作者。梅爾維爾寫道：「想要創作一部偉大的作品就必須選擇一個宏偉的主題。」顯然他主張要用宏偉的方式處理作品。羅伯特・路易斯・史蒂文森（Robert Louis Stevenson）說梅爾維爾沒有聽覺，我不懂這句話的意思，梅爾維爾具備真實的節奏感，不管他寫的句子有多長，都能保持極佳的平衡。他喜歡使用莊嚴的詞彙，常常能達到美的效果。有時這種偏好會促使他運用同義反覆，明明只是指shady shade（樹蔭），卻偏要說成umbrageous shade，但你不得不承認其中的聲音很豐富。有時人們會愣在hasty precipitancy（心急如焚）這樣同義反覆的詞彙上，卻發現令人敬重的彌爾頓也寫過：“Thither they hasted with glad precipitance.”（他們愉快並心急如焚地趕到那裡。）有時梅爾維爾會別出心裁地使用常見的詞彙，往往能獲得出其不意的效果。就算你覺得這個詞彙不能用在這個意思上，也不該「心急如焚」地責備他，因為說不定真的存在這種用法。當他說redundant hair（多餘的毛髮）時，你可能想到的是少女嘴唇上的絨毛，但絕不會想到它是長在年輕人頭上的。不過如果你查閱字典，就會發現redundant還有「濃密」的意思，彌爾頓就寫過redundant locks（濃密的頭髮）。

梅爾維爾創作《白鯨記》面臨的難題，就是全文都要保持同樣的修辭水準，內容必須與風格相互呼應。作家既不能感傷，又不能幽默，但是梅爾維爾常常兩者都用，讀起來難免令人有些尷尬。

他的品味極不穩定，有時想加點詩意，但表現出來的卻總是荒唐：「但是亞哈的腦海裡幾乎沒有其他想法，他像一座鐵鑄的雕像，習慣性地站在後桅帆前方，一個鼻孔無心地聞到女妖島的甜麝香（想必一定有溫柔的戀人在那片樹林裡漫步），另一個鼻孔則有意地呼吸著新發現海域的鹹濕空氣……。」兩個鼻孔分別聞到不同的氣味，根本不切實際。我不太能理解為什麼梅爾維爾特別喜歡使用古語和專門用於詩歌的詞彙：o'er代指over、nigh代指near、ere代指before，以及anon和eftsoons等，這些詞彙為本來應該緊湊有力的散文增添幾分俗氣。梅爾維爾的詞彙量很大，在每個名詞前都要加上一個形容詞mystic，借指「奇怪的、神祕的、令人敬畏的、嚇人的」，這些他當時想要表達的所有意思。前面提過，斯托爾教授曾寫過一篇文章，這篇文章和他的其他文章一樣優秀，批判這部小說是「偽詩歌」，這是正確合理的。斯托爾教授指出一個讓所有讀者都感到不滿的地方——梅爾維爾喜歡用分詞構成副詞，也許這就是史蒂文森說梅爾維爾沒有聽覺的原因，這樣的構詞實在算不上悅耳。我注意到最難聽的一個字是whistlingly，斯托爾教授還舉出一些其他的例子——burstingly、suckingly，他還能找出一百多個類似的詞彙。阿爾文嘔心瀝血地完成《美國作家系列》（*American Men of Letters Series*）叢書，其中提出一些梅爾維爾造字的例子：footmanism、omnitooled、uncatastrophied、domineerings等，他似乎覺得這些字詞能讓小說的風格更突出，但是我覺得有些獨斷：這些字詞的確增強文章的特色，卻絕對無法增添美感。如果梅爾維爾的學識能再淵博一些、品味能再穩定一點，無須變動字詞就能達到理想的效果。

梅爾維爾文中的對白極具個性。由於裴廓德號上的主要人物是貴格會教徒，梅爾維爾使用第二人稱單數也很正常。不過我覺得他是發現使用第二人稱單數會為對話增加幾分神聖的意味，增添幾分詩意。他並不擅長區分不同人物的說話方式，所有角色的說話方式都差不多。亞哈船長和部下一樣，部下又和木匠、鐵匠差不多，他們的語言高度修辭化，大量使用暗喻和明喻。奎格覺得自己快死了，於是躺在為自己做的棺材裡；一個失去理智的黑人小男孩皮普卻「走近他躺著的地方，輕聲啜泣著，一隻手牽著他，另一隻手握著自己的鈴鼓」。他對這個夏威夷土著說：「可憐的流浪漢！你是不是不願再這樣困倦地流浪了？你要去哪裡呢？如果潮水把你帶到一座叫作安德烈斯、海灘上長滿睡蓮的可愛小島上，你能幫我一個忙嗎？幫我找到皮普，他失蹤很久了，他一定很難過！他的鈴鼓丟了，被我找到了。奎格，你走吧！我會為你搖一首死亡之歌。」大副斯塔巴克正「凝視著舷窗」，看著這一幕，喃喃自語道：「聽說人們在發高燒時，會不自覺地用古語說話，這是因為在他們被遺忘的童年時代裡，聽過一些崇高的學者這麼說話。所以，可憐的皮普啊！他這種奇怪又可愛的瘋狂行為，捎來天堂的消息。如果不是從天堂，他又能從哪裡聽來這些話呢？」

當然，小說中的對話應該別具風格，絕對不能完全原封不動地套用生活裡的對話，但是對話要真實，不能驚動讀者。亞哈對二副斯圖布說起白鯨時，大聲說道：「我要繞著無窮無盡的地球整整十圈，上天入地，也要親手殺了牠！」對於這樣的高談闊論，我們也只能一笑置之。

儘管如此，梅爾維爾的語言水準也稱得上不同凡響，雖然有些人會持保留意見。我之前說過，有時他的寫作風格會讓文章過於華麗，但要是用得好，就會產生一種宏偉莊嚴、振聾發聵、優雅端莊、氣勢雄渾的效果。據我所知，還沒有哪一位現代作家能做到這一點。有時它會讓人想起布朗爵士的精美用詞，以及彌爾頓所處那個文學興盛的時代。我想請讀者注意一下，**梅爾維爾如何巧妙地將水手們在日常工作裡使用的普通航海用語融入精美的語言中，效果是為《白鯨記》這部奇幻、有力的憂鬱交響樂，增添幾分現實氣息和新鮮的海鹽味。**我們在評論作家時，應該以他最出色的作品作為標準。讀者可以透過閱讀「海峽奇情」（The Great Armada）這一章來瞭解梅爾維爾的最佳水準，他對行動的描述宏偉有力，莊嚴的寫作風格也極具震撼力。

＊　＊　＊

任何一個看過我文章的人，都不會指望我把《白鯨記》（正是因為這部作品，梅爾維爾才能成為最偉大的小說家）說成寓言故事，這樣想的讀者只能另尋他處了。我只從一個不才小說家的角度來評論，認為小說的目的是帶來審美樂趣，並沒有什麼實際的作用。小說家的任務並不是完善哲學理論——這是哲學家的工作，他們能做得更好。但既然有些學識淵博的人覺得《白鯨記》是一部寓言，我就有必要對此進行討論。他們把梅爾維爾的話視為反諷：

「他擔心自己的作品會被人看成恐怖寓言，甚至是更糟糕可憎、令人難以忍受的寓言。」聽到一位有經驗的作家說的話，認為他想表達的是自己的意思，而不是評論家的意思，應該不算輕率吧！不錯，他在寫給霍桑太太的信上說，在寫作的時候，他有「一種模糊的想法，認為這本書容易受到寓言結構的影響」，但是這並不足以說明他打算創作寓言。也許存在這樣一種可能，也只是出於偶然，從他對霍桑太太說的話中可以看出，他對此也感到十分意外。我不知道評論家是怎麼寫小說的，但我清楚小說家是如何創作的，他們並不會採用一個像「誠實乃上策」、「是金子總會發光」這樣的宏觀命題，接著說：「讓我們就這個主題寫一篇寓言吧！」通常是一連串人物引發他們的想像；接下來，一件事情或一些事件（也許是親身經歷，也許是聽說或杜撰而來）突然浮現在腦海，讓他們可以對此加以合理利用，透過結合角色和事件，推動已經在腦海裡形成主題的發展。梅爾維爾不是異想天開的人，他在《瑪地》裡曾經這麼嘗試，但卻受挫。他的想像力很豐富，但是他的想像必須以堅實的現實基礎作為支撐。事實上，有些評論家因此指責他缺乏創造力，我認為這是沒有道理的。有現實經歷（不管是他的還是別人的）作為基礎，他的創作就會更具備說服力，但大多數小說家也都是這樣，滿足這個條件的話，他就能更加自由又有效地發揮想像力。而創作《皮埃爾》時，梅爾維爾並不具備這樣的基礎，就寫得有點莫名其妙。梅爾維爾的確熱愛思考，隨著年齡增長，開始沉迷於玄學。奇怪的是，韋弗卻說玄學是「溶解於思想中的痛苦」。這個觀點很狹隘，人們應當給予更恰當的關注，畢竟這是直擊靈魂的最大問題。梅爾維爾對玄學的態度並不理智，而且過於感性。他之所以會這麼想，是因為他有這樣的感覺，但是這不能阻止他的一些觀點被世人銘記。我早該想到刻意寫一個寓言故事需要智力上的超脫，但是梅爾維爾並不具備這種能力。

斯托爾教授已經證明，對《白鯨記》的象徵性解釋是多麼荒謬和矛盾，雖然他受到大眾不具惡意的責罵，但是他的觀點已經很有說服力，我對此便不再贅述。不過我也要為這些評論家說幾句話：**小說家並不是原封不動地套用生活，而是根據自己的喜好和個性對事件進行組合，創造出一個連貫的敘述。這個模式會根據讀者的態度、興趣和特質而改變**：你可以將白雪皚皚、光彩莊嚴、高聳入雲的阿爾卑斯山視為人類渴望接近無限的象徵；或者你還可以這麼想，一座山脈是由地底的劇烈運動而形成，可以把它視為一個人內心的黑暗和邪惡的象徵，渴望將人摧毀；如果你想要追趕思潮，就可能會把它當作生殖器的象徵。阿爾文把亞哈的象牙腿看成「一個模稜兩可的象徵，既象徵著他的性無能，又直接針對他的獨立男性準則」，白鯨則是「典型的父母，既是父親，又是母親，牠替代了父親」。塞奇威克認為：「象徵主義成就了這部偉大的作品。亞哈是一個人——一個有感覺的、思辨的、有目的的、虔誠的人，面對神祕造物者依然堅持自我。他的敵人——白鯨莫比．迪克，就是這巨大的謎；牠並不是創造者，但牠的公正卻和宇宙中的法則或混沌一致，以賽亞虔誠地認為這是造物主的傑作。」孟福認為迪克是邪惡的象徵，亞哈與牠的對抗就是正義和邪惡的對抗，正義最終輸給邪惡。這句話有一定的道理，也很符合梅爾維爾的悲觀主義。

但寓言是很難駕馭的，你只能抓住它的頭或尾巴，對我來說，就算是完全相反的解讀也同樣講得通。為什麼要把迪克視為邪惡的象徵呢？亞哈想要對那頭愚蠢的野獸復仇，因為牠讓自己殘廢了，而梅爾維爾也的確讓敘述者伊什梅爾接受這項計畫。但這只是他不得不採用的文學策略，首先是因為文中已經有代表理智的斯塔巴克，其次則是因為他需要有人分擔，在某種程度上也算是同情亞哈執著的目標。這樣一來，就能引導讀者接受此事，而不會覺得不合理。孟福教授所說的「無意之惡」，指的是迪克在受到攻擊時的自我防衛。

Cet animal est très méchant,
Quand on l'attaque, il se défend.[2]

為什麼白鯨代表的是邪惡，而不是正義呢？美麗超凡、體型龐大、氣宇軒昂，在大海中自由游弋；而亞哈殘忍無情、心胸狹隘、狂妄自大，他才邪惡。最後，亞哈和船上那些「各式各樣的叛徒、流浪漢和食人族」被徹底消滅，而神祕的白鯨則平靜地離開，善良最終擊敗邪惡。對我來說，這種解釋和其他說法一樣有道理。別忘了，《泰皮》讚頌那些高尚的野蠻人，因為他們沒有被文明社會中的惡行所腐蝕；梅爾維爾認為，自然人就代表善良。

幸運的是，如果不考慮書中的寓意，《白鯨記》依然能為我們帶來極度愉快的閱讀體驗。我曾多次強調，閱讀小說並不是為了教導或啟迪人們，而是為了帶來思想上的歡愉；如果你不能從閱讀中獲得快樂，就乾脆不讀。**但是梅爾維爾似乎極力避免讀者愉快地閱讀這部小說，他想創作一個離奇恐怖的故事，用的卻是直截了當的敘述方式**。小說傳奇般的開頭十分扣人心弦，人物真實鮮活地呈現在讀者眼前，有條不紊。隨著情節的發展，氣氛越來越緊張，你也越來越興奮。故事的高潮十分具有戲劇性，不知道梅爾維爾為什麼要故意棄讀者的興致於不顧，轉而介紹鯨魚的體型、骨骼、情感之類的東西，簡直太愚蠢了；就像一個在餐桌上講故事的人，隔一會兒就停下來，為你講述他所用詞彙的詞源意思一樣。蒙哥馬利·貝爾吉安（Montgomery Belgion）在《白鯨記》其中一個版本的介紹裡審慎地表明，既然這是一部關於追尋的故事，就要無限推遲追尋的結果，所以梅爾維爾才會寫那些無聊的話。我並不相信，如果他想要這樣，可以寫入在太平洋三年航行的經歷。我認為，梅爾維爾之所以會寫這些內容，原因很簡單：他和許多自學成才的人一樣，把自己辛苦學來的知識看得太重，忍不住要賣弄一下。他早期的作品也是一樣，不時就要把伯頓、莎士比亞、拜倫、彌爾頓、柯勒律治、切斯特菲爾德和普羅米修斯、仙度瑞拉、穆罕默德、克里奧佩脫拉、聖母瑪麗亞、天堂美人、梅迪奇家族和穆斯林拿出來說一說。

對我來說，**這本書的大部分內容都很有趣，但是有些內容和主題無關，破壞了緊張的氣氛。梅爾維爾缺乏法國人口中的「流暢靈感」，說這本書結構精巧是愚蠢的觀點**。但他的創

---

2 該句意為：這頭畜生實在凶惡，我們進攻，牠就防守。

作手法源於他的構思，而且自成一派，你接受也好，不接受也罷，他很清楚《白鯨記》並不討人喜歡。他的脾氣很倔強，也許大眾的冷漠、評論家的猛烈抨擊、親人的不理解，反而更能促使他這麼寫。你只有忍受他糟糕的品味、無聊的想像和結構上的失誤，才能看見他卓越的才華、出色的語言、激動人心的情節、對美感的講究，以及那神祕的悲劇性力量（也許正是因為他有些笨拙馬虎，不具備驚人的推理天賦，才能在情感上令人印象深刻），亞哈船長這個陰險又高大的形象貫穿始終，為小說賦予一股獨特的力量，你會從這個人物身上體會到一種宿命感，如同古希臘和莎士比亞的戲劇作品。梅爾維爾創造這個角色，所以《白鯨記》在人們對其觀點有所保留的情況下，仍是一部偉大的小說。

我曾經再三強調，**想要真正瞭解一部偉大的作品，必須瞭解它的作者。但是對梅爾維爾來說，這句話應該要反過來：與其研究作者的生平經歷，不如一遍又一遍地閱讀《白鯨記》**。他的天賦被邪惡所摧毀，就像龍舌蘭一樣，一經綻放就已經凋謝。一個鬱鬱寡歡的人，因為自己避而遠之的天性受盡折磨；他意識到自己身上的美德正在逐漸消失，在失敗和貧窮中掙扎；他渴望友誼，卻發現友誼不過是虛無。在我看來，梅爾維爾就是這樣一個人，你只會對他懷有深深的同情。

艾蜜莉·勃朗特
和
《咆哮山莊》

Emily Brontë
&
Wuthering Heights

一七七六年，鄧恩郡（County Down）一位年輕的農民休・普朗蒂（Hugh Prunty）和艾莉諾・麥克洛里（Elinor McClory）結婚了，次年聖派翠克節（St. Patrick's Day）[1]時，他們的第一個孩子出生，兩人為孩子取了與愛爾蘭守護神一樣的名字。普朗蒂不識字，在教堂洗禮紀錄上，他的名字被誤寫成「勃朗蒂」（Brunty）或「勃朗提」（Bruntee）。因為農場很小，所以他還在石灰窯裡工作，不景氣時也會在附近的莊園裡當雇工。可想而知，長子派翠克・勃朗蒂（Patrick Prunty）要一直幫忙父親工作，後來他成為織布工人。這個小夥子很聰明，也很有抱負。十六歲時，在住家附近的一所鄉村學校裡當教師。兩年後，又在莊柏立洛尼（Drumballyroney）的教區學校裡任教。對於後來發生的事情有兩種說法：一種說法是他的能力很強，讓衛理公會的牧師留下深刻的印象，希望他能成為牧師，於是定期資助幾英鎊，讓他去劍橋學習；另一種說法則是，他離開教區學校，成為一位牧師的家庭教師，在對方的幫助下進入聖約翰學院。那時他二十五歲，正是上大學的年紀，他高大強壯，樣貌英俊，充滿自信，靠著獎學金、兩份助學金和執教賺到的錢維持生活。二十九歲時，他取得學士學位，在英國國教擔任聖職。如果衛理公會的牧師真的資助他去了劍橋，一定會覺得這是一筆不划算的投資。

在劍橋大學（University of Cambridge）讀書時，勃朗蒂（他的姓氏在錄取名單上是這麼寫的）把姓氏改成「勃朗特」（Bronte），後來才加上重音符，變成「派翠克・勃朗特」（Patrick Brontë）。他被任命為埃塞克斯郡（Essex）威瑟斯菲爾德（Withersfield）的助理，並在那裡與瑪麗・伯德（Mary Burder）相愛。伯德當時十八歲，雖然不是家財萬貫，但也算得上富足。兩人訂婚了，但是勃朗特拋棄她。人們認為，他在瞭解自己的優勢後，認為自己能找到更適合的結婚對象。伯德傷心欲絕，勃朗特的行為在教區引發許多尖銳批評，因此離開威瑟斯菲爾德，到施洛普郡（Shropshire）威靈頓（Wellington）擔任助理牧師。幾個月後，他又去了約克郡（Yorkshire）哈特謝德（Hartshead），在那裡遇見一位三十歲的平凡女子，名叫瑪麗亞・布倫威爾（Maria Branwell）。她出生於體面的中產階級家庭，一年有五十英鎊的收入。勃朗特三十五歲了，也許他認為儘管自己的長相英俊，愛爾蘭口音也很討人喜歡，但是理想中的妻子也不過如此，於是兩人在一八一二年結婚。還在哈特謝德時，妻子就生下兩個孩子，一個叫瑪麗亞・勃朗特（Maria Brontë），一個叫伊麗莎白・勃朗特（Elizabeth Brontë）。沒過多久，勃朗特又去另一個地方擔任助理牧師，這次是在布拉福（Bradford）附近，妻子在這裡又生下四個孩子，分別是夏綠蒂・勃朗特（Charlotte Brontë）、派翠克・布倫威爾・勃朗特（Patrick Branwell Brontë）、艾蜜莉和安妮・勃朗特（Anne Brontë）。結婚前一年，勃朗特自費出版一部《鄉村詩集》（*Cottage Poems*），一年後又出版一部名為《鄉村吟遊詩人》（*The Rural Minstrel*）的作品。住在布拉福附近時，他寫了一本叫作《林中小屋》（*The Cottage in the Wood*）的小說。讀過這些作品的人都認為乏善可陳。一八二〇年，勃朗特被任命為約克郡哈沃斯

---

1 每年三月十七日，該節日是為了紀念愛爾蘭守護神聖派翠克。

（Haworth）的「終身助理牧師」，直到去世為止，一直住在那裡。也許他實現自己的野心，已經心滿意足了。自從離開愛爾蘭後，他從未回去探望父母和兄弟姊妹，但是母親在世時，每年都會寄給她二十英鎊。

一八二一年，勃朗特的妻子在結婚九年後因為癌症去世。那位鰥夫說服小姨子伊麗莎白．布倫威爾（Elizabeth Branwell）離開彭贊斯（Penzance），幫忙照顧六個孩子。他想再婚，於是找時機向伯德太太（十四年前他深深傷害過的那個女孩的母親）寫了一封信，詢問她的女兒是否依然單身。幾個星期後，他收到回信，隨即寫信給伯德本人。信上的內容實在不堪入目，表現出一副洋洋得意、自以為是、虛情假意的模樣，他厚顏無恥地表示對她舊情復燃，迫不及待想要見她一面，其實這是在向她求婚。伯德的回信很傷人，但是他沒有退縮，緊接著又寫了一封信，直言不諱地告訴對方：「隨便妳怎麼說，也隨便妳怎麼想，但我毫不懷疑，要是妳跟我在一起，一定會比單身更幸福。」（他還故意用了斜體。）被伯德拒絕後，他換了一個目標，卻沒想到一個四十五歲，帶著六個年幼子女的鰥夫，根本沒有吸引力。他還向伊麗莎白．弗里斯（Elizabeth Frith）求婚，兩人在布拉福附近當助理牧師時就認識了，但是她也拒絕了。後來他覺得這件事是白費力氣，於是放棄這個想法。但是不管怎麼說，有小姨子幫忙照料家事、照顧孩子，也是值得慶幸的事。

哈沃斯牧師的家坐落在陡峭的山頭上，那是一間外牆是褐色沙石的小房子，房屋前後都有一小片花園，左右兩邊是墓地。為勃朗特一家寫傳記的作家認為，這樣的居住環境過於陰鬱，對醫生來說也許的確如此，但是牧師或許認為這個環境能夠啟發思想、慰藉心靈。無論如何，這個牧師家庭已經習慣這樣的居住環境，就像卡布里島（Capri）的漁夫一樣，不會注意維蘇威火山或是夕陽下的伊斯基亞（Ischia）。

這幢住宅很大，一樓有一間客廳、一間書房、廚房和儲藏室，樓上有四間臥室和一間大廳。除了客廳和書房外，其他房間都沒有地毯，窗戶上也沒有窗簾，因為勃朗特最怕火。樓梯和地板都是石頭做的，冬天的時候又冷又潮；小姨子害怕著涼，總是穿著木鞋。屋外有一條小徑通向沼澤。也許傳記作者都沒有意識到，為了渲染淒苦的氛圍，他們筆下的哈沃斯總是一幅破敗荒涼、寒冷沉悶的景象。其實沒有那麼糟，冬季的冷空氣讓人精神抖擻，草地、沼澤和樹林都被塗上柔和的色彩，有時還能看見藍天和明媚的陽光。有一天，我到哈沃斯走訪，整個村子都沐浴在銀灰色的霧靄中，從遠處只能看見模糊的輪廓，顯得十分神祕。掉光葉子的樹有著特殊的美感，像是日本畫。道路兩旁的山楂樹籬上閃著白霜。艾蜜莉的詩歌和《咆哮山莊》告訴人們，荒野上的春天是多麼令人激動，夏天有多麼美麗多姿。

勃朗特常在荒野裡散步。晚年時，他吹噓自己一天能走四十英里（約六十四公里）。以前還在做助理牧師時，他很擅長交際，喜歡參加聚會和應酬，現在他變得有些不同，除了附近的牧師有時會下山來喝一杯茶外，他只會見教會委員和教區居民。如果有人找他幫忙，他就會過去，但是不怎麼和其他人來往。他出身於一個窮困的愛爾蘭農民家庭，卻不讓自己的孩子與村裡的孩子一起玩耍。孩子們不得不坐在一樓寒冷的大廳裡讀書，那裡是他們的書房。父親心情不好時，總是一聲不吭，為了不打擾到父親，他們只能低聲說話。他上午給他們上課，姨媽則教他們縫紉和做家務。

妻子在世時，勃朗特消化不良，所以終身保持在書房用餐。艾蜜莉曾在日記裡寫道：「我們晚餐吃煮牛肉、蘿蔔、馬鈴薯和蘋果布丁。」一八四六年，夏綠蒂從曼徹斯特寫信說：「爸爸只能吃普通的牛肉、羊肉、茶、麵包和奶油。」這個食譜似乎並不適合慢性消化不良的患者。我的看法是，勃朗特不喜歡被孩子打擾，所以才會單獨吃飯。他每晚八點做家庭禱告；九點鎖上前門；經過孩子的房間時，會提醒他們不要太晚睡；樓梯上到一半時，會停下來為鐘上發條。

加斯克爾（Gaskell）太太認識勃朗特很多年了，覺得他是一個自私暴躁的人。夏綠蒂的好友瑪麗・泰勒（Mary Taylor）曾在信上說：「我一想到夏綠蒂為這個自私的老頭做出這麼大的犧牲，就怒火中燒。」最近有些人想要粉飾他，但是再怎麼粉飾，也無法掩蓋他向伯德寫信的惡劣態度。克萊蒙・蕭特（Clement Shorter）在《勃朗特一家和他們的朋友》（*The Brontës and their Circle*）一書中刊載這些信件。當勃朗特的助理牧師向夏綠蒂求婚時，他的所作所為也同樣無法被掩蓋，這件事容我稍後再說。加斯克爾太太寫道：「勃朗特夫人的女僕跟我說，有一天，孩子們在荒野上，突然下起雨了，她擔心孩子們會淋濕，翻出朋友送她的幾雙彩色靴子。她把這幾雙靴子放在廚房的爐火邊，但是孩子們回來時，靴子已經不見了，只留下一股強烈的皮革燒焦氣味。原來是勃朗特先生回來後看到這些靴子，覺得它們過於鮮豔和奢侈，於是扔進爐子裡。任何不符合他喜好的東西，他都容不下。很久以前，有人送給勃朗特夫人一件絲綢禮服，無論是樣式、顏色還是材料，都和勃朗特先生一貫的禮節規範相悖，結果勃朗特夫人從未穿過這件衣服。她將禮服珍藏在抽屜裡，常年鎖著。有一天，她聽到勃朗特先生上樓的聲音，突然想起自己沒有把鑰匙藏好，便有不祥的預感，急急忙忙地跑上樓，發現禮服已經被撕成碎片。」她的女僕講述另一件事：「有一次，他把壁爐前的地毯塞進爐子裡，地毯被燒得乾癟，再也不能使用，屋子裡充滿怪味。還有一次，他找來幾張椅子，把椅背全都鋸掉，椅子變成了板凳。」勃朗特聲稱這些故事都是假的，但他的專橫是不爭的事實。我曾懷疑勃朗特的性格是否源於他對生活的失望，他和許多出身卑微的人一樣，為了超越自己所在的階層和獲得教育，付出艱苦的努力。他有時會高估自己的能力，對自己英俊的外表很自豪，卻未能在文學上取得成功。當他發現自己與逆境抗爭那麼多年，卻只換來約克郡荒野的永久助理牧師職位，也難怪他會感到如此痛苦。

人們誇大了牧師家的孤獨，才華橫溢的姊妹們似乎對這樣的生活還算滿意。說實在話，如果她們想到父親的出身，就會覺得自己還算幸運。全英國牧師的女兒都和她們一樣，過著這樣與世隔絕、經濟拮据的生活。勃朗特一家也有住得很近的鄰居，也與鄉紳、磨坊主和小製造商來往。就算他們離群索居，也是出於自己的選擇。他們算不上富裕，也不貧窮，牧師的職務為勃朗特先生提供一棟房子，每年有二百英鎊的收入，妻子每年也有五十英鎊，在她死後，應該由勃朗特繼承。小姨子搬到哈沃斯時，也帶來每年五十英鎊的收入。一家人每年有三百英鎊，購買力相當於現在的一千二百英鎊。就算加上要繳的稅，如今許多牧師也會覺得這是一筆可觀的收入。對現在的牧師妻子來說，家裡請得起一個女僕就謝天謝地了，而勃朗特家裡則有兩個女僕，事情多得忙不過來時，還會從村子裡請人幫忙。

一八二四年，勃朗特先生讓年長的四個女兒去了科恩橋（Cowan Bridge）的一所學校讀書，這是專門為貧窮牧師的女兒開設的學校。這裡的環境不太衛生，食物很糟糕，管理者也很無能。兩個較大的女兒在這裡去世了，夏綠蒂和艾蜜莉的身體也受到影響；不過奇怪的是，她們又在學校待了一個學期才離開。後來由姨媽輔導她們學習。比起三個女兒，勃朗特更偏愛兒子。派翠克被視為家裡最聰明的孩子，勃朗特沒有送他去上學，而是讓他在家自學。這個男孩的天賦過人，討人喜歡。他的朋友F・H・格倫迪（F. H. Grundy）是這樣描述他的：「小個子是他一輩子最痛苦的事，他為了讓自己看起來高一點，梳了一頭高高的紅髮，那個巨大飽滿、充滿智慧的腦袋幾乎占了整張臉的一半。一雙雪貂似的眼睛深陷在眼窩中，藏在眼鏡後面。他的鼻子很挺，下半張臉就比較普通。他總是一副垂頭喪氣的樣子，除了偶爾朝著某處快速地瞥一眼外，幾乎沒有什麼變化。他的身材很瘦小，第一眼看起來不算討喜。」派翠克有一些才華，姊姊們都很欽佩他，希望他將來能成大器。他的口才很好，十分健談，也許他的社交天賦和令人愉快的談吐，是遺傳自某位愛爾蘭祖先，因為他的父親有些沉默寡言。要是一位孤單的旅客打算在黑牛（Black Bull）旅館過夜，老闆就會問他：「先生，你想找人喝一杯嗎？如果想的話，我去把派翠克叫來。」派翠克很樂意做這種事。我還要補充一件事，幾年後夏綠蒂出名了，有人向旅館老闆打聽這件事，但他卻說道：「根本不用特地去找派翠克。」現在的黑牛旅館裡還有一個擺放幾張溫莎椅的房間，就是派翠克和朋友們喝酒的地方。

夏綠蒂在十六歲時又回到學校，這次去的是羅黑德學校（Roe Head School），在那裡生活得很開心。一年後，她再次回家，輔導兩個妹妹學習。雖然我之前說過，這個家庭並不像人們說得那麼窮，但是家裡的姊妹也沒有什麼好期待的。如果勃朗特去世，他的養老金將會停發，而姨媽僅有的一些錢也將全部留給喜歡的外甥。於是姊妹們想著，只有努力成為家庭教師或學校女教師才行。對當時那些自認為淑女的人來說，這是唯一可行的職業。派翠克這時已經十八歲，他面臨職業選擇，他和姊姊們一樣，擁有繪畫天賦，渴望成為畫家，於是決定到倫敦的皇家藝術學院（Royal Academy of Arts）學習。可是他把時間都花在觀光遊覽，沒過多久便回到哈沃斯。他還曾經試著寫作，但是也沒有成功。隨後他讓父親在布拉福為自己建立一間畫室，想靠著為當地人畫肖像來謀生；只是這條路也行不通，於是勃朗特就讓他回家了。後來他成為巴羅因弗內斯（Barrow-in-Furness）的普斯特李威（Postlethwaite）先生的教師，在那裡做得似乎還不錯。但是不知道為什麼，六個月後，勃朗特先生就將他帶回哈沃斯。不久後，他又找到一份在里茲（Leeds）和曼徹斯特鐵路線上的索爾比橋（Sowerby Bridge）站當辦事員的工作，後來又去盧登登福特（Luddenden Foot）車站工作。這裡的工作很無聊，他經常酗酒，因為嚴重失職遭到解雇。同時在一八三五年，夏綠蒂回到羅黑德學校擔任老師，艾蜜莉成為她的學生。但是艾蜜莉因為太想家而生病，只好被送回家，性格更沉著順從的安妮就代替她去學校。夏綠蒂在那裡工作三年，最後也因為身體不好回家了。

這時夏綠蒂二十二歲，派翠克花費太多錢，讓家裡的人發愁。夏綠蒂剛剛康復，就打算找一份家庭教師的工作。她不喜歡當老師，和父親一樣，她們幾個姊妹都不喜歡孩子，她曾在信上說：「拒絕孩子的過分親近，對我來說實在太難了。」她討厭寄人籬下的生活，隨時擔心會被人輕視。從她的信中可以看出，她並不好相處，雇主讓她做一些理所應當的事，她卻覺得是在額外幫忙，她在三個月後就離開了。大約兩年後，她又在布拉福附近的懷特（White）夫婦家當家庭教師。夏綠蒂覺得他們不夠優雅，「簡直不敢相信懷特太太是一個稅務官的女兒，我能肯定懷特先生的出身一定很低。」她在這裡的日子過得相當不錯，但在寫給好友的一封信上說：「只有我自己才知道，家庭教師的生活對我來說有多麼痛苦，因為除了我自己以外，沒人知道我有多麼厭惡這份工作。」她很早以前就打算和妹妹一起開辦學校，如今又提起這件事。善良正派的懷特夫婦鼓勵她，但是也提出建議：想要取得成功，必須具備一定的資質。她雖然看得懂法語，卻不會發音，也不懂德語，於是決心出國學習語言。她說服姨媽出錢，於是和艾蜜莉動身前往布魯塞爾，由父親護送她們，二十六歲的夏綠蒂和二十二歲的艾蜜莉成為黑格爾寄宿學校（Pensionnat Heger）的學生。十個月後，由於姨媽病重，她們被召回英國。姨媽很快就去世了，派翠克由於行為不端，被剝奪繼承權，姨媽僅有的一筆錢都留給外甥女，這筆錢已經足夠她們創辦一所學校。考慮到父親年事已高，視力也不好，於是決定把學校辦在自己的家裡。夏綠蒂覺得自己的能力還不夠，所以接受康斯坦丁・黑格爾（Constantin Heger）的邀請，回到布魯塞爾教授英語。她在那裡工作一年，回到哈沃斯之後，三姊妹開始招生，夏綠蒂還寫信要朋友幫自己的學校做宣傳。牧師住宅裡只有四個房間，都是她們自住的，至於怎麼安排學生住宿，她們也不用操心，因為根本沒有學生來。

* * *

勃朗特姊妹從小就開始斷斷續續地寫作。一八四六年，三人各以柯勒・貝爾（Currer Bell）、艾利斯・貝爾（Ellis Bell）和阿克頓・貝爾（Acton Bell）為筆名，自費出版一本詩集。出版這本詩集花費五十英鎊，但是只賣出兩本。她們各自創作一部小說，夏綠蒂（柯勒）的書是《教師》（*The Professor*），艾蜜莉（艾利斯）的書叫作《咆哮山莊》，安妮（阿克頓）的書是《艾格妮絲・格雷》（*Agnes Grey*），她們接二連三地遭出版商的拒絕。後來，史密斯・艾爾德公司（Smith, Elder & Co.）回信給夏綠蒂，希望她創作一部篇幅更長的小說。這時她快要完成《簡愛》（*Jane Eyre*）了，不出一個月就能寄給出版商，他們同意出版這部作品。艾蜜莉和安妮的小說最終也獲得紐比（Newby）出版社的認可，但是「開出的條件對兩位作者來說有些過分」。在夏綠蒂把《簡愛》寄給史密斯・艾爾德公司前，這兩本書就已經進行校對。儘管《簡愛》收到的評價並不好，但是深受讀者喜愛，成為暢銷書。因此，紐比（Newby）先生想讓讀者相信《咆哮山莊》和《艾格妮絲・格雷》是出自《簡愛》的作者之手，於是把三本書作為合集出版。然而，這些作品並沒有讓讀者留下深刻的印象，許多評論家認為這是柯勒早期不成熟的作品。經過旁人的勸說，勃朗特同意閱讀《簡愛》。讀完之後，他在喝完茶進來時說道：「女孩們，你們知道夏綠蒂一直在寫一本書嗎？而且寫得相當不錯。」

姨媽去世後，安妮在索普格林（Thorpe Green）為羅賓遜（Robinson）太太的孩子當家庭教師，溫柔可愛的她比暴躁易怒的夏綠蒂更容易相處。她對現狀並不滿意，回哈沃斯參加姨媽的葬禮後，帶著在家遊手好閒的派翠克去索普格林，給羅賓遜太太的兒子當家教。艾德蒙・羅賓遜（Edmund Robinson）是一位富有的牧師，他的年紀大了，又生著病，妻子卻很年輕。派翠克雖然比羅賓遜太太小十七歲，卻愛上她。兩人的關係很複雜，不過無論如何，最後都被發現了。派翠克只好收拾東西走人，羅賓遜先生命令他「永遠不許再和孩子的母親見面，再也不許踏進他的家門半步，永遠不許再和她談話或給她寫信」。派翠克「暴跳如雷、怒氣沖沖地賭咒發誓，說自己沒有她會活不下去，對著選擇留在丈夫身邊的她大聲哭喊，還祈禱這位病人快點死，好成全他們的愛情」。派翠克總是酗酒，後來甚至開始吸食鴉片，但他好像一直和羅賓遜夫人保持聯繫，而且在被解雇的幾個月後，兩人似乎還在哈羅蓋特（Harrogate）見過面。「據說她拋棄尊嚴，提出私奔，還是派翠克提出再等等。」這些話只可能出自派翠克之口，所以不太可能是真的，我們可以把這些話看成一個年輕人的愚蠢想像。

有一天，他得知羅賓遜先生的死訊，於是「他就像瘋了一樣，在教堂院子裡翩翩起舞，他深愛這個女人」，有人這樣告訴艾蜜莉的傳記作家瑪麗・羅賓遜（Mary Robinson）。

「第二天，他早早起床，精心打扮一番，準備要出門。但是他還沒從哈沃斯動身，就有兩個人騎著馬從鄉村驛站趕來，他們是來找派翠克的。等他興沖沖趕到，其中一人下馬，和他一起走進黑牛旅館。」對方捎來羅賓遜夫人的一封信，乞求他不要再接近自己，因為如果兩人繼續見面，她就會失去所有的財產和孩子的撫養權。這也是派翠克說的，但是這封信從未出版，也沒有在羅賓遜先生的遺囑中發現這樣的條款。我們不知道真假，唯一可以肯定的是，羅賓遜太太想讓派翠克離開自己，也許她是為了替他留面子而編造的藉口。勃朗特一家確信她是派翠克的情婦，還把他後來的種種行為歸咎於她的影響。也許她的確是他的情婦，但他可能只是和許多男人一樣，把一件沒有結果的事情拿來吹噓。就算她真的曾經短暫地迷戀派翠克，也沒有嫁給他的理由。後來，派翠克一直酗酒，直到去世為止，當他知道自己的生命快要結束時，一位曾在他病重時照顧的人對加斯克爾太太說，他執意要站著死，只在床上躺了一天。夏綠蒂十分難過，不得不離開；但他的父親、艾蜜莉和安妮一直在旁邊看著。他艱難地站起來，不到二十分鐘就去世，他如願了。

在派翠克死後的一個星期，艾蜜莉一直都沒有出門，她感冒了，一直咳嗽，病情越來越重。夏綠蒂寫信給艾倫・納西（Ellen Nussey）說道：「我擔心她的胸口會痛，有時她走得快一些，我都能感覺到她呼吸不過來。她看起來十分瘦弱、臉色蒼白；問她也無濟於事，因為她不會回答，她沉默寡言的個性真令我心神不安。讓她去看病，她也不聽。」一、兩週後，夏綠蒂寫信給另一位朋友：「我很希望艾蜜莉今晚能好受一些，可是她病得太重了。她一聲不吭，不尋求幫助，也不接受別人的同情。不管提出什麼問題或是提供任何幫助，都只會讓她惱怒。面對疾病和痛苦，她一步也不退縮，也不放棄任何一項愛好。你只能看著她做那些不適合她做的事，一句話都不敢說……。」一天早上，艾蜜莉像往常一樣開始做針線活，她的呼吸十分急促，目光有些呆滯，可是手中的動作還沒停下來。她的症狀越來越嚴重，終於肯叫人去請醫生，但是為時已晚，下午兩點，她就去世了。

夏綠蒂正在寫另一部小說《雪莉》（*Shirley*），但她不得不先照顧安妮。安妮當時感染急性肺結核，派翠克和艾蜜莉就是因為這種疾病去世。艾蜜莉死後不到五個月，安妮這個溫柔的女孩也因病死亡，這本書也在那時候才創作完成。一八四九年和一八五〇年，夏綠蒂前往倫敦，在那裡受到人們的尊崇。有人把她介紹給薩克萊，喬治．里奇蒙（George Richmond），還為她畫了像。史密斯．艾爾德公司有一位名叫詹姆斯．泰勒（James Taylor）的員工（她說對方是一個嚴肅又嚴苛的小個子），還向她求婚，不過被她拒絕了。在此之前，她拒絕過兩位牧師的求婚，還有兩、三個父親或鄰近牧師的助理牧師也對她表露明顯的好感，但是艾蜜莉勸退這些追求者（夏綠蒂說她是一個專家，因為應付這些人很有一套），再加上父親也不同意，於是都不了了之。夏綠蒂最終嫁給父親的一位助理牧師，名字叫亞瑟．尼科爾斯（Arthur Nicholls），他在一八四四年來到哈沃斯。那一年，夏綠蒂寫信給納西，信上提到他：「我這輩子都看不出妳發現的那些優點，印象最深刻的就是他的狹隘。」幾年後，她把他加入自己最看不起的助理牧師之列，「他們覺得我是一個老姑娘，我覺得他們這些人才是這個世界上最無趣、最狹隘、最討人厭的臭男人。」尼科爾斯是愛爾蘭人，休假時會返回愛爾蘭。夏綠蒂照常寫信給朋友：「尼科爾斯先生還沒回來，我很遺憾地說，許多教民希望他不要大費周章地跨越海峽回來了。」

一八五二年，夏綠蒂寫給納西一封長信，隨信附上來自尼科爾斯的一封信，她寫道：「我心底深深地焦慮著……。」「我不會去問爸爸看到什麼或是聽到什麼，但是我能猜到。他不悅地察覺到，尼科爾斯先生的情緒低落、身體不好，還說要搬到國外。但是他對此卻毫不同情，甚至還冷嘲熱諷。星期一晚上，尼科爾斯先生過來喝茶，我沒有看清，但是隱約感覺到了，有時我不用看就能感覺得到，他持續投來的目光，以及他不尋常的極度克制裡蘊含的深意。喝完茶後，我像往常一樣回到餐廳，尼科爾斯先生也像平常一樣在客廳，和爸爸從八點待到九點。我聽到客廳的門打開，好像他要離開了。我正等著前門關上的聲音，但他在走廊停下來，敲了敲門，後來要發生的事情就像閃電一樣出現在我的腦海。他走了進來，站在我面前，妳能猜到他說的話，但是妳搞不懂他的舉止，我永遠都忘不掉他的樣子。他的臉色蒼白，聲音低沉，從頭到腳都在顫抖，說起話來十分艱難。他讓我第一次覺得，一個男人在心裡沒有把握的情況下表白時，需要付出多大的代價。」

「平常像一座雕像一樣一動也不動，如今卻顫抖又激動，一副慌張的樣子，這番景象著實讓我大為震驚。他說自己忍受了幾個月，無法繼續忍受，只想一走了之。我只能請他先離開，答應隔天給他答覆。我問他是否和爸爸談過此事，他說他不敢，我把他送出房門。在他走後，我立刻去找爸爸，把這件事告訴他。一陣出人意料的激動和憤怒隨即爆發了，如果我愛著尼科爾斯先生，聽到父親衝著他說的這些話，就會難以忍受。事實上，我的熱血開始沸騰，感覺很不公平；但是爸爸已經聽不進我的話，他太陽穴上的青筋像編繩一樣暴起，眼裡突然布滿血絲。於是我急忙答應，明天一定會明確拒絕尼科爾斯先生。」

三天後，夏綠蒂寫了一封信：「妳想知道爸爸在尼科爾斯先生面前有多失態嗎？我真希望妳能親眼看看他當時的樣子，這樣妳就知道他是什麼樣的人了。他對尼科爾斯先生十分苛刻，可以說是徹頭徹尾的輕蔑，兩人至今沒有當面談過，所有討論都在信上進行。我必須要說，爸爸在星期三對尼科爾斯先生寫了一封殘忍至極的信。」她接著說，父親認為「他實在太窮了，這樣的結合是在貶低自己的身分，我是在自討苦吃，如果我要結婚的話，他希望我能找一個不一樣的人」。事實上，勃朗特的表現和幾年前對待伯德時一樣糟糕，他和尼科爾斯之間的關係變得十分緊張。沒過多久，尼科爾斯就辭去助理牧師一職，但是接替他的人也沒有讓勃朗特少操心。面對父親的抱怨，夏綠蒂也不耐煩了，說這是自作自受。只要他讓夏綠蒂嫁給尼科爾斯，一切都會迎刃而解。爸爸還是「非常反對，極力阻攔」，但她見到尼科爾斯先生，還與他保持聯繫。後來兩人訂婚，並在一八五四年結婚，當時她三十八歲，九個月後因為難產去世。

牧師勃朗特在埋葬自己的妻子、妹妹和四個孩子之後，只能一個人孤零零地吃晚餐了。他趁著身體還好，便盡可能地在草地上行走。他閱讀報紙、布道，睡覺前為鐘上好發條。有一張他年老時期的照片：穿著黑色西裝，脖子上戴著巨大的白領巾，頭髮剪得很短，眉毛濃密，鼻子直挺，嘴巴緊閉，眼鏡後面是一雙怒目。他在哈沃斯去世，享年八十四歲。

＊　＊　＊

寫這一章的時候，我說了很多關於艾蜜莉的父親、弟弟、夏綠蒂的事情，甚至比說她本人的事情還多，這是有道理的，因為在描寫這個家庭的書中，他們也是出現最頻繁的人物，安妮和艾蜜莉幾乎沒有怎麼提到。安妮是一個溫柔漂亮的小姑娘，但是她微不足道，才華也算不上出眾。艾蜜莉很不一樣，她為人古怪、神祕莫測，沒有人直接見過她，頂多在池塘中看過她的倒影。你只能從她唯一的小說、幾篇詩歌和零零散散的軼事裡，推測她是一個怎麼樣的女人。她為人冷漠、性格尖銳，讓人不舒服，在荒野散步時，她會無拘無束地放聲大笑，這就更讓人不自在了。夏綠蒂和安妮都有要好的朋友，但艾蜜莉卻是孤身一人，她的性格很矛盾：一方面，她嚴厲、獨斷、固執、陰沉、易怒、偏執；另一方面，她又十分虔誠、盡職盡責、勤奮刻苦、任勞任怨，對自己愛的人耐心又溫柔。

羅賓遜形容十五歲時的她是：「高個子、長手臂的女孩，發育得很好，步伐矯健有力。穿上她最好的衣服時，苗條的身材看起來就像女王一般；而她在荒野上慵懶地漫步、吹著口哨，在崎嶇的土地上大步前行時，看起來就有些吊兒郎當，有幾分像男孩。她是一個又高又瘦、關節鬆散的女孩子；她長得不醜，但是五官算不上端正，粗糙的皮膚呈現蒼白的色澤。她有著自然美麗的深色頭髮，後來她用一把梳子將頭髮鬆散地梳在腦後，看起來也十分不錯。一八三三年，她留了鬈髮，這就不太適合她了，她有一雙淺褐色的美麗眼睛。」她和家人一樣也戴眼鏡，她有鷹勾鼻，嘴巴很大，而且突出。她不追求時髦，羊腿袖的衣服都過時很久了，直筒長裙緊貼著瘦長的身體。

她和夏綠蒂一起去了布魯塞爾，但是她討厭這個地方。朋友想對兩個女孩友善一些，於是邀請她們在週末和假期到家裡玩。可是她們實在太害羞了，這樣的邀請反倒讓她們痛苦不堪。過了一段時間，她們發現不邀請兩人反而才是友好的表現。艾蜜莉一點都不喜歡社交，因為聊的都是瑣碎的內容，只不過是出於禮貌而表示友好。艾蜜莉既害羞又傲慢，不敢參與其中。如果她真的厭惡社交，就一定不會打扮得這麼引人注目，靦腆的人一般不喜歡表現自己。儘管她在人們面前緊張得說不出話，但是也要穿著那件可笑的羊腿袖上衣，為了表示對這些平庸之輩的蔑視。

兩姊妹經常在午休時一起去散步，艾蜜莉總是不發一語，緊緊靠著姊姊。別人和她們說話時，總是夏綠蒂在回答，艾蜜莉從未和任何人說話。兩姊妹比其他女孩大幾歲，不喜歡女孩子的吵鬧、浮躁，以及這個年紀特有的愚蠢。院長發現艾蜜莉很聰明，卻又很固執，要是和她的意願相悖，就聽不進任何道理，還發現艾蜜莉是自負、嚴苛的人，在夏綠蒂的面前非常專橫。艾蜜莉的性格像男人，院長評價說：「她有強韌又專橫的意志，絕不會被逆境或困難嚇倒，她這一生從未屈服。」

姨媽去世後，艾蜜莉回到哈沃斯，之後再也沒有離開，這對她來說也是好事，似乎只有在這裡，她才能活在幻想之中，這幻想既是她生命中的慰藉，也是對她的折磨。

艾蜜莉每天都最早起床，在年老體弱的女僕塔比（Tabby）下樓前，就把一天裡最辛苦的工作做完。她負責燙衣服和做飯，把麵包烤得很好，揉麵團時還會瞥兩眼擺在面前的書。「忙不過來的時候，她會叫一些女孩來幫忙。她們都記得艾蜜莉會在身邊放著一支筆和一張紙，閒下來的時候，就會記下一些匆忙中產生的想法，然後繼續工作。她對這些女孩一直很友好，有時就像男孩一樣！歡快活潑，討人喜歡。」瞭解她的人這麼評論她：「她既和藹親切，又有些男子氣概，但是在陌生人面前卻十分膽小，如果屠夫的兒子或是麵包師來到廚房，她就會像鳥兒一樣躲進門廳，直到傳來他們的鞋子踩在小路上的聲音才會回來。」她不喜歡男人，甚至對父親及他的助理牧師都不禮貌，但只有一個例外，就是威廉・韋特曼（William Weightman）牧師，他年輕英俊、能言善辯、幽默風趣，長相、舉止和品味都有些女孩子氣，勃朗特姊妹偷偷叫他「西莉亞・阿米莉婭小姐」（Miss Celia Amelia）。艾蜜莉和他相處得很不錯，原因想必也不難猜測。梅・辛克萊（May Sinclair）在自己的書《勃朗特三姊妹》（*The Three Brontës*）中，經常用「陽剛」這個詞彙來形容艾蜜莉。羅默・威爾遜（Romer Wilson）在提到艾蜜莉時，曾發出這樣的疑惑：「孤獨的父親難道沒有在她身上看到自己的影子嗎？覺得她是這個家裡除了自己之外唯一的男子漢？她很早就發現自己內心的男孩，後來又長成男人。」據說，夏綠蒂小說裡的雪莉，就是以艾蜜莉為原型而創作的。奇怪的是，雪莉的老家庭教師居然因為她老是把自己說成男的而責備她。這不是女孩該做的事，這可能是艾蜜莉的一個習慣，也許她的性格和行為在今天可以得到解釋，但是那個時代的人很難理解，那個時代的人不會公開談論同性戀，雖然這很尷尬，但它確實存在，也一直如此。也許艾蜜莉自己、她的家人或是她家人的朋友（我曾說過她一個朋友也沒有），從來不知道為什麼她會這麼奇怪。

加斯克爾太太並不喜歡她，有人曾告訴她「艾蜜莉從來沒有尊敬過任何人，她所有的愛心都留給動物」，她喜歡小動物的野性和桀驁不馴。她有一隻叫「基珀」（Keeper）的鬥牛犬，加斯克爾太太講述一個關於牠的奇怪故事：「牠和朋友待在一起時，就會展現出忠實的本性；但是如果用棍子或鞭子打牠，牠殘忍的一面就會被喚起，立刻撲向那人的喉嚨，死死抓住不放，直到那人快要嚥氣為止。牠還有一個毛病，就是喜歡偷偷上樓，在柔軟舒適、剛鋪著白色床單的床上，伸展結實的黃褐色四肢，但是牧師住宅布置得乾淨整潔，這個壞習慣令人十分反感。聽到塔比的抱怨後，艾蜜莉表示，要是牠還敢再犯，就會狠狠揍牠一頓，打得牠再也不敢這麼做。在一個秋日的黃昏，塔比既得意又害怕，帶著憤怒來了，她告訴艾蜜莉，基珀正躺在家裡最好的床上睡覺。艾蜜莉的臉色慘白，雙唇緊閉；夏綠蒂不敢說話，每當艾蜜莉出現這種表情時，沒有人敢和她說話。艾蜜莉上樓，塔比和夏綠蒂站在樓下陰暗的過道，天色快要黑了，過道上布滿黑影。過了一會兒，艾蜜莉拖著滿臉委屈的基珀走下來，基珀的脖子被緊緊抓住，卻一直發出低沉蠻橫的怒吼，並用後腿拖著地板。旁觀的人本來想要說些什麼，卻一句話都不敢說，她們怕打擾到艾蜜莉。艾蜜莉將牠放到樓梯底下的黑暗角落裡；為了防止基珀反抗，她沒有拿棍棒，而是直接一拳打向牠的眼睛，嘴裡還吐出幾句髒話。她『懲罰』牠，牠的眼睛腫了起來。這隻被打得神志不清的狗被帶到狗窩，由艾蜜莉親自照顧牠腫起來的腦袋。」

夏綠蒂是這麼描述艾蜜莉的：「她是一個冷酷又精力充沛的人，如果她不像我想像得那麼溫順隨和、開誠布公，我就必須記住，並非所有人都是完美的。」艾蜜莉的脾氣很不穩定，姊妹們好像都很怕她。從夏綠蒂的信中可以看出，她常常被艾蜜莉搞得既糊塗又生氣。顯然她不知道《咆哮山莊》這本書是怎麼創作出來的，也不知道妹妹居然會寫出一本構思如此獨特的作品；和這本書相比，自己的作品只能算平庸，她對此感到十分抱歉。當有人提議重新出版這本書時，她答應擔任編輯。「我強迫自己再次從頭到尾讀一遍這本書，這是妹妹死後，我第一次翻開這本書，」她寫道，「書中蘊含的力量，讓我再次肅然起敬，但也讓我深感壓抑，讀者幾乎無法從中領略純粹的愉悅，每一束陽光都從後面密布的烏雲中傾瀉而下，每一頁都充斥著強烈的緊張情緒，而作者對此卻一無所知。」她還寫道：「如果有人朗讀她的手稿，聽眾會被如此殘忍無情、毫不妥協的人物，和他們迷茫墮落的靈魂嚇得戰慄；如果有人抱怨被可怕的場景嚇得夜不能寐，心神不寧，艾利斯一定會覺得這些人是在無病呻吟。要是她還活著，她的思想一定會長成枝繁葉茂的大樹，還會開出燦爛的花朵，結出馥郁成熟的果子。但是只有時間和經驗才能對她的思想產生影響，因為她根本聽不進其他人的建議。」人們認為，夏綠蒂從未瞭解自己的妹妹。

* * *

《咆哮山莊》是一部非凡的作品，小說的寫作風格、思想觀念和道德觀能反映時代的特點。科波菲爾年輕時可能寫過《簡愛》這樣的小說（儘管天賦稍遜），亞瑟．潘登尼斯（Arthur Pendennis）也許寫過《維萊特》（*Villette*）這樣的作品（儘管勞拉的影響，會讓他避開赤裸裸的性愛描寫，但是這為夏綠蒂的作品平添幾分辛辣）。**《咆哮山莊》卻和其他的作品不同，這是一部最糟的作品，也是一部偉大的作品；這是一部醜陋不堪的作品，也是一部富有美感的作品；這部作品既讓人恐懼、痛苦，又讓人充滿力量和激情**。有人認為一個牧師的女兒，過著單調乏味、退隱在家的生活，根本不認識幾個人，也沒見過什麼世面，絕不可能寫出這樣的作品，但《咆哮山莊》是一部純粹的浪漫主義作品。如今浪漫主義者不再耐心地觀察現實，醉心於漫無邊際的想像，時而熱情，時而憂鬱，沉浸在恐懼、神祕、激情和暴力的想像之中。**結合艾蜜莉的個性，以及她所表現的強烈、受到壓抑的情緒，《咆哮山莊》正是她能創作出來的作品**。但從表面上來看，這本書更像是她那個輕浮的哥哥派翠克寫的，有的人相信，這本書的部分或全部內容是由他寫成。其中一個名叫法蘭西斯．格蘭迪

（Francis Grundy）的人曾說：「派翠克曾告訴我，他寫了《咆哮山莊》的大部分內容，他姊姊的話也證實這個說法。……以前我們一起在盧登登福特散步時，他常常對我講述一些病態天才的奇異幻想，如今這些故事出現在這部小說中，所以比起他的妹妹，我更願意相信這些情節是他創作的。」有一次，派翠克的兩個朋友——迪爾登（Dearden）和萊蘭（Leyland），約他在通往奇利（Keighley）路上的一家旅店見面，互相朗誦他們文采斐然的詩作；二十年後，迪爾登對哈利法克斯（Halifax）的《衛報》（*Guardian*）寫道：「我讀完《惡魔女王》（*Demon Queen*）的第一幕，在派翠克把手伸進帽子時——他通常會把自己的即興創作藏在那裡——他以為自己的詩稿就放在裡面，但他發現自己拿出來的是用來練筆的『小說』。正當他氣惱地準備把手稿放回帽子時，我們懇切地要求他讀一讀，好奇他能寫出什麼樣的小說。猶豫一會兒後，他終於答應我們的要求。我們聚精會神地聽了大約一小時，他每讀完一頁紙，就把手稿扔進帽子。讀到某句話的中間時，故事突然中斷了，於是他又親口對我們講述之後發生的情節，以及作品中人物原型的名字，由於其中一些人仍在世，我不便將他們公諸於世。他說還沒有確定這本書的名字，也擔心遇不到一位有勇氣出版這部作品的出版商。派翠克對我們讀的一些片段和場景，以及書中的人物（就目前為止），都和《咆哮山莊》一模一樣，而夏綠蒂卻自信地斷定是她妹妹艾蜜莉的創作。」

這或許是一派胡言，或許就是事實，夏綠蒂看不起自己的弟弟，在基督教允許的範圍內憎恨他。眾所周知，基督教允許人們坦誠仇恨，所以夏綠蒂的話是不可信的；她可能會像很多人一樣，只相信自己願意相信的。但是派翠克的友人講得很詳細，如果沒有什麼特殊的原因，編造這樣的一個故事實屬奇怪。這要怎麼解釋呢？對此並沒有解釋。有人說是派翠克創作前四章，後來就開始酗酒和吸毒，放棄創作，由艾蜜莉接手這部作品。有人說後面幾章的寫作風格比前面幾章更為矯揉造作，我覺得這個觀點是站不住腳的，如果說後面幾章在寫作上略顯誇張，也是因為艾蜜莉想要證明洛克伍德是一個愚蠢自大的人，我毫不懷疑《咆哮山莊》是由艾蜜莉獨自創作完成。

不得不說這本書寫得很糟糕，勃朗特姊妹的文筆很一般。身為家庭教師，她們寫作的風格過於迂腐浮誇，對此有人還創造litératise這個字來形容她們的文風。故事的主要部分是由迪恩夫人講述的，她是約克郡的一名女僕，就像勃朗特家的塔比一樣。儘管對話的方式更適合講故事，但是人物的語言並不自然。舉一個典型的例子：「我屢次強調那次背叛（如果應該說得這麼嚴重的話）一定是最後一次了，以此來消解人們的不安。」艾蜜莉似乎意識到這樣的語言是不合適的，她為了辯解，於是說迪恩夫人在工作空檔讀了幾本書；但是即便如此，她的矯揉造作仍然令人震驚。她並不是「讀一封信」，而是「研讀書卷」；不是寄一封「信」，而是要說成「信函」；不是「走出一個房間」，而是「離開一間廂房」；她將「一天的工作」稱為「日間職業」；把「開始」說成「著手」；人們不是在「喊叫」，而是「喧嚷」；不是「聽見」，而是「聆聽」。這位牧師的女兒努力地模仿淑女，但結果卻是裝腔作勢，令人悲哀。然而，人們並不指望《咆哮山莊》的語言有多麼優雅，文辭優美也不見得是好事。就像法蘭德斯（Flemish）畫派早期的一幅埋葬耶穌的圖畫，畫中人物骨瘦如柴，臉上流露出痛苦的表情；他們的身姿僵硬、姿態笨拙，似乎渲染這個畫面的恐怖，增添幾分真實的殘忍。對於同樣的場景，提香（Titian）的描繪就更為優美，相較之下，這幅畫面就更顯得辛酸和悲慘。因此，粗糙的語言也能為故事情節增添幾分激情。

《咆哮山莊》的結構不太合理，這並不奇怪，因為這是艾蜜莉的第一部作品，而且這是一個涉及兩代人的複雜故事。作者必須把兩組人物和兩組事件結合起來，還必須平衡兩者的描寫。這麼做非常困難，艾蜜莉的嘗試失敗了。凱瑟琳・恩紹死後，小說的力量有所減弱，直到小說結尾才出現一些富於想像的內容。小凱瑟琳這個人物刻畫得也不盡如人意，艾蜜莉似乎不知道如何塑造這個人物，顯然不能讓她和凱瑟琳一樣熱情獨立、不能讓她和父親一樣軟弱愚蠢，也不能讓讀者對她產生同情，因為她從小就被寵壞了，愚蠢任性，十分無禮。我們無從得知是什麼讓她一步步地愛上年輕的哈里頓。哈里頓的人物形象很模糊，除了性格陰沉、相貌英俊外，我們對他所知甚少。我在想，為了讓讀者能全面理解故事情節，艾蜜莉不得不將流逝的歲月壓縮成一幅巨大的壁畫，只看一眼就能讓人一目了然。我並不認為艾蜜莉是故意將一個統一的故事寫得零散，但我認為她一定考慮如何讓故事連貫，也許她認為最好的辦法，就是讓一個角色把一連串的事件講述給另一個人聽。這樣說故事很簡便，她也不是第一個使用這種方法的人，但是敘述者一下子講述一連串的事情時，很難統一對話的風格，就好比描寫景物一樣，正常人不會這麼講話。當然，如果文中出現一位敘述者（迪恩太太），就必須有一位傾聽者（洛克伍德）。也許一位有經驗的小說家能找到更好的敘述方式，但我相信艾蜜莉還是有自己的考慮。

除此之外，要是把她極端的性格、病態的害羞和沉默寡言的特點納入考量，你就會覺得她採用的寫作手法再正常不過了。她採取的是全知視角，譬如《米德爾馬契》和《包法利夫人》就是這樣寫成的。但我認為，要是把這個荒誕的故事說成自己的經歷，就會違背她嚴謹的道德觀。而且如果她真的這麼做，在希斯克利夫離開咆哮山莊時，一定會就此談談這幾年發生的事，比如在哪裡上學或賺錢，但是她不知道該怎麼寫，讀者接受的理由也不合理。另一種方式則是讓迪恩太太對艾蜜莉講述這個故事，再用第一人稱說出來。但是這可能會讓她和讀者的距離過於密切，暴露她敏感的內心。故事一開始由洛克伍德講述，後來再由迪恩太太轉述給洛克伍德，艾蜜莉把自己藏在一個雙層面具的後面。勃朗特對加斯克爾太太說過一個故事，有必要在這裡提一下。當孩子們還小時，他想瞭解他們的性格，但是由於孩子過於膽怯，看不出來，於是他讓他們輪流戴上一個舊面具，在面具的保護下，他們便可以更自由地回答他提出的問題。當他問夏綠蒂世界上最好的書是什麼時，她回答是《聖經》；當他問艾蜜莉要怎麼對付她那個麻煩的弟弟派翠克時，她回答：「跟他講道理，要是他不聽，就用鞭子抽他。」

在創作這部充滿力量、狂熱又駭人的作品時，艾蜜莉為什麼要把自己隱藏起來呢？我想也許是因為她在書中展現自己內心深處的本能，她望向內心深處的孤獨之井，發現裡面藏著無法言喻的祕密，創作衝動讓她吐露自己的祕密。據說勃朗特曾對艾蜜莉講述自己小時候在愛爾蘭的故事；在比利時上學時，恩斯特・特奧多爾・威廉・霍夫曼（Ernst Theodor Wilhelm Hoffmann）[2]的作品又啟發她的想像力。回到牧師住宅後，她也經常坐在壁爐前的地毯上，一邊抱著基珀，一邊繼續閱讀這些故事。我很願意相信，在德國浪漫主義作家筆下的神祕、暴力和恐怖的故事中，她找到能與自己激烈個性產生共鳴的東西。但我認為，她在自己的靈魂深處看到希斯克利夫和凱瑟琳的影子。我想，希斯克利夫和凱瑟琳都是她本人的寫照。她把自己同時寫成兩個角色，難道這不奇怪嗎？一點也不，我們任何人都不是渾然一體的，而是多個角色共存，它們神祕莫測、形影不離。小說家的獨特之處在於，能夠將這些不同的人格具體化；而可悲的是，要是人物的個性不體現在作者身上時，就算情節再怎麼需要，作者都無法栩栩如生地呈現，這就是人們會對《咆哮山莊》裡小凱瑟琳這個角色不滿意的原因。

我認為艾蜜莉對希斯克利夫傾注自己的全部，連同她劇烈的怒火、猛烈卻受挫的性慾、求而不得的愛情，以及她的嫉妒、對人類的蔑視和仇恨、她的殘忍和施虐傾向。讀者也許對這件事還有印象，為了一件小事，她就一拳狠狠打在心愛小狗的臉上，而她對這隻狗的愛超越任何人。納西還講了一件怪事：「她喜歡帶夏綠蒂到她不敢去的地方，夏綠蒂十分害怕陌生的動物，但是艾蜜莉很喜歡以她的恐懼取樂，跟她說自己對牠們做了什麼，又是怎麼做

2 德國浪漫主義作家、法學家、作曲家和音樂評論人，筆名E・T・A・霍夫曼（E. T. A. Hoffmann，一七七六－一八二二）。

的。」我想，艾蜜莉對凱瑟琳懷有希斯克利夫那樣陽剛的愛情。當她像希斯克利夫一樣，踐踏恩紹，抓著他的頭往石頭撞去時，她笑了；當她像希斯克利夫一樣，一巴掌打在凱瑟琳的臉上，不斷羞辱她時，她也笑了，就像嘲笑夏綠蒂的膽小一樣。當她傷害、辱罵和恐嚇自己創造的角色時，內心會有一種解脫的快感，因為在現實生活中遭受屈辱的是她。凱瑟琳有兩張面孔，儘管她與希斯克利夫鬥爭，儘管她看不起他，知道他禽獸不如，卻還是全心全意地愛著他，享受他對自己的控制，因為施虐者的性格裡也有受虐的成分。凱瑟琳迷戀他的暴力和殘忍，覺得兩人是同類，事實上的確如此，也許他們兩個都是艾蜜莉本人。「奈莉，我是希斯克利夫，」凱瑟琳喊道，「他一直在我的腦海裡，他無法讓我幸福，但他就是我自己。」

《咆哮山莊》也許是有史以來最古怪的愛情故事，小說中的所有戀人都始終保持貞潔。

凱瑟琳和希斯克利夫狂熱地愛著彼此。而對於艾德加．林頓，凱瑟琳只能寬容（有時是氣惱）地忍受。有些讀者好奇，這兩個人未來的生活會很貧困，但是既然深愛著彼此，為什麼不一起私奔？還有人好奇他們為什麼沒有發展成真正的情人，也許是艾蜜莉的成長經歷，讓她把通姦視為不可饒恕的罪行，也許是男女之事讓她覺得噁心。我相信兩姊妹都很迷人，夏綠蒂相貌平平、皮膚蠟黃、鼻子很大，但當她還是沒沒無聞、身無分文時，就有人向她求婚了；在那時候，每個男人都希望妻子能為自己帶來豐厚的陪嫁。美麗的容貌並不是讓女人具備吸引力的唯一原因，事實上，傾城的美貌往往會讓人畏懼，你會欣賞，但不會為此感動。如果一個年輕男子愛上夏綠蒂這麼一個挑三揀四的女人，一定是因為她很性感。嫁給尼科爾斯時，夏綠蒂並不愛他，覺得他思想狹隘、固執己見、性格沉悶，看起來不太聰明；但是婚後不久，夏綠蒂就有了很大的改觀，從她的信中可以看出，這或許是因為兩人都變得更活潑了。有了愛情後，他的缺點也不那麼顯眼。最合理的解釋是，她的性需求終於得到滿足，而艾蜜莉的性感應該也和夏綠蒂不相上下。

＊　＊　＊

人們都好奇一部小說是從何而起的，每個小說家的第一本小說（據我們所知，艾蜜莉只寫了一本），或多或少都包含著作者想實現的願望，或類似於個人自傳，而《咆哮山莊》純粹是幻想的產物。在漫漫長夜中，或是當她整個夏天都躺在花叢中的時候，誰知道她的心裡會有怎樣的幻想呢？每位讀者應該都注意到夏綠蒂筆下的羅切斯特和艾蜜莉筆下的希斯克利夫有多相似。希斯克利夫說不定是羅切斯特家的哪個渾小子和愛爾蘭女傭在利物浦生下的私生子，兩人都是皮膚黝黑，為人暴躁，狂熱而神祕。這兩個人物之所以不同，是因為兩姊妹的個性不同，這些角色的誕生是因為作者在滿足自己迫切卻受阻的性需求，但是對一個有著正常天性的女人來說，羅切斯特算得上是夢中情人，她渴望把自己交給這位專橫無情的男子；而艾蜜莉卻將自己的男子氣概和暴躁脾氣賦予希斯克利夫。兩姊妹筆下這兩個粗魯、難以討好的男性，原型應該就是她們的父親勃朗特。

正如我所說的，《咆哮山莊》可能完全出自艾蜜莉的幻想，但我並不認為事實真是如此。只有在極少數的情況下，作者腦海裡才會閃過一個可行的想法，創作出一部小說，這就像流星墜落一樣難得。在大多數情況下，都是來自作者本人的經歷，通常是情感上的經歷。還有可能是別人對他講述的故事，引發他的情感共鳴，由此展開想像，完善人物和情節。很少有人知道，點燃作者創造力的火花有多麼微小，情節是多麼瑣碎。當你欣賞一朵仙客來時，看著它心形的葉子環繞著繁盛的花朵，漫不經心的花瓣擺出一副任性的樣子，彷彿它們的生長純屬偶然。令人不可思議的是，如此妖嬈的魅力、如此豔麗的色彩竟然源於一顆比針頭還要小的種子，正是因為有了這樣強大的「種子」，才能成長為一部不朽的作品。

在我看來，想要瞭解艾蜜莉如何從寫作《咆哮山莊》的痛苦中恢復，只有透過閱讀她的詩作，猜測她的情感歷程。她寫了很多詩，水準參差不齊，有些作品很平淡，有些則感人至深，還有一些可愛迷人。她最擅長的是讚美詩的韻腳，她在星期日時常在哈沃斯教區的教堂裡吟唱，而她採用的平庸韻腳也掩蓋不住字裡行間的激情。她的許多作品都收錄在《貢達爾紀事》（*Gondal Chronicles*）中，這是她和安妮小時候寫來自娛自樂的故事，內容是一座虛構島嶼的悠久歷史。成年後，艾蜜莉仍在繼續編寫這本書，也許她發現這是一個傾訴內心苦悶的好辦法。由於她天生不愛表達，因此只能透過詩歌宣洩情感。一八四五年，也就是她去世前三年，她創作一首名為《囚犯》（*The Prisoner*）的詩。就目前所知，她從未閱讀任何神祕主義之作，然而在這些詩句中，她所描述的神祕體驗令我們很難不相信這是她的親身經歷。她使用的語言和神祕主義者在描述與上帝分開的痛苦時完全一樣：

多麼駭人的支配——多麼劇烈的痛苦——
當耳朵開始聽見，眼睛開始看見；
當脈搏開始跳動，大腦重新思考；
靈魂感受到肉體，肉體感受到鎖鏈。

這些詩句無疑反映一種深刻的體驗，為什麼會有人把艾蜜莉的愛情詩視為文學嘗試呢？我認為這些詩歌清晰表明她墜入愛河，失敗的愛情讓她陷入深深的痛苦。艾蜜莉在哈利法克斯附近的洛希爾（Law Hill）的一所女子學校教書時，創作這幾首特別的詩，十九歲的她不可能在那裡遇見男性（我們都知道，她看見男人避之唯恐不及），因此根據我們對她性格的推測，她很可能是愛上女教師或女學生，這是她一生中唯一的愛情，也許是這段情感為她埋下痛苦的種子，讓她寫出這部古怪的作品，**我想不出還有哪本小說能如此有力地表現出愛情中的痛苦、狂熱和殘忍**。《咆哮山莊》有許多不足之處，但是這都不重要，它們就像倒下的樹幹、散落的岩石、飄落的雪花一樣微不足道，它們會阻礙阿爾卑斯山的河水沿著山坡洶湧而下，但是絕對不會讓河水停止。你無法將《咆哮山莊》和其他作品相比，只能把它比作艾爾·葛雷柯（El Greco）的偉大畫作，在一片陰鬱荒涼的景色中，烏雲密布，雷聲陣陣，幾道瘦長的身影呈現扭曲的姿態，被一種異常的氛圍所籠罩，無法呼吸。一道閃電劃過鉛灰色的天空，為畫面增添幾分神祕的恐怖。

杜斯妥也夫斯基
和
《卡拉馬助夫兄弟們》

Fyodor Dostoevsky
&
The Brothers Karamazov

費奧多爾・杜斯妥也夫斯基（Fyodor Dostoevsky）出生於一八二一年，父親是莫斯科聖瑪麗醫院（Hospital of St. Mary）的外科醫生，在當時是貴族。杜斯妥也夫斯基很看重貴族的身分，因此在被定罪並被剝奪頭銜時，表現得十分沮喪。出獄後，他強烈要求權貴友人幫忙恢復頭銜。俄國的貴族與歐洲其他國家的貴族不同，一個人在政府部門有了一定的地位後，就能獲得貴族頭銜，但這無法讓你變成一位紳士，也不能把你和農民及商人區分開來，杜斯妥也夫斯基的家庭當時只是白領階層。杜斯妥也夫斯基有一個嚴厲的父親，為了給七個孩子提供更好的教育，他不僅放棄奢侈享受，甚至犧牲舒適的生活。孩子還小時，他就教導他們必須習慣艱苦和不幸，為了將來生活中的責任和義務做準備。孩子們一起在擁擠的醫生宿舍裡居住，不能單獨外出，既沒有零用錢，也沒有任何朋友。除了醫院的工作外，杜斯妥也夫斯基的父親還開設一家私人診所。隨著時間的推移，他存下一筆錢，在距離莫斯科大約一百英里（約一百六十一公里）的地方購置一處房產。從那時候開始，杜斯妥也夫斯基的母親就會帶孩子們到那裡度過夏天，這是他們第一次嘗到自由的滋味。

在杜斯妥也夫斯基十六歲時，母親去世了，父親帶著較大的兩個兒子——米哈伊爾・杜斯妥也夫斯基（Michael Dostoevsky）和他搬到聖彼得堡，讓他們在軍事工程學校（Military Engineering Academy）上學，大兒子米哈伊爾的身體不好，學校並未允許入學，而二兒子杜斯妥也夫斯基就這樣離開在乎的家人，這令他孤獨又難過。父親不願意或是沒錢寄生活費給他，他買不起書和靴子這樣的必需品，甚至連學費都付不起。安置好兩個較大的兒子之後，父親又把三個較小的兒子交給莫斯科的姑媽，自己放棄醫生的工作，帶著兩個女兒回到鄉下，他開始酗酒，對孩子們很嚴厲，由於惡劣地對待農奴，最後被他們殺死。

杜斯妥也夫斯基當時十八歲，雖然不熱愛這份學業，但是成績還算不錯。完成學業後，他進入作戰工程部工作。算上工資和父親留下的遺產，每年能獲得五千盧布的收入，相當於那時的三百英鎊多一點。他租下一套公寓，並對撞球產生極大的熱情。他四處揮霍錢財，一年後就辭去工作，因為作戰工程部的工作「就像馬鈴薯一樣乏味」。他大手大腳、揮霍無度，雖然他將自己逼到絕境，卻沒有強大的意志力來克制任性，所以直到去世的前幾年都積欠債務。他的一位傳記作家表示，他習慣揮霍金錢的大部分原因是缺乏自信，花錢給予一種短暫的支配感，滿足他的虛榮心。待會兒會談到，這個不幸的弱點曾經讓他陷入什麼樣的窘境。

還在上學時，杜斯妥也夫斯基就開始創作小說，後來決心要當一個專職的小說家。他完成的第一部作品，名叫《窮人》（*Poor Folk*），他在文學界只認識德米特里．格里戈羅維奇（Dmitry Grigorovich），對方和尼古拉．涅克拉索夫（Nikolay Nekrasov）熟識，後者剛好開始創作書評，於是格里戈羅維奇就請他看看這本小說。某天，杜斯妥也夫斯基花了一個晚上向朋友讀自己的小說，針對文章的內容進行討論，直到凌晨四點才回到家。他打開窗戶，剛坐在窗邊，就被一陣門鈴聲嚇了一跳。格里戈羅維奇和涅克拉索夫衝進房間，一次又一次擁抱他，幾乎要落下淚來。原來兩人輪流向對方朗讀這部小說，讀完之後已經很晚了，但他們還是決定立刻去找杜斯妥也夫斯基。他們說：「不管他有沒有睡著，我們都要把他叫醒，這件事比睡覺重要多了。」第二天，涅克拉索夫把手稿交給當時最有名的評論家維薩里昂・別林斯基（Vissarion Belinsky），他也和這兩個人一樣興奮。小說出版之後，杜斯妥也夫斯基一夕成名。

他還不太習慣成功的感覺。一位叫作帕納耶芙－戈洛瓦切夫（Panaev-Golovachev）的女士描述第一次見到杜斯妥也夫斯基時，對方留給自己的印象：「第一眼看起來，人們可以看出，這位文壇新秀是一個異常緊張、敏感衝動的年輕人。他又矮又瘦，有著淺色的頭髮，臉色蠟黃。一雙灰色的小眼睛不安地四處張望，蒼白的嘴唇一直不斷發抖。他認識在場所有人，卻十分害羞；為了讓他融入這個圈子，在場的成員陸續找他聊天，他仍然不敢開口。但在那個晚上之後，他就會經常來拜訪我們，也不像以前那麼拘束，他甚至開始……參與爭執，甚至撒謊。他的年輕氣盛和膽怯的性格結合在一起，導致他對自己的作家身分過於誇耀和自負。突然成功進入文學殿堂，讓他有些不知所措。文學界的大人物對他讚不絕口，他就和所有容易受影響的年輕人一樣，在其他平庸的年輕作家面前流露出得意的神情。我們可以從他的吹毛求疵和過度自負的語氣中看出，他認為自己的水準遠遠超越同伴。杜斯妥也夫斯基懷疑所有人都企圖貶低他的才能，他在每一行誠懇的文字中，都能看出對方想貶低自己的作品、侮辱自己的人格。他常常懷抱著一種怨恨的情緒到我們的家裡，渴望挑起一場爭吵，把一腔怒火發洩在他想像出來的誹謗者身上。」

憑藉著自己的成功，杜斯妥也夫斯基簽訂一些小說和一系列故事的合約。拿到合約的預付款之後，他又開始過著放蕩享樂的生活。幾個為他著想的朋友出言責備，他跟他們吵了一架，其中就有幫助他很多的別林斯基，因為他無法確定別林斯基對他的仰慕是否純粹，他相信自己是天才，是俄國最偉大的作家。隨著債務不斷增加，他不得不倉促地寫作。他一直患有嚴重的神經紊亂，如今病倒了，擔心自己會發瘋或是罹患肺結核。他這段時期的作品都是敗筆，以前的瘋狂讚揚都變成猛烈抨擊，所有人都覺得他已經才思枯竭。

* * *

一八四九年四月二十九日清晨，杜斯妥也夫斯基遭到逮捕，他被帶到彼得保羅（Peter-Paul）要塞。這是因為他曾加入社會主義青年組織，這個組織一心想要採取某些改革措施，特別是解放農奴和廢除審查制度，他們每週召開例會，分享自己的觀點，還創辦一家印刷廠，發行小組成員的文章。警方監視他們一段時間，將他們一舉逮捕。在監獄待了幾個月後，這群人受到審判，包括杜斯妥也夫斯基在內的十五個成員被判處死刑。在一個寒冬的早晨，他們被帶到刑場，但是當士兵們準備執行判決時，一個信使趕來，告訴他們死刑改成流放西伯利亞。杜斯妥也夫斯基在歐姆斯克（Omsk）坐了四年牢，之後以一名普通士兵的身分服役。在他被帶回彼得保羅要塞時，向哥哥米哈伊爾寫了這樣一封信：

「今天是十二月二十二日，我們被帶到塞門諾夫斯基廣場。他們當場向我們宣讀死刑判決書，我們親吻十字架，匕首在我們頭上折斷，喪服（白襯衫）也已經準備好了。我們每三個人一組，輪流被帶到柵欄前執行死刑。我是第六個人，所以排在第二組。已經沒有多長的時間了，我想到你，我的哥哥，我想念你的一切。在生命的最後一刻，你是我腦海中浮現的唯一一個人，那是我第一次意識到自己有多愛你！最後我還擁抱站在身邊的普列什耶夫（Plestchiev）和杜洛夫（Durov），與他們訣別。然後死刑的命令被終止，被綁在柵欄前的人也回來了，沙皇陛下赦免我們的死罪，有人向我們宣讀最終的判決……。」

杜斯妥也夫斯基在《地下室手記》（*The House of the Dead*）裡，描繪監獄生活的恐怖。其中值得一提的是，他在書裡表示，一個新來的犯人不到兩個小時就能和其他犯人變得熱絡。「可是對一個紳士、一個貴族來說就不一樣了，無論他多麼謙遜、脾氣有多好、有多聰明，最終都會遭到一致的憎恨和鄙視。沒有人能理解他，也沒有人會相信他，沒有人會把他當作朋友或同志。雖然隨著時間流逝，不會再有人侮辱他，但他還是無法過好自己的生活，也無法擺脫內心的孤獨和疏離。」

如今杜斯妥也夫斯基已經不再是高貴的紳士，他的出身和他的生活一樣普通。除了片刻的榮光外，他只不過是一個窮光蛋。同伴杜洛夫受到大家的愛戴，而杜斯妥也夫斯基的痛苦至少有一部分是源於他的自負、利己、猜疑和易怒。但是另一方面，孤獨感又促使他重新依靠自己，他寫道：「這種精神上的孤立給了我一個機會，讓我重新審視過去的人生，探求自己的過去，嚴酷地剖析、批判自己。」《新約聖經》（*New Testament*）是他唯一能讀的書，他讀了一遍又一遍，這本書對他產生很大的影響。他開始變得謙卑，學著壓抑普通人的欲望。他寫道：「凡事都要謙卑。想一想你過去的生活，想一想你未來可能發生的事，想一想你的靈魂深處潛伏著怎樣的吝嗇、狹隘和卑鄙。」監獄（至少在那一段時間裡）的生活磨滅了他的自大，他也不再是堅定的革命者，而是變成堅定維護皇權和既定秩序的人。同時，監獄生活讓他罹患癲癇。

監禁結束後，他被送到西伯利亞的一個駐軍小鎮，作為一個二等兵完成刑期。這段生活很艱苦，但他認為這是自己應得的懲罰，確信過去參與改革活動是有罪的。他在給哥哥的信中寫道：「我沒有什麼好抱怨的，這是我應得的懲罰。」一八五六年，一位老同學替他求情，於是他獲得升遷，過上安逸的生活。他結交幾個朋友，還墜入愛河，戀愛對象是一個名叫瑪麗亞．德米特里耶芙娜．伊薩耶娃（Maria Dmitrievna Isaeva）的女子，她有一個年幼的兒子，丈夫是政治流亡者，因為酗酒和肺結核而奄奄一息。人們都說她是一個相當漂亮的女人，有著金黃色頭髮，中等個頭、身材纖細，為人熱情高尚。我們只知道她生性多疑、妒嫉別人，像杜斯妥也夫斯基一樣喜歡自我折磨。沒過多久，她的丈夫就從杜斯妥也夫斯基駐紮的村莊搬到四百英里（約六百四十四公里）外的另一個邊防哨所，並死在那裡。於是杜斯妥也夫斯基寫信向伊薩耶娃求婚，但是這位寡婦有些猶豫不決。兩人都很貧窮，而且她已經成為一位「高尚又富有同情心」的年輕教師的情人。深愛著伊薩耶娃的杜斯妥也夫斯基嫉妒得發狂，同時又渴望品嘗心碎的滋味，也許身為小說家的他，喜歡將自己看成小說中的人物。

他做了一件非同一般的事情，說自己把那位教師看得比兄弟還親，還懇求朋友借錢給教師，好讓伊薩耶娃能嫁給對方。

然而，杜斯妥也夫斯基未能演好這齣戲，儘管他準備好要犧牲自己的幸福，成全自己的愛人，可是伊薩耶娃只想嫁一個有錢人。教師維古諾夫（Vergunov）「高尚又富有同情心」，卻是一個窮光蛋，而杜斯妥也夫斯基現在是一名軍官，想必過不了多久就會被釋放，很可能會再寫出幾部成功的作品，於是他們在一八五七年完婚。兩人婚後的生活很貧困，杜斯妥也夫斯基不斷地借錢，直到借不到為止。他又開始文學創作，但是身為前科犯的他很難獲得出版許可。婚姻生活也一樣不盡如人意，他歸罪於妻子的多疑和耽於幻想；殊不知他現在仍像剛成功時一樣急躁、自卑、斤斤計較、敏感多疑。他開始創作各式各樣的小說，但是經常虎頭蛇尾，到頭來只完成一小部分，根本不值得一提。

一八五九年，杜斯妥也夫斯基在自己的申請及朋友的幫助下，獲得返回聖彼得堡的許可。哥倫比亞大學（University of Columbia）的歐內斯特・西蒙斯（Ernest Simmons）教授創作一本有趣又富有教育意義的杜斯妥也夫斯基傳記。他在書中公正地指出，杜斯妥也夫斯基為了重獲自由，運用一些手段。「他創作一些愛國主義詩歌，其中一首慶祝亞歷珊卓皇后（Dowager Empress Alexandra）的誕辰，另一首慶祝亞歷山大二世（Alexander II）的加冕，還有一首是給尼古拉斯一世（Nicholas I）寫的悼詞。他向位高權重的人寫信，甚至直接懇求新任沙皇。在信中宣稱自己深深地崇拜這位年輕的君主，隨時準備為他獻身，還把他比擬為陽光，照耀著正義與邪惡之人，還承認自己以前犯下的罪行，並堅稱這為自己帶來極大的痛苦，並一直在懺悔。」

杜斯妥也夫斯基與妻子和繼子一起在首都安頓下來，距離上次他作為罪犯被迫離開這裡，已經過去十年了。他和哥哥米哈伊爾一起創辦一本名叫《時間》（*Time*）的文學雜誌，這本雜誌刊登他創作的《地下室手記》和《被侮辱與被損害者》（*The Insulted and Injured*），取得很大成功，他的經濟情況也逐漸好轉。一八六二年，他把雜誌社交給哥哥接管，動身前往西歐遊歷。他並不喜歡歐洲，巴黎對他來說是一個無聊透頂的城市，那裡的人貪得無厭、心胸狹窄。倫敦窮人的悲慘和富人的虛情假意也令他大為吃驚。他還去了義大利，並不是因為對藝術感興趣，他在佛羅倫斯待了一週，沒有去烏菲茲美術館。為了打發時間，他閱讀維克多·雨果（Victor Hugo）四卷本的《悲慘世界》（*Les Misérables*）。他還沒去羅馬和威尼斯看看，就回到俄國。這時候妻子罹患慢性肺結核，他已經不愛自己的妻子了。

出國前幾個月，四十歲的杜斯妥也夫斯基結識一位年輕女子，還讓她在自己的文學雜誌上發表短篇小說。她的名字叫作波利娜·蘇斯洛娃（Polina Suslova），是二十歲的少女，長得很漂亮，為了彰顯自己的學識，她把頭髮剪短，還戴著一副墨鏡。杜斯妥也夫斯基被她深深迷住了，回到聖彼得堡之後就騙她上床。後來，由於雜誌的一位撰稿人寫了一篇不合時宜的文章，導致雜誌被查禁，於是他以治療癲癇為由再次出國。他想去威斯巴登（Wiesbaden）賭博，因為他覺得這是贏錢的好辦法。他還和蘇斯洛娃約好在巴黎幽會，於是把生病的妻子留在離莫斯科有一段距離的弗拉基米爾（Vladimir）鎮上，向貧困作家基金會（Fund for Needy Authors）借一筆錢就出發了。

他在威斯巴登輸了一大筆錢，要不是因為對蘇斯洛娃的熱情更勝一籌，他是不會從賭桌上下來的。兩人說好一起前往羅馬，但是在等待杜斯妥也夫斯基的過程中，這位思想開明的年輕女性就和一個西班牙的醫學生有了一段露水情緣。這位醫學生的離開令她沮喪心碎，這種事往往令女人難以平靜地接受，她拒絕和杜斯妥也夫斯基再續前緣。杜斯妥也夫斯基提議兩人以兄妹的身分共赴義大利，大概是因為她也無事可做便答應了。由於兩人手頭上都沒有什麼錢，有時必須典當一些小東西，因此這次旅行並不愉快，互相傷害幾週後，兩人便分開了。杜斯妥也夫斯基回到俄國，發現妻子已經奄奄一息，他寫給朋友的信如下：

「我的妻子——那個深愛著我，我也深愛著的人，在莫斯科過世了，她因為肺結核去世。自從我們在前一年搬到那裡，我就一直陪著她，整個冬天都不曾離開她的病床半步……朋友啊！她深深地愛著我，我對她的愛也超越言語，但是我們的婚姻生活卻不幸福。下次見面的時候，我會把事情一五一十說給你聽。可是我現在只想說，就算生活並不幸福，我們也不該停止對彼此的愛，而是應該互相扶持。生活越困難，越應該依靠彼此。也許你會覺得奇怪，但這就是事實。她是我認識最優秀、最高貴的女人……。」

杜斯妥也夫斯基有些誇大自己的付出。因為雜誌的緣故，他在那年冬天去了兩次聖彼得堡。但是這本雜誌並不像《時間》那樣具有自由主義傾向，最終宣告失敗。米哈伊爾因為一場急病去世，留下一屁股債。杜斯妥也夫斯基不得不幫哥哥贍養妻兒、情婦及私生子，他向一位富有的姑媽借了一萬盧布。一八六五年底，他宣告破產，這時他手上還有一萬六千盧布的借據，以及五千盧布的口頭債務。債主總是纏著他不放，為了擺脫他們，他又從貧困作家基金會借了一些錢，拿著一部小說的預付款，動身前往威斯巴登，打算到賭桌上碰運氣。他和蘇斯洛娃見面，便向對方求婚，但是她拒絕了。就算蘇斯洛娃以前愛過他，現在顯然不再愛了。有人也許會猜測，蘇斯洛娃是由於他作家和編輯的身分才會屈從，如今雜誌已經被查禁，他的長相也算不上好看，已經四十五歲，頭頂稀疏，還患有癲癇。我想，一個女人最厭惡的事情，莫過於自己在生理上厭惡的男人，渴望和自己發生性關係，直言不諱地說，要是他不接受對方的拒絕，也許就會遭到她的痛恨。我想，蘇斯洛娃就是這麼做的，杜斯妥也夫斯基將她的變心，歸因於一個讓自己更有面子的解釋，我會在適當的時候討論此事。他們把錢都輸光了，杜斯妥也夫斯基想到屠格涅夫，雖然他曾經和屠格涅夫吵架，並從心底鄙視對方，但他還是寫信向屠格涅夫借錢。屠格涅夫寄給他五十塔勒，蘇斯洛娃用這筆錢去了巴黎。杜斯妥也夫斯基在威斯巴登待了一個月。他患有重病，窮困潦倒，不得不待在家裡，免得激起食慾，又沒有錢解決，只好寫信給蘇斯洛娃借錢，但是對方似乎正忙於另一場戀情，沒有回信，於是他被迫開始創作另一本小說，就是《罪與罰》（*Crime and Punishment*）。最後，他寫信求助於以前在西伯利亞認識的一位老友，在朋友進一步的幫助下，才回到聖彼得堡。

當杜斯妥也夫斯基還在創作《罪與罰》時，突然想起還有一本書要在約定時間交稿。根據他與編輯簽訂的不平等合約，如果未能交稿，出版商就有權免費出版他在接下來九年內撰寫的所有作品。眼看就要到截止日期，杜斯妥也夫斯基束手無策，後來有一個聰明的人建議他雇用速記員，他照做了，於是只用二十六天就完成《賭徒》（*The Gambler*）這本書。這位速記員名叫安娜·格里戈列夫娜（Anna Grigorievna），二十二歲，長相平凡，但是工作效率很高，既務實又有耐心，而且十分敬業，令人佩服。一八六七年初，杜斯妥也夫斯基娶她為妻。他的繼子及嫂嫂、姪子預料他以後不會再像以前一樣贍養他們，便對這個可憐的女孩懷恨在心，對她的態度也很惡劣，令她痛苦不堪，於是她說服杜斯妥也夫斯基離開俄國，因此他再次欠下沉重的債務。

這次他在國外待了四年。起初，格里戈列夫娜發現和這位大名鼎鼎的作家在一起生活很困難。杜斯妥也夫斯基的癲癇不斷惡化，而且脾氣暴躁、為人輕率、自視甚高，還繼續和蘇斯洛娃保持書信往來，讓格里戈列夫娜的內心很不安。但是身為一個明事理的年輕女孩，她將不滿憋在心裡。兩人一起前往巴登巴登（Baden-Baden），杜斯妥也夫斯基又開始賭博，像以前一樣把全部的錢都輸光了，然後寫信向所有可能幫助他的人借錢；錢一到手，他又拿到賭桌上輸光。他們把所有值錢的東西都典當了，住的地方也越來越便宜，有時甚至食不果腹。不久後，格里戈列夫娜懷孕了。以下內容摘自杜斯妥也夫斯基的一封信，那時他剛剛贏了四千法郎：

「格里戈列夫娜勸我見好就收，趕快離開賭桌，但這是一個機會，我不費力氣就能補救一切，不用我舉例了吧！一個人除了自己贏的錢外，還可以看到每天都有人贏兩、三萬法郎（但是看不見輸錢的人）。世上有聖人嗎？錢對我來說比對他們更重要。我下的賭注比輸掉的錢還多，甚至連最後的本錢也要輸了，這讓我怒火中燒。我輸了，典當我所有的衣服，格里戈列夫娜也當掉所有的東西，她最後幾件首飾也當掉了（真是一個天使！）。在這該死的巴登巴登，我們兩人一起躲在鍛造廠上的小房間，她為我帶來多大的安慰，她又是多麼疲憊啊！最後，我們失去了一切。（噢，這些卑鄙的德國人！他們全都是高利貸者、流氓、惡棍，店主知道我們沒錢離開就提高價格。）最後我們只好逃離巴登巴登。」

他們的孩子在日內瓦出生了，杜斯妥也夫斯基還在繼續賭博，把養活妻兒的錢輸光後感到追悔莫及，但是只要口袋裡有幾法郎，又會急忙跑到賭場。三個月後，他的孩子就夭折了，這讓他悲痛萬分。後來格里戈列夫娜又懷孕了，夫妻倆非常缺錢，杜斯妥也夫斯基只好不時向熟人借五到十法郎，好填飽自己和妻子的肚子。《罪與罰》取得驚人的成功後，他又開始創作另一本小說，他為這本書取名為《白痴》（*The Idiot*）。出版商同意每個月寄給他二百盧布，但是他的惡習讓自己陷入困境，只好一次又一次地預支款項。《白痴》並未贏得讀者喜愛，於是他開始寫另一部小說《永久的丈夫》（*The Eternal Husband*），接著又寫了一部長篇小說，名叫《群魔》（*The Possessed*）。同時，根據當時的情況（這裡是指他們耗盡別人對他們的信任），杜斯妥也夫斯基帶著妻兒四處搬家，但是他們都很思念家鄉。他對歐洲的厭惡從未停止，無論是面對巴黎的文化特色、德國的音樂、佛羅倫斯的藝術寶庫，還是壯麗的阿爾卑斯山、明媚神祕的瑞士湖泊、優雅可愛的托斯卡尼（Tuscany），他都不為所動，他認為西方文明過於腐敗墮落，並確信它終有一天會解體。「這裡讓我變得遲鈍又狹隘，」他在米蘭寫道，「我離俄國越來越遠了。我想要呼吸俄國的空氣，想見到俄國的同胞。」他還覺得自己要是不回俄國的話，就永遠完成不了《群魔》。格里戈列夫娜也渴望回國，但是他們沒有足夠的錢，出版商把連載版權的費用都預付給他了。出於絕望，杜斯妥也夫斯基再次向出版商求情。《群魔》已經連載兩期，出版商擔心他會停止寫作，於是寄來回家的路費，杜斯妥也夫斯基一家就這樣回到聖彼得堡。

此時是一八七一年，杜斯妥也夫斯基五十歲，距離去世還有十年。

《群魔》受到讀者歡迎，這本書對當時的激進分子進行抨擊，作者也因此結交許多保守派的朋友。這些人認為他可以幫助政府反對改革，於是提供給他一份高薪的工作——為政府資助的一份名為《公民報》（*The Citizen*）的報紙擔任編輯。一年後，他因為和出版商意見不合而辭職。格里戈列夫娜說服丈夫讓她自行出版《群魔》，這個嘗試非常成功，從此以後她就陸續出版丈夫的其他作品，賺得豐厚的收入，以後的日子都不用再為貧窮所困。

杜斯妥也夫斯基的餘生可以一筆帶過，他偶爾以《作家筆記》（*The Journal of an Author*）為題寫一些散文，這些文章受到歡迎，他也開始自視為老師和先知，許多作家都想扮演這個角色。他還成為狂熱的親斯拉夫者，懷著兄弟般的情誼（他認為這是俄國人的特質），和為全人類服務的渴望，他在俄國民眾身上看到治癒俄國，乃至全世界頑疾的唯一可能，可是歷史的發展表明他過於樂觀了。他創作一部名叫《少年》（*A Raw Youth*）的小說，後來又寫了《卡拉馬助夫兄弟們》，他越來越有名氣，在一八八一年突然去世時，受到那個時代許多偉大作家的尊敬，據說他的葬禮是「俄國首都有史以來最令人矚目的大眾集會之一」。

* * *

我試圖不加評論地敘述杜斯妥也夫斯基的主要生平，他留給人非常不友好的印象，虛榮心是藝術家的通病，不論是作家、畫家、音樂家或演員都有這個特點，但是杜斯妥也夫斯基的虛榮心已經到了令人難以忍受的地步。在他的眼裡，似乎所有人都聽不膩他談論自己及其作品，這種心理必定源於缺乏自信，現在人們一般稱為「自卑情結」。也許正是因為這樣，他才會公開蔑視其他作家。任何有骨氣的人都不會因為坐牢而變得如此卑躬屈膝，他接受審判，認為自己罪有應得，但是這並未阻止他竭盡所能地爭取寬恕，這似乎不合邏輯。我之前就提過，他在向有權有勢的人求助時，表現得有多卑微。他缺乏自制力，當他完全被激情占據時，無論是謹慎或禮儀都攔不住他。所以當第一任妻子病重，時日無多，他就拋下妻子，跟著蘇斯洛娃去了巴黎，直到被那個輕浮的女子拋棄後，才回到妻子的身邊。但是最能體現他弱點的，莫過於對賭博的狂熱，這讓他一次又一次地陷入窮困。

讀者應該記得，為了履行合約，杜斯妥也夫斯基寫了一部叫作《賭徒》的小說。這本小說寫得不是很好，但吸引人的地方在於，他在書中生動描述讓自己深受其害的賭徒心理。讀過這本書之後，你就會明白，儘管這件事為他帶來屈辱，為自己和所愛的人帶來痛苦，讓他面臨不光彩的訴訟（貧困作家基金會給他錢是要讓他創作，而不是賭博），還讓他透支信譽，但他還是抵擋不了賭博的誘惑。有創造力的人無論從事的是哪種藝術，或多或少都有出風頭的傾向。他還在書裡描述，每當好運一來，他的虛榮心就能得到極大的滿足，圍觀的人們看著這位幸運的賭徒，彷彿他因此就高人一等，人們既驚訝又羨慕，他成為最引人注目的中心人物。對這個極度怯懦的不幸之人來說，這是何等的慰藉啊！贏錢的時候，他被隨之而來的權力感沖昏頭，覺得自己就是命運的主宰，因為他是如此聰明，有著如此絕對的直覺，一切機會都在他的掌控之中。

「這是我展示意志力的唯一機會，一個小時內，我就能改變自己的命運。」這就是他的賭徒宣言，「意志力是多麼偉大。記得七個月前在羅騰堡（Roulettenburg）的遭遇，這個例子足以證明意志力的重要性，當時我輸掉一切，正打算走出賭場，卻發現上衣口袋裡還有一枚荷蘭盾金幣，於是我想：『那我就去買一點東西吃吧！』但是在走了一百步之後，我又改變主意，回到賭場。我拿這枚金幣當賭注……當你獨自一人站在陌生的國度，遠離家鄉和朋友，不知道這一天還能不能填飽肚子時，你押上自己最後一枚荷蘭盾，這是一種奇怪的感覺。我贏了。二十分鐘後，我走出賭場，口袋裡還裝著一百七十枚荷蘭盾。千真萬確。有時最後一枚荷蘭盾就是這麼有用，但是如果我當時喪失自信呢？如果我不敢冒險呢？」

杜斯妥也夫斯基的官方傳記，由老友尼古拉．斯特拉霍夫（Nikolay Strakhov）所作。為了這部作品，他還寫一封信給托爾斯泰。艾爾默．莫德（Aylmer Maude）在傳記中刊登這封信，以下是這封信刪減後的譯文：

「在我寫這部傳記時，不得不和一種厭惡感鬥爭，努力抑制自己的不良情緒……我無法將杜斯妥也夫斯基看成一個善良或快樂的人，他卑鄙無恥、放蕩無度、嫉妒心極強。他這一生受盡激情的折磨，讓他變得既可笑又悲慘，他不再聰明，也不再邪惡。在為他寫傳記時，我對這些感受有著清楚的體會。他在瑞士當著我的面前，對僕人如此惡劣，以致對方反抗道：『我也是一個人！』我還記得這句話帶給自己怎樣的觸動。這句話反映當時盛行於瑞士的道德觀念，這句話是對一個始終向他人宣揚人道情懷的人說的。這樣的場面十分常見，他控制不住自己的脾氣……最糟糕的是，他從不為自己做過的齷齪事後悔，反倒因此自豪。這些齷齪行徑吸引著他，他以此為榮。維斯科瓦托夫（Viskovatov，一位教授）曾告訴我，杜斯妥也夫斯基如何吹噓自己在浴室裡玷汙一個小女孩，這個小女孩是由她的家庭教師帶到他的身邊……與此同時，杜斯妥也夫斯基還喜歡無病呻吟，提出崇高的人道主義夢想。這些夢想讓他的文學作品深受讀者喜愛。總之，所有的作品都在為他開脫、洗白，試圖告訴我們，最頑固的惡棍也能有最高尚的情操……。」

誠然，他的無病呻吟令人噁心，他的人道主義也徒勞無益。他對人民（和知識分子相對）困苦的命運毫無同情，卻指望俄國復興。他還猛烈抨擊那些想要緩和局勢的激進分子，面對那些處於水深火熱之中的窮苦人民時，他提供的解決辦法是「將他們的痛苦理想化，成為一種生活方式」，他沒有進行實際的改革，而是想從宗教和玄學中獲得慰藉。

杜斯妥也夫斯基在浴室玷汙小女孩的事，讓仰慕者深感不安，他們懷疑這件事的真實性。格里戈列夫娜堅稱他從未向自己提過這件事。斯特拉霍夫的想法顯然是基於傳聞，但是為了證明這件事的真實性，他聲稱悔恨萬分的杜斯妥也夫斯基將這件事告訴一個朋友。朋友建議他向自己最討厭的人懺悔，而這個人就是屠格涅夫。屠格涅夫曾在杜斯妥也夫斯基初入文壇時，熱情地讚美他，還曾在經濟上提供援助；但是杜斯妥也夫斯基討厭他，說他是一個貴族出身的「西方人」，既富有又成功。他向屠格涅夫懺悔了，屠格涅夫則安靜地傾聽，杜斯妥也夫斯基停頓了一會兒，也許像紀德所想的那樣，他希望屠格涅夫扮演杜斯妥也夫斯基筆下的一個角色，把他擁入懷中，滿含熱淚，親吻著他，這樣他們就能和解了，但是一切都沒有發生。

「屠格涅夫先生，我必須告訴你，」杜斯妥也夫斯基說道，「我必須跟你坦白，我深深地鄙視自己。」他等待屠格涅夫開口，但是對方保持沉默，接著杜斯妥也夫斯基大發雷霆，大聲喊道：「但我更鄙視你！我要跟你說的就是這些了。」他衝出房間，砰的一聲關上身後的門。就這樣，他失去一個絕佳的寫作素材。

說來也怪，他的作品中兩次提到這個插曲，《罪與罰》中的斯維德里蓋洛夫對同樣的醜惡行徑供認不諱，《群魔》中的斯塔夫羅金也做了同樣的事，杜斯妥也夫斯基的出版商拒絕出版這本書。在這本書中，杜斯妥也夫斯基以屠格涅夫為原型，刻畫一個邪惡的人物；這既無聊又愚蠢，看起來僅僅是為了發洩，只會讓本來就不成形的作品變得更加混亂，導致出版社拒絕出版。杜斯妥也夫斯基不是唯一一個受到資助卻反咬一口的作者，和格里戈列夫娜結婚前，杜斯妥也夫斯基愚蠢地將這件醜事當成故事，說給一個正在追求的女孩聽。但我想事實就是那樣，他像自己小說中的人物一樣喜歡自我貶低。在我看來，他會把這件醜事告訴別人也不是不可能的。儘管如此，我並不相信他真的犯下親口承認的那項罪行，我敢說這只是一個頑固的白日夢，令他著迷又恐懼。他筆下的角色經常做白日夢，很可能他也是這樣，事實上我們都是這樣。由於他更具天賦，因此這位小說家的白日夢可能會比大多數人更加準確和詳細。有時這些幻想是如此自然，以至於他把它們寫進小說後就拋諸腦後。對我來說，杜斯妥也夫斯基就是這樣，他在小說中提了兩次後，就不再感興趣，也許這就是他沒有將這個白日夢告訴格里戈列夫娜的原因。

杜斯妥也夫斯基虛榮、善妒、喜好爭論、多疑、膽怯、自私自利、大言不慚，他一點都靠不住，也不為別人著想。總而言之，他的性格極其令人厭惡；但情況並不是這麼糟糕，否則很難想像他能夠創造出阿廖沙．卡拉馬助夫和佐馬西神父這樣的角色。杜斯妥也夫斯基是最不挑剔的人，他在入獄時瞭解到，人們可能會犯下像謀殺、強姦、搶劫這樣可怕的罪行，但是他們同時又勇敢、慷慨、仁慈。杜斯妥也夫斯基很仁慈，從來不會拒絕乞丐和朋友的乞求，他在一貧如洗時，還想辦法湊了一些東西送給嫂嫂和哥哥的情人，還有他不中用的繼子及弟弟安德魯・杜斯妥也夫斯基（Andrew Dostoevsky）——那個一無是處的酒鬼。當別人接濟他時，他也在接濟別人，他非但沒有怨恨，反而因為自己不能為他們做更多的事情而感到苦惱。他愛著格里戈列夫娜，並且欽佩、尊敬她，在任何方面，都把她看得比自己重要。在離鄉背井的四年裡，他一直擔心格里戈列夫娜和自己待在一起會感到無聊，這很令人感動。他很難相信，自己終於找到一個人，儘管知道他的各種缺點，卻依然全心全意地愛著他。

我想不出有誰能像杜斯妥也夫斯基這樣，身為一個人和一個作家有這麼大的差別。也許所有具有創造力的藝術家都是這樣，但是這種特性在作家之中表現得更明顯，因為作者以文字作為媒介，他們的文字與交流之間存在更大的矛盾。也許這是一種與生俱來的創造力，在童年和青年時期十分常見，可是如果在青春期之後還存在的話，就成為一種疾病，只有以犧牲人類的正常特性為代價才能發展，就像由糞肥育成的瓜更甜一樣。**杜斯妥也夫斯基那驚人的創造力並非來自心底的善，而是來自邪惡，邪惡讓他成為世界上最偉大的小說家之一**。

* * *

巴爾札克和狄更斯創造大量的角色，他們被人類的多樣性深深吸引，想像力被人類表現出來的獨特個性點燃。不論一個人是善良或邪惡、愚昧或聰明，都是他自己，這就是絕佳的素材。我想，杜斯妥也夫斯基只對自己感興趣，除非其他人嚴重影響他。在某種程度上，他是那種擁有之後才懂得珍惜的人，只有當美麗的物品屬於自己時才會關心。他滿足於自己創造的少數幾個人物，並讓這些人物反覆出現在不同的作品中。《卜拉馬助夫兄弟們》中的阿廖沙就和《白痴》裡的梅斯金公爵是同一種人；《群魔》中的斯塔夫羅金也是對《罪與罰》裡斯維德里蓋洛夫性格的細化；《罪與罰》中的主角拉斯科爾尼科夫，和《卡拉馬助夫兄弟們》裡的伊萬相同，只是沒有那麼強勢。這些角色都是由杜斯妥也夫斯基飽受折磨、病態扭曲的情感孕育而成。他筆下的女性角色就更少了，《賭徒》中的波利娜．亞歷山德羅夫娜、《群魔》裡的麗莎維塔、《白痴》中的納斯塔西婭、《卡拉馬助夫兄弟們》裡的卡捷琳娜和格魯申卡都是同一種人，都是直接以蘇斯洛娃為原型而創造的。蘇斯洛娃為他帶來的痛苦和侮辱，是滿足他的受虐心理的重要因素。他知道蘇斯洛娃痛恨自己，也確信蘇斯洛娃愛著自己，因此那些以她為原型塑造的女性都想要控制和支配她們的愛人，同時又屈服於他們，受其擺布。這些女性角色都歇斯底里、心狠手辣，和蘇斯洛娃非常相像。兩人分手幾年後，杜斯妥也夫斯基在聖彼得堡遇見對方，再次向她求婚，但是她拒絕了。他不肯相信對方根本就不愛自己，於是想出這個理由，寬慰自己受傷的虛榮心——女人往往把貞潔看得太重，因此她們痛恨那個將它奪走卻不對自己負責的男人。

「妳不能原諒我，」他對蘇斯洛娃說，「因為妳曾把自己交給我，妳正在為此進行報復。」

杜斯妥也夫斯基確信這一點，還不止一次提到這個概念。在《卡拉馬助夫兄弟們》中，格魯申卡在故事開始前就被一個波蘭人誘姦，儘管之後她一直被一個富商包養，卻一直覺得只有嫁給強姦她的人才能得到救贖。在《白痴》裡，納斯塔西婭也因為托洛茲基誘姦自己而不肯原諒他。在這裡，我覺得杜斯妥也夫斯基的想法是不對的，處女的特殊價值只是男性捏造出來，一方面是因為迷信，另一方面則源於男性的虛榮心，還有部分原因是不希望孩子不是自己親生的。而女性之所以重視這一點，是因為男性對此很看重，還有就是擔心它帶來的後果。在一個男人看來，滿足自己的性慾就像餓了要吃飯一樣自然，性交對象可能根本不合自己的胃口；而對一個女人來說，如果不是出於愛或至少是出於感情，性交對她來說就只是一種義務。我確信，當一個處女把自己「交給」一個不喜歡或討厭的人，絕對是一次不快，甚至是痛苦的經歷，這件事會讓她耿耿於懷好多年，甚至因此改變她的性格，實在令人覺得不可思議。

杜斯妥也夫斯基深刻地意識到自己的雙面性，並將它賦予筆下一個個固執的人物。他寫過性格溫順的人物，譬如梅斯金公爵和阿廖沙，他們儘管友好可愛，卻都軟弱無能。但是「雙面性」意味著人性的簡單化，人類並非完美生物，存在的主要目的就是為了自己，否認這一點是愚蠢的。然而，忽略人的高尚和無私也是愚蠢的，我們都知道人類在危急關頭，能夠多麼勇敢地挺身而出，展現連自己都不相信的高尚情操。雖然巴魯赫．斯賓諾莎（Baruch de Spinoza）曾告訴我們：「萬物都在努力堅持自己的存在。」但是我們也知道，為朋友獻出生命的事也不算少見。人類是惡習和美德、善良與邪惡、自私與無私、恐懼和勇氣的結合，這些特性都會影響到一個人。人是由如此不和諧的因素構成的，但令人驚訝的是，這些不同之處能在一個個體中共存，形成一個看起來十分和諧的整體。杜斯妥也夫斯基筆下的人物並沒有這麼複雜，他們都是由支配和屈服的欲望、缺乏溫柔的愛和滿懷惡意的恨所構成的，他們身上不具備人類的正常屬性，這是很奇怪的一點。他們沒有自制力和自尊，主導他們行動的只是激情，他們的邪惡本性也不會因為教育、人生經驗或廉恥心得到減弱，這就是他們的行為極不符合常理的原因。

我們驚訝於他們的行為，但也接受了（如果是真的接受的話），彷彿俄國人平常就是這樣。俄國人真的是這樣的嗎？杜斯妥也夫斯基那個時代的俄國人真的會這麼做嗎？屠格涅夫與托爾斯泰和他是同時代的人，但屠格涅夫筆下的人物和普通人沒有什麼兩樣。我們都對托爾斯泰筆下像尼古拉斯・羅斯托夫這樣的年輕人非常瞭解，因為英國也有很多，他們的性格開朗、無憂無慮、不切實際、勇敢無畏、溫柔親切、善良友好；我們也至少認識幾個像他妹妹娜塔莎一樣美麗迷人、天真善良的女孩；在英國也不難找到像彼得・貝佐霍夫那樣肥胖愚蠢，但是慷慨善良的人。杜斯妥也夫斯基宣稱自己筆下那些古怪的人物比現實中的人還要真實，我不懂他這句話的意思，一隻螞蟻也可以和一位主教一樣真實，如果他的意思是這些人的道德素質勝過普通人，他就大錯特錯了。如果藝術、音樂、文學能夠剔除人性裡的邪惡，能夠緩解痛苦，將靈魂從人類的軀殼中釋放出來，他們對此也一無所知，他們沒有文化、舉止粗魯，粗暴地傷害和羞辱對方，並以此為樂。《白痴》一書中，瓦爾瓦拉因為哥哥要娶一個自己不喜歡的人為妻，於是對著他的臉吐了一口唾沫；在《卡拉馬助夫兄弟們》裡，德米特里向霍赫拉科娃太太借錢，被對方拒絕，於是憤怒地朝著客廳地板上吐了一口唾沫。這些人粗暴無理，但十分有趣。拉斯科爾尼科夫、斯塔夫羅金、伊萬和艾蜜莉筆下的希斯克利夫，以及梅爾維爾筆下的亞哈船長……都是有鮮活生命力的人。

* * *

杜斯妥也夫斯基對《卡拉馬助夫兄弟們》進行很長時間的構思，付出很大的努力，自從這部小說出版後，經濟狀況已經不允許他這麼做了。這是他所有作品中結構最精良的一部，從他的信中可以看出，他堅定地相信我們稱為靈感的神祕之物存在，並指望它能幫助自己將腦海中的模糊圖像轉化成文字；但靈感是反覆無常的，更容易在單獨的段落中出現。創作一部小說必須有連續性的構思，這樣才能連貫地排列素材，完整地講出故事。**杜斯妥也夫斯基對此沒有什麼天賦，這就是為什麼他最擅長的是景物描寫，但在製造懸念和戲劇化場景方面算得上天賦異稟。**據我所知，**沒有哪一部小說中有比拉斯科爾尼科夫謀殺當鋪老闆更恐怖的場景，也很少有比《卡拉馬助夫兄弟們》裡伊萬看見自己不安的良心變成魔鬼，出現在眼前時那麼震撼的場景。**杜斯妥也夫斯基無法克服囉唆的習慣，小說中全是長篇大論的對話，即使小說中的人物如此不可思議地表達自己的情感，他們還是讓你深深著迷。我順便說一下他常常激發讀者恐懼的辦法，他筆下人物的情緒要比表達出來得更劇烈，他們因激動而發抖，或者互相侮辱，放聲大哭，爭得面紅耳赤。儘管作者使用的是最普通的文字，但讀者卻被這些肆意的肢體動作、歇斯底里的情緒所牽動，也跟著緊張起來。當故事高潮快要發生時，讀者已經準備好要體驗一場真正的震撼，否則便會有些心煩意亂。

阿廖沙是《卡拉馬助夫兄弟們》中的主要人物，小說的第一句話就點明這一點：「阿列克謝・費奧多羅維奇・卡拉馬助夫是當地有名的地主費奧多・帕夫洛維奇・卡拉馬助夫的第三個兒子。費奧多在十三年前去世了，死狀十分淒慘，如今還令人記憶猶新。以後有機會，我會詳細地說說這件事。」杜斯妥也夫斯基是十分老練的小說家，他在開頭明確介紹阿廖沙一定是有道理的，但是他和哥哥德米特里與伊萬相比，只是配角，他穿插在整個故事之中，似乎對小說裡的其他重要角色沒有什麼影響，他主要和一群男孩一起活動，只負責展現自己的善良和魅力，與主題沒有什麼關係。

儘管康斯坦斯・加內特（Constance Garnett）翻譯的《卡拉馬助夫兄弟們》有八百三十八頁，但這也只是杜斯妥也夫斯基計畫要寫的一小部分，他想要在後來幾卷中進一步介紹阿廖沙，讓他歷經滄桑和變遷，犯下重大的罪行，在飽受煎熬後實現救贖。杜斯妥也夫斯基尚未實現自己的計畫就去世了，《卡拉馬助夫兄弟們》是一部未完成的作品，儘管如此，它仍是有史以來最偉大的小說之一，在少數幾部最精彩的小說中名列前茅。儘管這些小說的優點各不相同，但是強烈張力讓它們在眾多小說裡脫穎而出，其中《咆哮山莊》和《白鯨記》就是兩個激動人心的例子。

卡拉馬助夫是一個糊塗可笑的人，他有四個兒子：德米特里、伊萬和阿廖沙，還有一個叫作斯默德亞科夫的私生子，在他家當廚師和貼身男僕。大兒子和二兒子對無恥的父親恨之入骨，阿廖沙是書中唯一討人喜愛的角色，對任何人都恨不起來。E．J．西蒙斯（E.J. Simmons）認為德米特里應該是小說的主角，那些寬容的人很容易把他視為仇敵，而這樣的男人通常很受女人歡迎。「他的本性單純、情深意重，」西蒙斯教授繼續說道，「他的靈魂裡充滿詩意，這在他的行為和言辭中都有所體現。他的一生就像一部史詩，偶爾閃現的詩情畫意緩和他的衝動。」他的確高調地宣揚自己的道德追求，但這並未讓他的行為變得更好，難怪人們對此不太重視。他有時能夠做到慷慨大方，但有時也吝嗇得可怕。他是一個自吹自擂、仗勢欺人、肆意揮霍、虛偽可恥的酒鬼。他和父親同時狂熱地愛上鎮上一個叫作格魯申卡的女人，他瘋狂嫉妒自己的父親。

對我來說，伊萬是一個更有趣的角色，他聰明謹慎、野心勃勃，想要在這個世界上有所作為。二十四歲時，他創作一些評論文章，因此變得小有名氣。杜斯妥也夫斯基說他是一個腳踏實地的人，智力比那些窮苦百姓和喜歡在報社外面閒逛的窮學生更優越。他討厭自己的父親，這個好色的老傢伙私藏三千盧布，想用這些錢來騙格魯申卡上床，卻被斯默德亞科夫殘忍殺害，結果經常揚言要殺了自己父親的德米特里卻被定罪。這符合杜斯妥也夫斯基的安排，但他為了達到這個目的，不得不讓和此案相關的人物表現得十分不自然。審判前夕，斯默德亞科夫去找伊萬，供認自己的罪行，並把偷走的錢還給伊萬，還坦言自己是在伊萬的唆使和縱容下，殺害那個老傢伙。伊萬整個人都崩潰了，就像拉斯科爾尼科夫在殺害當鋪老闆後所表現的。拉斯科爾尼科夫的精神極度失常，他身無分文，連飯都吃不飽，但伊萬不是這樣，他的第一個想法是立刻去找公訴人，告訴對方事實，隨即又決定等到審判時再這麼做。在我看來，這只是因為杜斯妥也夫斯基認為懺悔會帶來更驚心動魄的效果。接著就是我之前提到奇怪的一幕：伊萬產生幻覺，他的靈魂化身為一位衣衫襤褸的紳士，以一種卑鄙和虛偽的態度，逼迫他面對自己更邪惡的自身。此時傳來一陣猛烈的敲門聲。來的人是阿廖沙，他走進來告訴伊萬，斯默德亞科夫上吊自殺了。情況危急，德米特里命懸一線。儘管伊萬此時心煩意亂，但他依舊理智鎮定，針對我們對他性格的瞭解，他應該採取符合常理的措施，比如趕到現場，找到辯護律師，說出斯默德亞科夫的供詞及他自殺的事實，並交出他偷走的三千盧布，這是再自然、再明顯不過的事。有了這些證詞之後，再加上辯護律師的本事，一定能夠引起陪審團的懷疑，讓他們不敢做出德米特里有罪的裁決，然而阿廖沙只是替伊萬敷上涼毛巾，為他蓋好被子。我之前提過，他為人溫柔善良，卻也出奇地無能，這就是他最懦弱無能的一次。

小說也沒有給出斯默德亞科夫自殺的解釋，他是卡拉馬助夫的四個兒子裡最精於算計、最冷酷無情、最有自信的一個。他事先就做好計畫，鎮定自若地抓住一個殺死老人的好機會。他還出了名地誠實，沒有人會懷疑是他把錢偷走，一切的證據都指向德米特里。在我看來，斯默德亞科夫沒有理由上吊自殺，這只是給杜斯妥也夫斯基一個機會，讓這個章節以極具戲劇性的方式結束。杜斯妥也夫斯基是十分優秀的作家，但不是現實主義作家，所以他覺得可以不使用現實主義的手法創作。

德米特里被定罪之後，發表一份聲明宣稱自己無罪，但在結尾處寫著：「我接受審判，接受大眾對我的羞辱。我想承受苦難，苦難能夠讓我得到淨化。」杜斯妥也夫斯基堅定地相信苦難的精神價值，認為一個人只要願意承受苦難，就能贖罪，獲得幸福。由這個觀點可以得出一個驚人的結論：既然犯罪會讓人痛苦，而苦難又能通向幸福，犯罪便是必要而有益的。杜斯妥也夫斯基認為，苦難能淨化和錘鍊人格，他的想法真的對嗎？在《地下室手記》中，沒有任何證據能夠表明，苦難對犯人及其同夥的精神有什麼影響。就像我之前說過的，他出獄和入獄時一點也沒變。就生理上的痛苦而言，我的經驗是，長期的病痛只會讓人變得暴躁不堪、自私偏執、小氣易妒，不僅不會讓人變得更好，反而會讓人變得更糟。當然，我知道有一些人，也認識一、兩個這樣的人，在面對長期的苦痛或恢復無望的疾病時，展現出勇氣、無私、耐心和順從，不過他們原本就具備這些特質，只是在特定場合表現出來而已。精神上的痛苦也是如此，任何一位在文學界待久一些的人都知道，很多文人曾大獲成功，後來卻因為失敗而悶悶不樂、痛苦不堪、滿懷嫉妒。能夠滿懷勇氣和尊嚴，樂觀面對苦難的人，我能想到的只有一個。毫無疑問，這個人曾經擁有這些特質，但是如今卻被輕率的面具掩蓋。苦難是人類命運中的一部分，卻不會因此減少它的罪惡。

儘管有人會強烈譴責杜斯妥也夫斯基冗長的文風（這是他清楚意識到，但不能或不願改正的錯誤），儘管人們希望他能避免那些不真實的人物和情節（這讓那些細心的讀者不知所措），儘管人們可能會認為他的一些想法是錯誤的，**但《卡拉馬助夫兄弟們》仍是一部了**

不起的作品，它有著十分深刻的意義，許多評論家表示這是對上帝的索求，但我卻認為這部小說寫的是關於邪惡的問題。杜斯妥也夫斯基在視為小說高潮的「贊成與反對」（Pro and Contra）這一章中談到這一點。「贊成與反對」是伊萬對阿廖沙的一段獨白。在人們的理解裡，一個全知又極善的上帝存在，似乎與現實的邪惡存在互為矛盾。人類要為自己的罪惡受苦，這是合乎情理的，天真無辜的孩子卻要遭受苦難，這是無論如何都說不通的。伊萬對阿廖沙講述一個可怕的故事：一個八歲的農奴小男孩在扔石頭時，不小心砸傷主人心愛的狗。主人是一位大地主，他讓孩子脫光衣服跑，並放出一群獵犬在後面追趕，在母親的眼前，小男孩被撕咬成碎片。伊萬願意相信上帝的存在，但是不願接受上帝創造的殘忍世界，他堅持認為，無辜的人沒有理由為了有罪之人而受苦，否則就說明上帝要麼是邪惡的，要麼根本不存在。杜斯妥也夫斯基從未寫過比這部小說更偉大的作品，在他完成這部小說之後，卻對自己寫下的文字產生深深的恐懼。小說的論點極具說服力，卻違背自己的信仰——他相信儘管這個世界是邪惡的，同時也是美麗的，因為它是上帝所創造。他急忙撰寫一篇文章反駁這個觀點，卻清楚自己失敗了，因為這部分寫得枯燥乏味，難以令人信服。

邪惡的問題仍有待解決，伊萬的控訴也尚未得到答覆。

托爾斯泰
和
《戰爭與和平》

Leo Tolstoy
&
War and Peace

前面幾章談及的小說或多或少和其他小說都有區別，它們是非典型的文學作品。而我接下來要介紹的這部複雜的小說，在主流小說中占據一席之地，我在前面的章節提過，主流小說是從《達芙妮和克羅伊》這樣的田園羅曼史開始的。**《戰爭與和平》無疑是主流小說中最偉大的作品，只有智力超群、想像力豐富，有著廣泛閱歷及深刻人性洞察力的人，才能寫出這樣的作品。**從未有過這樣的作品，以如此濃墨重彩的筆觸和如此重要的歷史為背景，涵蓋如此眾多的人物，想必以後也不會再有這樣的作品。儘管還會出現同等偉大的作品，但是絕對不會像這部作品一樣。隨著生活的機械化，國家擁有更大的權力來控制個人，隨著教育逐漸走向趨同，隨著階級差異的消失和個人財富的減少，所有人擁有同樣的機會（如果這就是未來世界的話），人們仍然會生而不平等。有些人天生就具有成為小說家的天賦，但他們認識的世界和社會風俗過於局限，可能會成為寫出《傲慢與偏見》的奧斯汀，而不是創作出《戰爭與和平》的托爾斯泰。《戰爭與和平》是當之無愧的文學史詩，我想不出有其他的小說能真正配得上這個稱號。斯特拉霍夫是托爾斯泰的朋友，他是一位能力出眾的評論家，以幾句有力的話語表明自己的觀點：「它展現人類生活的全貌，也展現俄國那個時代的全貌，它是一幅可以被稱為人類鬥爭歷史的全景圖，是一幅展現人類尋求幸福和偉大，飽受悲痛和屈辱的全景圖，它就是《戰爭與和平》。」

* * *

托爾斯泰所在的階級不常培養傑出作家，他是尼古拉斯・托爾斯泰（Nicholas Tolstoy）伯爵和女繼承人瑪麗亞・沃爾孔斯卡（Marya Volkonska）公主的兒子，是五個孩子中最小的，在母親的祖宅亞斯納亞波利亞納（Yasnaya Polyana）出生。當他還年幼時，父母就去世了。起初他接受的是私人教育，然後到喀山大學（University of Kazan）念書，後來又去聖彼得堡接受教育。由於成績不佳，在兩所大學都未能獲得學位，但是貴族出身讓他能在喀山（Kazan）、聖彼得堡和莫斯科立足，躋身社會名流界。他的個子很小，外表也很不起眼，「我知道我長得不好看，」他寫道，「有時我會感到萬分絕望。我想，像我這樣一個大鼻子、厚嘴唇，還有一雙灰色小眼睛的人，也許無法獲得幸福。我懇求上帝能創造奇蹟，賜予我英俊的臉龐，我願意用過去和未來擁有的一切交換。」但他不知道的是，那張樸素臉龐呈現異常迷人的精神力量，眼神也為他的神態增添幾分魅力。他穿著得體（因為他和可憐的斯湯達爾一樣，希望時髦的衣服能彌補外貌上的不足），十分在意自己的地位，但表現得有些失禮。喀山的一位同學這麼評價他：「我遠遠地躲開這位伯爵，從我們第一次見面起，他冷淡的態度就讓我避之不及。他有一頭又粗又硬的頭髮，眼睛半睜半閉，呈現一副盛氣凌人的表情。我從未見過如此古怪的年輕人，他是一個無法理喻、自以為是、驕傲自滿的人……他幾乎從不回應我的問候，彷彿在告訴我，我們根本不是同一類人……。」

一八五一年，托爾斯泰二十三歲。他在莫斯科待了幾個月，當炮手的哥哥尼古拉・托爾斯泰（Nikolai Tolstoy）從高加索休假，來到莫斯科，假期結束後，托爾斯泰決定和他一起回去。幾個月後，他被說服參軍，成為候補軍官，加入圍剿反叛部落。他毫不忌諱地評價自己的兄弟軍官：「起初這個群體裡發生的許多事情，都讓我十分震驚，不過我已經習慣了，也用不著和這些紳士太過親近。我已經尋得中庸之道，既不自負，又不隨和。」多麼狂妄自大的年輕人啊！他十分健壯，整天走路和騎馬都不會覺得累。他是十足的酒鬼，還是不顧一切的賭徒，他的運氣並不好，有一次為了償還賭債，不得不把自己的一部分遺產——亞斯納亞波利亞納莊園的房子出售。他的性慾也很強，還因此感染梅毒。除了這幾件倒霉事外，他在軍隊和其他出身良好、家庭富有的年輕軍官差不多，縱情放浪是他們發洩旺盛精力的一種方式，他們也沉浸其中，認為這麼做能夠增強自己在夥伴中的威望（或許的確如此）。托爾斯泰在日記中表示，經過一夜風流之後（我們也許可以從小說中看出來，這是淳樸俄國人消遣的方式），他會十分懊悔，然而只要一有機會，就會再度這麼做。

一八五四年，克里米亞戰爭爆發，圍攻塞瓦斯托波爾（Sevastopol）時，托爾斯泰掌管一個炮臺，他在切爾納亞河戰役中表現出「非凡的膽識和勇氣」，於是被提拔為中尉。一八五六年，和平條約簽署後，他辭去職務。托爾斯泰在服役期間寫下許多隨筆和故事，還以浪漫主義的方式記敘童年和青少年的經歷，這些文章刊登在雜誌上，引起高度讚譽。他返回聖彼得堡後，受到熱情的歡迎，但是他不喜歡在那裡遇到的人，那些人同樣也不喜歡他。儘管他對自己的真誠深信不疑，卻始終無法相信其他人的真誠，並毫不猶豫地說出自己的懷疑。他無法忍受他人的意見，暴躁易怒，不在乎他人的感受。屠格涅夫說，沒有什麼比托爾斯泰那副盛氣淩人的樣子更令人不安，要是托爾斯泰再說上幾句挖苦的話，便能惹人勃然大怒。他不能容忍別人的批評，要是他無意中看到一封稍微冒犯自己的信，便會立即向作者發出挑戰，朋友要花費很大的力氣，才能阻止他進行荒謬的決鬥。

當時俄國掀起一股自由主義的風潮，解放農奴是當時迫切需要解決的問題。托爾斯泰在首都待了幾個月後，回到亞斯納亞波利亞納，表示要讓自己莊園的農奴自由，但農奴懷疑這是陷阱，所以拒絕了。一段時間後，他出國了，回國後為農奴的孩子開辦一所學校。他的辦學方法極具革命性：孩子可以不上課，也可以不聽老師的話，不受紀律的約束。托爾斯泰就是他們的老師，整天和他們待在一起，晚上一起玩遊戲、講故事，一起唱歌到深夜。

就在這時候，他和一個農奴的妻子有了婚外情，還生下一個孩子。這不是一時的迷戀，他在日記中寫道：「我從未體會過這樣的愛情。」很多年後，這位叫作蒂莫西（Timothy）的私生子就成為托爾斯泰一個小兒子的馬車夫。傳記作家發現，托爾斯泰的父親也有一個私生子，也成為一位家庭成員的馬車夫。對我來說，這是一種道德麻木。托爾斯泰懷抱著不安的良心，渴望將農奴從墮落中解放，教他們要乾淨、得體、自尊，我本來以為他至少會為那個男孩做些什麼。屠格涅夫也有一個私生女，卻對她很照顧，為她請了家庭教師，還很關心她的幸福。當托爾斯泰看到親生兒子當另一個兒子的馬車夫時，難道不會難堪嗎？

托爾斯泰有這樣一個特點：他可以懷抱著滿腔熱情，開始一項新事業，但是遲早會厭倦。他缺乏毅力，覺得興辦兩年的學校不盡如人意後便停止了。他對自己很失望，身體也大不如前。後來他寫道，要不是生活還有未經探索的一面預示著幸福，自己早就陷入絕望，而他所說的「未經探索的一面」就是婚姻。

他決定要嘗試婚姻生活，於是考慮一些符合條件的年輕女性，又以各式各樣的原因拋棄她們，最後娶了一位叫作索尼婭·貝爾斯（Sonya Bers）的女孩，她當時十八歲，是安德烈·貝爾斯（Andrew Bers）醫生的次女。貝爾斯是莫斯科的一位知名醫生，也是托爾斯泰家的老友。托爾斯泰當時三十四歲，這對夫妻住在亞斯納亞波利亞納莊園。婚後的頭十年，索尼婭生下八個孩子，接下來十五年又生了五個孩子。托爾斯泰熱愛騎馬和射擊，經濟情況改善後，他在伏爾加河東面購置新的地產，最終擁有大約一萬六千英畝的土地。他的生活模式很常見，俄國有許許多多的貴族，他們年輕時吃喝嫖賭，後來又娶妻生子，在自己的莊園安頓下來，看管自己的財產，整日騎馬、射擊。其中也有不少人像托爾斯泰一樣信仰自由主義，苦惱於農民的愚昧無知，試圖改善他們的命運。唯一讓托爾斯泰和這些人產生區別的，是他在這段時間創作了兩部世界上最偉大的小說：《戰爭與和平》和《安娜·卡列尼娜》（*Anna Karenina*）。

＊　＊　＊

索尼婭是一位很有魅力的年輕女性，身材出眾、雙眼動人、頭髮烏黑有光澤，她朝氣蓬勃、精神抖擻，還有一副優美的嗓音。托爾斯泰一直有寫日記的習慣，在日記裡記錄他的期望和想法、祈禱與自責，還記錄他在性或其他方面犯下的錯誤。訂婚時，托爾斯泰不想對未來的妻子有所隱瞞，便讓她閱讀自己的日記。她看完後大為震驚，徹夜以淚洗面後，把日記還給托爾斯泰，她原諒了他，卻沒有忘記這些事。兩人都十分情緒化，有很強烈的個性——一般來說，是指這類人有一些令人不快的特點。索尼婭十分苛刻，占有慾強，嫉妒心重；而托爾斯泰為人嚴酷，固執己見，心胸狹窄。他堅持要妻子親自哺育孩子，而對方也同意這麼做；但在一個孩子出生後，她的胸部劇痛，於是不得不把孩子交給奶媽，托爾斯泰卻無理地遷怒她。他們不時就會吵架，但是最後都和好了。整體來說，他們多年的婚姻生活還算幸福。托爾斯泰工作勤奮、寫作刻苦，他的筆跡常常難以辨認，但在每一部分完成後，索尼婭都會幫他謄寫手稿，因此很容易就能辨認他的字跡，甚至能認出他草草寫下的筆記。據說，她謄寫了《戰爭與和平》七遍。

為了撰寫這篇文章，我大量引用莫德的《托爾斯泰的一生》（*Life of Tolstoy*）和他翻譯的《懺悔錄》（*A Confession*）。莫德認識托爾斯泰及其家人，因此他的敘述很有可讀性。可惜的是，他也不管讀者想不想知道，就一味地談論自身及他的觀點。我十分感謝西蒙斯教授所作的完整、詳細又令人信服的傳記。

西蒙斯教授這麼描述托爾斯泰的一天：「一家人會聚在一起吃早餐，男主人的連珠妙語會讓對話妙趣橫生。吃完飯後，他會起身說現在該去工作了，於是便走進書房，通常還會端著一杯濃茶。沒有人敢打擾他。下午，他會出門鍛鍊，通常是散步或騎馬。五點回來吃晚飯，他狼吞虎嚥地進食，吃飽之後會生動地敘述自己在散步時遇到的事情，把家人逗笑。晚飯過後，他再進入書房看書，八點時回到客廳，與家人或客人一起喝茶。他經常會為孩子們唱歌、朗讀，或是和他們一起玩遊戲。」

這樣的生活忙碌充實，令人滿足。索尼婭養育孩子、照管家庭、協助丈夫工作，托爾斯泰可以騎馬、射擊、管理自己的財產、撰文著書，在接下來這些年裡，他沒有理由生活得不幸福。

過了一些年，托爾斯泰快要五十歲了，這對男人來說是一個危險的年齡。青春已逝，回首往事之時，他們往往會捫心自問：生命的意義是什麼？展望未來，眼看就要進入遲暮之年，他們常常會覺得前途渺茫。托爾斯泰一生都在恐懼一件事，就是死亡。每個人都會死，但除非是在危難時刻或病重之際，否則大多數人都會忽略這件事。在《懺悔錄》中，他這樣描述自己當時的精神狀態：「五年前，在我身上發生一件非常奇怪的事情。我經歷生命中的困惑和停滯，彷彿不知道要如何生活，也不知道要怎麼辦，感到迷惘和沮喪。儘管不久後，我又開始過著和以前一樣的生活，但是這些困惑並沒有解決。我總是會問自己：人生是為了什麼？人生會通往哪裡？我覺得自己的立足之處已經崩塌，我的腳下一無所有，我賴以生存的東西已經不復存在，生活也已經沒有依靠。我還是得呼吸、飲食、睡眠，但這並不是為了生活，而是因為我的願望已經沒有實現的可能。」

「這一切發生在我身上時，周圍的人都說我的運氣極好。我還不到五十歲，有一個與我相愛的好妻子，孩子也很聽話，還有一大筆財產，沒有花費多大的力氣就增值了……許多人都誇獎我，即使我說自己赫赫有名也不算炫耀……我有堅定的意志力、強健的身體，這在同齡之人中是很少見的：就體力來說，我割起草來能趕上農民的速度；從精神上來說，我可以連續工作八到十個小時，不會因此感到疲憊。可是在我看來，我的人生是別人跟我開的一個愚蠢又惡毒的玩笑。」

托爾斯泰在年輕時飲酒過量，留下嚴重的後遺症。當他還是一個孩子時，就已經不再信仰上帝，失去信仰的他既傷心又失望，因為他失去解開生命之謎的途徑。他問自己：「我為了什麼而活，又該如何活下去？」他沒有找到答案。現在，他又開始信仰上帝了。說來奇怪，他這麼一個情緒化的人，會因為一段推理而找回信仰。他寫道：「既然我存在於這個世界，必然有其原因，以及原因的原因，人們所說的首要原因就是上帝。」很長一段時間裡，托爾斯泰都信仰東正教，但是信徒中的飽學之士卻過著與他們的信仰相反的生活，這讓他十分反感。他無法認同和相信他們的世界觀，只打算接受那些簡單明瞭的事實。他開始接觸那些貧窮樸素、目不識丁的信徒，他越關注這些人的生活，就越確信：儘管他們的思想十分盲目，但他們有著真正的信仰，信仰對他們來說是必要的，只有信仰才能讓他們的生命具有意義，讓他們有活下去的可能。

經過多年的苦苦思索，他才有了一些答案。這些觀點很難被簡短地概括出來，再三猶豫後，我才決定要這麼做。

托爾斯泰開始相信，只有在耶穌的話裡才能找到真理，但是他不相信某些基督教教義，拒絕接受基督的神性、處女生子及耶穌的復活；他也不相信聖禮，認為這不過是為了掩蓋真理。在很長一段時間裡，他不相信人死後還會有生命；直到他意識自身只是無限的一部分之後，才相信生命不會隨著身體的消失而終結。他在臨終前宣稱，自己相信的不是創造世界的上帝，而是一個存在於人類良知裡的上帝。有人也許會想，這樣一個上帝只存在於人們的想像中，就像是虛構的半人馬或獨角獸。但是托爾斯泰認為，基督教義的精髓在於「不與惡人作對」的戒律中；而「什麼誓都不可起」這條戒律不僅可用於常見的咒罵，還可以用於一切的發誓，包括證人席上或士兵就職時的宣誓；「愛你的敵人，祝福詛咒你的人。」阻止人們與國家的敵人作戰，或在受到攻擊時自衛。托爾斯泰認為，接受觀點就意味著行動，如果他得出結論——基督教的實質是愛、謙卑、克己和以德報怨，他就必須放棄生活中的樂趣，讓自己變得謙卑和仁愛，忍受一切痛苦。

索尼婭是忠實的東正教信徒，她堅持讓孩子們接受宗教教育，事事都按照自己的標準盡職盡責。她不是一個有著偉大精神的女人；養育這麼多孩子，讓他們接受良好教育，還要經營這個大家庭，根本沒有多少時間培養自己的靈性。她不理解丈夫的想法，但還是寬容地接受了，然而當丈夫的行為發生變化時，她毫不掩飾地表現出憤怒。托爾斯泰覺得自己不應該麻煩別人，於是開始自己燒熱爐子、打水、整理衣物，他認為要靠自己的雙手謀生，於是找了一個鞋匠教他製鞋，在亞斯納亞波利亞納莊園，他和農民一起犁地、搬運乾草、伐木。索尼婭對此並不贊同，因為在她看來，托爾斯泰從早到晚都在做無用的工作，即使是農民，也只有年輕人才會做這些事。

她寫信給托爾斯泰說：「你當然會說自己喜歡這樣的生活，因為它與你的信仰符合，這是另一回事，我只能說：你就盡情享受吧！但讓我氣惱的是，劈柴、燒水、製鞋這樣的工作會損害你的腦力——將這些事情作為消遣或調劑來說倒是不錯，但是萬萬不可當成專職。」她的話說得很有道理，可是托爾斯泰認為體力勞動比腦力勞動更高尚、更辛苦。這是一個糊塗的想法，每個作家都知道，經過幾個小時的創作後，人就會精疲力竭。工作沒有貴賤之分，人們工作是為了享受閒暇，只有蠢人才會因為不知道休息時該做什麼而忙個不停。即使托爾斯泰覺得為閒人寫小說是不對的，也可以找到一份比製鞋更需要腦力的工作，況且他的鞋做得不算太好，送給別人都沒人穿。他還打扮得像農民，十分邋遢，有一天他裝卸糞肥後就直接去用餐，結果搞得屋子裡臭氣沖天，不得不打開窗戶。他放棄曾經熱愛的射擊，為了保護動物，成為素食主義者。多年來，他都喜歡喝一點酒，現在卻完全戒酒了，經歷一番掙扎後，也戒菸了。

這時候，他的孩子都已經長大了。為了讓子女接受教育，以及讓大女兒坦妮婭．托爾斯泰（Tanya Tolstoy）進入社交界，索尼婭堅持要在冬天搬到莫斯科。雖然托爾斯泰厭惡城市生活，但還是聽從妻子的決定。莫斯科的貧富差距令人震驚，「我感覺十分難受，而且這種感覺久久縈繞在我心頭。」他寫道，「一想到我自己有多餘的食物，而有些人卻食不果腹；一想到我有多餘的外套，而有些人卻衣不蔽體，罪惡感就不斷縈繞在我的心頭。」人們總是告訴他，世上一直都會有富人和窮人，而托爾斯泰覺得這樣是不對的。在參觀一家為窮人提供的殘破旅館後，他甚至覺得由兩個戴著白領帶和白手套、穿著禮服的男僕服侍，享用一頓有五道菜的晚餐，都是一件令人羞愧的事情。他把錢送給那些向他求助的窮人，但他發現這些人從自己身上拿走錢，往往是弊大於利。「金錢是邪惡的，」他說，「因此施捨錢財是一種惡行。」他很快得出另一個結論：金錢是邪惡的，擁有錢財就是罪惡。

對托爾斯泰這樣的人來說，下一步顯然是放棄自己的一切。但是妻子不想變成窮人，也不希望孩子身無分文，她威脅要向法院上訴，要他承認自己沒有能力管理財務。天知道他們為此爭吵多少次後，托爾斯泰才肯把自己的財產交給妻子。最終，托爾斯泰把財產分給妻兒。在這一年裡，他不止一次離開家，和農民一起生活，但是沒走多遠，就想到妻子的痛苦，於是打退堂鼓。他繼續在亞斯納亞波利亞納莊園過奢侈的生活（其實也算不上多麼奢侈），這讓他感到羞愧。夫妻之間的摩擦仍在繼續，托爾斯泰不贊同妻子為孩子提供的教育，也無法原諒對方阻止自己按照意願處理財產。

在對托爾斯泰生平的簡單介紹中，我不得不省略許多有趣的內容，關於他改變信仰之後的三十年，我必須介紹得更簡潔一些。人們認為他是俄國最偉大的作家，托爾斯泰身為小說家、教師和道德家，在全球享有盛譽。那些想要按照他的觀點生活的人組成團體，試圖將他的原則付諸實踐，雖然這種行動一再失敗，顯得滑稽可笑，但是他們的不幸遭遇仍然發人深省。由於托爾斯泰本性多疑、喜歡爭辯、偏執狹隘，毫不掩飾地認為那些不贊同自己觀點的人都是心懷不軌，因此他的朋友不多。可是隨著他的名氣越來越大，有一大批學生和朝聖者，都來參觀他曾在俄國寫作、生活的聖地，新聞記者、觀光客、仰慕者、門徒、富人、窮人、貴族、平民都會到亞斯納亞波利亞納莊園。

我之前說過，索尼婭的嫉妒心和占有慾都很強，她一直想獨占丈夫，討厭陌生人闖進自己的家，她的忍耐力受到極大的考驗：「他向人們描繪和講述自己的美好感情時，仍然按照原有的樣子生活。他愛吃甜食、騎自行車、騎馬、縱慾。」還有一次，她在日記裡寫道：「他為了人類幸福所做的事情，都讓我們的生活變得複雜煩瑣。我覺得日子越來越難過，忍不住要發牢騷……他所做的關於愛與善的說教，讓他忽略自己的家庭，還讓各式各樣的人闖入我們的生活。」

在第一批認同托爾斯泰的觀點的人之中，有一個名叫弗拉基米爾．切爾科夫（Vladimir Chertkov）的年輕人，他很富有，擔任警衛隊隊長，在他開始信奉不抵抗原則之後，便辭去職務。他為人誠實，是一個理想主義者和狂熱分子，他的脾氣十分暴躁，總是將自己的想法強加在其他人身上。莫德表示，每一個與他交往的人，要麼成為他的工具，要麼和他吵得不可開交，要麼離他遠遠的。他和托爾斯泰之間產生深厚的感情，直到後者去世為止，他還深深影響托爾斯泰，讓索尼婭十分惱怒。

在少數幾個朋友看來，托爾斯泰的觀點有些極端，但是切爾科夫卻敦促他進一步把觀點化為行動。托爾斯泰一直忙於自己的精神發展，疏於財產管理，因此儘管擁有價值超過六萬英鎊的財產，每年卻只能獲得不到五百英鎊的收入，但這顯然不足以維持整個家庭的運作和教育孩子的支出。索尼婭說服丈夫把一八八一年之前所有作品的版權都交給她，借了一些錢之後，就開始自行出版書籍，有了不少獲利。但是保留作品的版權顯然和托爾斯泰的信念不符，在切爾科夫的影響下，托爾斯泰宣布將一八八一年以後所有作品的版權向大眾開放，讓任何人都能出版。這件事足以令索尼婭怒不可遏，托爾斯泰越發得寸進尺：他要求妻子交出早期作品的版權，其中當然包括最暢銷的幾部小說。妻子自然不肯，這畢竟是她和一家人賴以生存的經濟來源。曠日持久的尖銳爭執隨之而來，索尼婭和切爾科夫都不讓托爾斯泰安生，他在兩方的主張之間搖擺不定，無法否定任何一方的觀點。

* * *

一八九六年，托爾斯泰六十八歲，他已經結婚三十四年，大部分子女都已經長大成人，二女兒也快要結婚了。五十二歲的妻子和一個比自己年輕很多的男人，開始一段不光彩的戀情，對方是名叫謝爾蓋・塔納耶夫（Sergei Tanayev）的作曲家。托爾斯泰感到羞愧和憤怒，他寫給妻子這樣一封信：「妳和塔納耶夫的關係令我厭惡，我無法平靜地接受一切。要是再這樣下去，只會無益於我的壽命。這一年來，我完全沒有自己的生活，妳也知道的。我曾憤怒地向妳提過這件事，還為此進行禱告。最近我開始保持沉默，嘗試一切辦法卻無濟於事。

你們的親密關係還在繼續，有可能還會繼續下去，我再也受不了了。妳既然無法割捨這段戀情，就只有一個辦法——分開。我已經下定決心，但是必須以一個最體面的方式結束。對我來說，最好的辦法就是出國，我們會想出一個對雙方都好的方法。有一點是肯定的，我們不能再這樣下去了。」

然而他們沒有分開，而是繼續在生活中彼此折磨，上了年紀的索尼婭狂熱地追求作曲家。這位作曲家起初感到受寵若驚，但是很快就厭倦對方的愛意，這份感情讓他看起來十分可笑，索尼婭終於意識到對方在躲避自己。在被作曲家公開侮辱後，她感到無比難堪和屈辱，不久後得出結論：塔納耶夫不僅臉皮厚，身體和心靈同樣令人噁心。這段不光彩的戀情就此告一段落。

人們都知道這對夫妻不和，托爾斯泰的門徒（這些人是他為數不多的朋友）現在都站在他那邊。他們因為索尼婭阻止托爾斯泰實現理想，所以對她懷有敵意，索尼婭因此感到痛苦萬分。可是信仰並沒有為托爾斯泰帶來多少歡樂，反而讓他失去很多朋友，讓他和家人鬧得不愉快，與妻子爭執不斷。追隨者看到托爾斯泰生活安逸，都來責備他，他也覺得這是自己應受的，在日記中寫道：「如今我已經要七十歲了，我全心全意地渴望安寧和平靜，雖然這不是我的信仰，但是也比生活在信仰與良知的巨大矛盾中來得好。」

托爾斯泰的健康狀況也大不如前，在後來的十年中，他生了好幾場病，有一次病得特別嚴重，差點就死了。這段時期與他相識的馬克西姆・高爾基（Maxim Gorky）是這麼形容他的：身材瘦小、頭髮灰白，但他的眼神比往常還要敏銳，有著更加銳利的目光。他的臉上布滿深深的皺紋，留著長長的、蓬亂的白鬍子，他已經是八十歲的老頭子了。過了一年又一年，托爾斯泰八十二歲，就快要不行了，顯然只剩下幾個月的日子可活，但是激烈不休的爭吵讓他剩下的日子更難過。切爾科夫顯然並不完全贊同托爾斯泰「財產是不道德的」這個看法，他在亞斯納亞波利亞納莊園附近，花大錢建造一棟大別墅。儘管托爾斯泰對這一大筆開銷感到痛惜，但是兩人住得更近之後，交往也變得更加密切。如今他強烈地敦促托爾斯泰兌現自己的承諾，也就是在他死後，公開所有作品的版權。他們想要剝奪托爾斯泰在二十五年前交給妻子的版權，切爾科夫和索尼婭之間長期存在的敵意，演變成公開的鬥爭。除了托爾斯泰的小女兒亞歷珊卓・托爾斯泰（Alexandra Tolstoy）完全服從於切爾科夫外，其他子女都站在母親那一邊，他們不喜歡父親那樣的生活，儘管他把財產分給他們，但還是不明白為什麼父親不讓他們繼續享有其作品帶來的巨額收入。據我所知，他們從未被教育過要自食其力。儘管家人對托爾斯泰施壓，但他還是立下遺囑，要公開自己所有的版權，並在去世後把所有的手稿都交給切爾科夫，以便讓所有想要出版這些作品的人都能任意使用。這顯然不合法律的規定，切爾科夫建議托爾斯泰另外起草一份遺囑，整個公證過程都在屋子內偷偷進行，這樣索尼婭就不知道發生什麼事。托爾斯泰躲在書房裡，關緊房門，親手抄寫一份遺囑。在這份遺囑中，他把版權交給女兒亞歷珊卓，這是切爾科夫給的建議。他還輕描淡寫地說道：「我相信，托爾斯泰的妻兒都不希望由一個外人來繼承遺產。」由於這份遺囑剝奪他們主要的收入來源，因此這句話是可信的。但是切爾科夫仍不滿意，他又起草一份遺囑。在切爾科夫家附近的森林裡，托爾斯泰坐在一根樹樁上抄寫這份文件，這樣一來，切爾科夫就掌握托爾斯泰所有的手稿。

在所有手稿中，最重要的就是托爾斯泰後期的日記，他們夫妻一直都有寫日記的習慣，並且互相翻閱對方的日記。雖然這也在情理之中，但是這麼做並不合適，因為如果在對方的日記中，看到對自己的不滿，就會相互指責抱怨。早期的日記都由索尼婭保管，但是托爾斯泰把最後十年寫下的日記交給切爾科夫。索尼婭下定決心要得到這一部分的日記，一方面是為了出版它們，好大賺一筆，更重要的原因是，托爾斯泰在日記裡坦率地記錄他們之間的分歧，而她不希望把這些內容公諸於世。她寫信給切爾科夫，希望對方能把日記還給自己，但是卻遭到拒絕。為了這件事，索尼婭還威脅，如果不把日記要回來，就要服毒或溺水自盡。托爾斯泰被她引發的這場鬧劇搞得焦頭爛額，於是從切爾科夫手中要回日記，但是並沒有交給索尼婭，而是放在銀行。切爾科夫寫給他一封信，托爾斯泰在日記中寫下這段評論：「我收到切爾科夫的一封信，信中滿是抱怨和指責。我快要被逼瘋了，有時候我真想遠離他們所有人。」

從年輕的時候起，托爾斯泰有一個願望，就是逃離這個紛繁複雜的世界，到一個可以避世隱居、完善自我的地方。他和很多作家一樣，把自身的渴望寄託在小說的主角身上，《戰爭與和平》中的皮埃爾和《安娜．卡列尼娜》中的萊溫，他對這兩個人物偏愛有加。此時的生活環境讓他對這個願望著了魔，妻子和孩子折磨他、朋友侵擾他，他們都認為托爾斯泰至少應該貫徹自己的原則。有很多朋友對托爾斯泰不滿，因為他並未履行自己宣揚的原則，他每天都會收到控訴。一個熱心的門徒寫信給托爾斯泰，希望他能放棄財產，把錢分給親戚和窮苦百姓，自己一個戈比也不留，以乞討為生。托爾斯泰回信說：「你的信深深地打動我，你的建議一直是我神聖的夢想，但是時至今日，我也無法做到，其中有很多原因……最主要的原因是，我的行為不能影響其他人。」我們都知道，人們常常把自己行為的真正動機推給潛意識。在這種情況下，我認為托爾斯泰不遵循自己的良知，也不聽從追隨者的建議，是因為他不太想這麼做。作家有這樣一種心理，雖然從未見過有人提起，但是對研究作家生平的人來說，這一點是顯而易見的。所有的作品，至少在某種程度上，是作者的本能、渴望、幻想（隨便你怎麼稱呼）的昇華，由於某種原因，作者壓抑這些事物，只有透過文學的形式表達出來，才能避免進一步透過實際行動來完成。這不能讓作者完全滿意，會感到力不從心，這就是文人讚頌、羨慕實業家的原因。如果托爾斯泰沒有在寫書的過程中磨滅自己的決心，很可能在自己身上找到力量，憑藉真誠去實踐自己認為正確的事。

托爾斯泰是天生的作家，本能地用最有效、最有趣的方法來處理事情。我認為，在他說教性的作品中，為了讓這些作品更具說服力，他自由地揮灑筆墨，如果停筆想想這些文字會產生的後果，就不會如此堅定了。有一次，他承認妥協在理論上令人難以接受，但在實踐中卻不可避免，不過在這種情況下，他肯定是放棄自己的立場。如果妥協在實踐中是不可避免的，就說明這樣的實踐行不通，這個理論也一定存在問題。然而遺憾的是，對托爾斯泰來說，那些朋友和門徒出於對他的仰慕，成群結隊地趕到亞斯納亞波利亞納莊園，他們難以接受自己的偶像竟然會屈尊妥協，為了與他們強烈的仁義道德相符，強迫老人犧牲自己，這麼做實在有些殘忍。他傳遞的資訊將自己牢牢困住，他的作品及它們產生的影響（大多數產生災難性的影響，有人因此被流放，有人因此淪為階下囚），他鼓吹的奉獻精神和愛、他受到的崇敬，都讓他變得窮途末路，眼前只有一條路，但是他不願意走這條路。

最終托爾斯泰離家，踏上那條以死亡為終點，儘管困難重重但舉世矚目的旅程。他走到這一步的原因，並不是出於良知，可能是迫於崇拜者的懇求，或是為了逃避妻子。其實，這個決定源於一個偶然的事件。有一天，托爾斯泰已經上床休息，他聽到索尼婭在書房翻閱文件，馬上想到自己背著妻子寫下的遺囑。他心想，索尼婭應該是得知遺囑的存在，正在四處尋找。在她離開書房後，托爾斯泰起床，整理一部分的手稿，收拾幾件衣服，把在家裡住了一段時間的醫生叫醒，告訴對方，自己要離開這個家。亞歷珊卓也醒了，車夫被叫下床，為馬套上輓具。在醫生的陪同下，托爾斯泰駕車到了車站。這時候是凌晨五點，火車上很擁擠，他不得不冒著冷風和雨，站在車廂盡頭的露臺上。他先在沙馬丁（Shamardin）停下來，他的一個妹妹在這裡的修道院當修女，亞歷珊卓和他會合，她帶來消息，發現托爾斯泰不見後，母親甚至試圖自殺。母親曾不止一次自殺，每次都大鬧一場。為了不讓母親發現自己的行蹤，亞歷珊卓催父親繼續趕路，他們朝著頓河畔羅斯托夫（Rostov-on-Don）出發。途中，托爾斯泰染上感冒，身體很不舒服，在火車上病得越來越重，醫生決定在下一站下車，這個地方叫作阿斯塔波沃（Astapovo），站長得知病人的身分後，就把自己的房子讓給托爾斯泰。

托爾斯泰向切爾科夫發了電報。亞歷珊卓派人請大哥從莫斯科找來一位醫生。托爾斯泰是一個大人物，一舉一動都為人所知。不到一天，就有一位記者把他的位置告訴索尼婭。索尼婭急忙帶著子女趕到阿斯塔波沃，此時托爾斯泰已經病重，所以大家不讓她進屋，也沒有告訴托爾斯泰。托爾斯泰病重的消息引起全世界關注，在那一週，阿斯塔波沃車站被政府代表、警察、鐵路官員、新聞記者、攝影師擠得水洩不通，他們晚上直接住在車廂裡，當地電報局的工作多得應付不過來。在萬眾矚目下，托爾斯泰已經奄奄一息，由五名醫生共同照顧。他大多數時候都處於神志不清的狀態，但在清醒時仍會掛念索尼婭（他以為索尼婭還在家，不知道自己的下落），他知道自己命不久矣，曾經害怕死亡的他，現在已經不再害怕。

「這就是結束，」他說，「沒關係。」他的身體每下愈況，神志不清時仍繼續叫喊：「快逃！快逃！」最後人們讓索尼婭進入房間。托爾斯泰已經陷入昏迷，索尼婭跪下來，親吻他的手。他嘆息了一聲，但是沒有跡象表明他知道索尼婭到來。一九一〇年十一月七日星期日，早上六點過後幾分鐘，托爾斯泰與世長辭。

*　*　*

托爾斯泰在三十四歲時開始寫《戰爭與和平》，這是創作一部傑作的最好年齡，這個年紀的作者對自己的創作能力和技巧有足夠的瞭解，也有豐富的人生經驗，能夠充分發揮自己的才智。托爾斯泰以拿破崙戰爭為背景，構想的高潮部分是拿破崙入侵俄國、火燒莫斯科和最後的戰敗撤退，他打算以這些歷史事件為背景，寫一個貴族家庭的故事。故事中的人物會經歷許多的磨難，這些經歷對他們的精神產生影響，在歷盡苦難之後，他們過著平靜而幸福的生活。只有在創作時，托爾斯泰才會特別強調對立國家之間的激烈鬥爭，並構想出被後人奉為歷史哲學的觀點。不久前，以撒・柏林（Isaiah Berlin）出版了一本趣味盎然、極富教育意義的小書，名叫《刺蝟與狐狸》（*The Hedgehog and the Fox*）。他在這本書中表示，托爾斯泰的看法受到知名外交家約瑟夫・德・梅斯特（Joseph de Maistre）《聖彼得堡之夜》（*Les Soirées de Saint-Pétersbourg*）的啟發。這不是在說托爾斯泰不好，小說家的任務並不是提出觀點，而是創造人物。觀點就擺在那裡，就好像每個人的經歷、所處的環境一樣，都可以用來創造出藝術作品。看了柏林的書之後，我覺得自己必須再讀一讀《聖彼得堡之夜》。托爾斯泰在《戰爭與和平》第二部後記中提出的一些思想，梅斯特以三頁的篇幅進行闡釋，要點就是這樣一句話：“C’est l’opinion qui perd les batailles, et c’est l’opinion qui les gagne.”（「觀點讓他們勝利，也是觀點導致他們的失敗。」）托爾斯泰曾親眼見過高加索戰爭和塞瓦斯托波爾戰爭，親身經歷讓他得以生動地描述各種戰爭場景。他觀察到的東西和梅斯特的觀點一致，但是他的描寫有些複雜。在我看來，人們可以從小說情節和安德烈公爵的思考中更瞭解他的觀點。順便一提，我認為這才是小說家表達自己觀點的最佳方式。

托爾斯泰認為，由於偶然的情況、錯誤的判斷和意外的事故，世上不可能存在精確的戰爭策略，也不存在軍事天才。影響歷史進程的並不是偉大的人物，而是一股神祕的力量，這股力量貫穿於各個國家，在不知不覺中驅使人們走向勝利或失敗。領先者好比是一匹被套在馬車上的馬，開始全速下山——到了一個特定地點，馬就分不清到底是自己在拉著車前進，還是車在逼著自己往前跑。拿破崙之所以贏得戰爭，並不是因為他的戰略優秀或兵力強大（由於局勢的變化及資訊滯後，拿破崙的號令並未得到實施），而是因為對手堅信這一戰必定會失敗，所以放棄這場戰鬥。戰爭的結果取決於上千個難以預測的可能，其中任何一個都可能在剎那間成為決定性因素。「就自由意志而言，拿破崙和亞歷山大對某個事件的貢獻，並不比一個被迫戰鬥的新兵來得大。」「那些被稱為偉人的人，實際上只是歷史上的一個標籤，事件以他們的名字命名，但是他們之間的聯繫往往沒有標籤上說得那麼緊密。」在托爾斯泰看來，他們不過是被大勢驅使的傀儡，既不能抵抗，又無法控制。此處顯然有些令人困惑，我不明白他是如何將事件發生的「命中注定的必然」和「反覆無常的偶然」協調起來的，因為當命運來到門口時，機會就從窗戶悄悄溜走了。

人們很容易產生這樣的印象，就是托爾斯泰的歷史哲學至少有一部分來自對拿破崙的蔑視。拿破崙很少在《戰爭與和平》中出現，但是他每次出現，都表現出一副微不足道、容易受騙、愚蠢可笑的樣子。托爾斯泰稱他為「歷史上最渺小的工具，他在任何時候，即使在流亡期間，也沒有表現出任何男子氣概。」人們將拿破崙視為偉人，讓托爾斯泰感到憤怒，他連馬都騎不好……這裡需要暫停一下，法國大革命造就大量年輕人，他們像科西嘉律師的兒子一樣野心勃勃、聰明果斷、不擇手段。很多人不禁發出這樣的疑問：為什麼是這個外表平平無奇、操著外地口音、沒有財富和權勢的年輕人，打贏一場又一場戰爭，成為法國的獨裁者，讓半個歐洲都處於他的統治之下？如果你看到一個橋牌選手贏得一場國際錦標賽，可以說是他運氣好或他的搭檔優秀；假如不管搭檔是誰，他都多年贏得比賽，就說明他天賦過人。在我看來，一個偉大的將領所需的特質、知識、膽識、天賦及判斷力，和優秀的橋牌選手一樣。當然，拿破崙的確受到時勢的幫助，但如果否認他的天賦就是偏見了。

然而，《戰爭與和平》並不會因此受到影響。這段敘述就像急流的隆河，匆匆流入風平浪靜的萊曼湖。據說書中大約有五百個人物，他們都具有自己的人格，這是十分了不起的。和大多數的小說不同，這部小說不是關注兩、三個或一小群人物，而是把注意力集中在四個貴族家庭的成員身上，包括羅斯托夫一家、博爾孔斯基一家、庫拉金一家和別祖霍夫一家。如書名所示，這部小說講述的是戰爭與和平，角色的命運就是在這樣對比鮮明的背景中得以呈現。當出於主題需要，小說家敘述不同事件和不同人物時，需要思考如何自然地過渡，才能讓讀者欣然接受。如果作者成功做到這一點，讀者就會發現，作者已經把需要瞭解的人物和事件告訴自己，可以接受下面的情節。整體來說，托爾斯泰巧妙地完成這項困難的工作，讓讀者感覺像是在閱讀一篇線索單一的故事。

托爾斯泰和其他的小說家類似，將自己熟悉或認識的人作為小說中人物的原型，但他不

僅能發揮想像，更善於如實刻畫他們，揮霍無度的羅斯托夫伯爵的原型是托爾斯泰的祖父；尼古拉斯的原型是他的父親；可憐又可愛、樣貌醜陋的瑪麗公主則是以他的母親為原型；有人還認為，皮埃爾．別祖霍夫和安德烈．博爾孔斯基公爵這兩個人身上都有托爾斯泰的影子。真是這樣的話，就足以說明托爾斯泰在意識到自身的矛盾後，為了更清楚認識和理解自己的性格，便以自己為原型，創造兩個截然不同的人物。

皮埃爾和安德烈公爵都愛上羅斯托夫伯爵的小女兒娜塔莎，她是托爾斯泰在小說中創造最可愛的女孩，沒有什麼比塑造一個既迷人又有趣的年輕女孩更難的。一般來說，小說中的年輕女孩都被刻畫得乏味無趣（《浮華世界》中的阿米莉婭）、自命不凡（《曼斯菲爾德莊園》中的范妮）、過於聰明（《利己主義者》（*The Egoist*）裡的康斯坦蒂婭．達勒姆）、有些傻氣（《塊肉餘生錄》裡的朵拉），或是愚蠢、輕佻、單純。在這個年紀，她們尚未形成自己的性格。同樣地，一個畫家只有經歷人生滄桑、思想的變化、愛情和苦難之後，才能把一張臉描繪得迷人。在刻畫一個女孩的過程中，最好的方式是展現出其青春魅力。娜塔莎的形象無比生動自然，她甜美可愛、善解人意、富有同情心，既有孩子氣，又有些女人味，她急性子、熱心、固執任性、反覆無常，是一個理想主義者，各個方面都很迷人。托爾斯泰創造許多女性角色，她們都非常真實，但是不像娜塔莎那樣受人喜愛。她的原型是托爾斯泰的小姨子坦尼婭．貝爾斯（Tanya Bers）。托爾斯泰深深被她迷住，就像狄更斯迷戀小姨子瑪麗一樣，這樣的相似性多麼具有啟發意義啊！

托爾斯泰將自己對生命意義的熱情探索，寄託在兩個深愛娜塔莎的男人身上，尤其是安德烈公爵，他是俄羅斯社會環境的產物。他是一個有錢人，坐擁大量地產，家中奴僕無數，任他使喚。要是惹他不高興，就會脫光奴僕的衣服鞭打一頓，還會逼他們拋妻棄子到軍隊服役，要是看上哪個女孩或已婚女子，就會派人把她們找來供自己享樂。安德烈公爵英俊瀟灑、外貌出眾、目光倦怠，表現出一副百無聊賴的樣子，他就是浪漫小說中的「美麗而陰鬱」的男性角色。他為人英勇，以自己的出身和地位為驕傲，品格高尚，但為人傲慢、盛氣凌人，習慣擺出傲慢蠻橫的態度，不近人情。他對待與自己地位相等的人時傲慢，對待比自己地位低的人更是會擺架子，同時他善良仁慈，也很聰明，富有野心，想要出人頭地。托爾斯泰如此巧妙地描述他：「安德烈公爵總是特別熱衷於指引年輕人走向成功。他一身傲氣，從不肯接受他人的幫助，但是卻以尋求他人的幫助作為藉口，接觸那些頗有成就又能吸引他的圈子。」

皮埃爾這個角色更令人費解，他的身形巨大、相貌醜陋、身材肥胖，有高度近視，必須戴眼鏡才能看清楚。他還暴飲暴食，是一個花花公子，做起事來笨手笨腳。他天性善良、真誠友好、善解人意、慷慨無私，認識的人都很喜歡他。他很富有，身邊有一群逢迎的人，再不中用的人都能從他的口袋裡拿到錢。他是一個賭徒，莫斯科貴族俱樂部的成員無情地欺騙他。他早早就被騙入婚姻的殿堂，對方是一個漂亮的女人，為了錢才嫁給他，對他十分不忠。皮埃爾與妻子的情人進行一場荒唐的決鬥，之後去了聖彼得堡。在旅途中，他偶然遇到一位神祕的老人，原來對方是共濟會的成員。兩人交談起來，皮埃爾表示自己並不信仰上帝。這位共濟會成員回答：「如果上帝不存在，我們就不會提起祂。」他還向皮埃爾做了一些基本的介紹，用本體論證明上帝的存在。這是坎特伯里大主教安瑟莫（Anselm of Canterbury）提出的，內容如下：我們將上帝定義為最偉大的思維實體，這樣的思維實體必須存在，除非還有一個更偉大的思維實體，由此可以證明上帝的存在。儘管這個結論最後被多瑪斯．阿奎那（Thomas Aquinas）否定，也被伊曼努爾．康德（Immanuel Kant）證偽，卻說服了皮埃爾，他在抵達聖彼得堡不久後就加入了共濟會，這樣突然的轉變，讓皮埃爾顯得過於膚淺。

皮埃爾決定回家解放農奴，讓他們獲得幸福，結果被管家欺騙，就像他被賭友欺騙一樣。他試圖與人為善，卻遭受挫折。由於缺乏毅力，他的慈善計畫基本上也落空了，他又開始像以前一樣過著無所事事的生活。他還發現共濟會的大多數會員只注重形式，許多人加入共濟會只是為了接觸有錢人，從中獲益，於是他開始厭倦共濟會，沉溺於賭博和花天酒地。

皮埃爾熟知並厭惡自己的缺點，但缺乏毅力，他是一個謙虛仁慈的人，在波羅第諾戰役中表現得十分無能。他以平民的身分駕著馬車趕到戰場，卻因妨礙作戰而遭到嫌棄，到最後又落荒而逃。莫斯科大疏散時，他堅持要留下來，結果被當成縱火犯，被判監禁。法國人戰敗後，他和其他囚犯一起被帶走，最終被游擊隊救出。

很難搞清楚他到底是什麼樣的人，他善良謙虛，討人喜歡，同時又懦弱無能。我認為應該將他看成《戰爭與和平》的主角，因為他最終和性感迷人的娜塔莎結婚了。托爾斯泰應該是喜歡他的，滿懷溫柔和同情地刻畫他，但我懷疑是否有必要將他描寫得如此愚蠢。

對於《戰爭與和平》這樣的長篇小說，作者一定會在創作時逐漸失去熱情。托爾斯泰以莫斯科大疏散和拿破崙慘敗作為結尾，但是毫無疑問，這樣冗長的敘述導致小說結尾缺乏驚奇感。托爾斯泰還描寫悲愴動人、富有戲劇性的情節，可是人們沒有耐心閱讀。人們可能認為托爾斯泰把這些零散的情節連接起來，是為了重新引出那些已經淡出讀者視線的人物。在我看來，他這樣寫作是為了引出另一個新人物，這個人物對皮埃爾精神上的發展有著重要影響。他就是皮埃爾的獄友之一——柏拉圖．卡拉塔耶夫，一個因為偷盜木材而被迫參軍入伍的農奴。

在當時的俄國，這樣的人完全能夠引起知識分子的注意。他們生活在嚴酷的專制統治之下，瞭解貴族階級的空虛浮華，知道商人階級的無知和狹隘，他們已經明白，只有依靠農民階級才能拯救俄國，托爾斯泰在《懺悔錄》中已經對自己的階級流露出絕望，然而地主、商人、農民都有好壞之分，認為農民代表正直只是知識分子的錯覺。

在《戰爭與和平》的所有人物中，托爾斯泰對普通士兵的刻畫是最成功的，比如卡拉塔耶夫，他愛所有人，非常無私，樂觀地忍受著艱難險阻。他擁有高潔的品格，皮埃爾看到他的善良，也開始被他影響：「曾經支離破碎的世界再次激盪他的靈魂，產生一種新的美，立足於一個不可動搖的全新基礎。」皮埃爾明白「人的幸福只存在於內心，來自於簡單需要的滿足。不幸並非源自貧困，而是因為物質富足，生活中沒有什麼無法面對的困難」。最終，他發現自己擁有長久以來苦苦追尋的平靜和安寧。如果有些讀者對撤軍的描寫不太感興趣，結尾的第一部分就能彌補這一點，這樣的安排是很巧妙的。

老一輩的小說家在結束講述後，常常會把主要人物後來的遭遇告訴讀者。讀者可以得知，男女主角幸福地生活在一起，家境富裕，生了許多孩子；而小說中的反派人物，就算沒有遭到天譴，也會變得窮困潦倒，娶一個嘮叨不休的妻子，遭到應有的報應，這樣草草收尾會讓讀者覺得這是作者為了不讓他們失望，所以稍微給他們嘗點甜頭。而托爾斯泰十分重視結尾，七年過去了，我們來到羅斯托夫家，他的妻子十分富有，有了孩子；安德烈公爵在波羅第諾戰役中受了致命重傷；他的妹妹嫁給尼古拉斯；皮埃爾的妻子在軍隊入侵期間不幸去世，他和深愛的娜塔莎結婚了，也有了自己的孩子。他們深愛著彼此，但他們變得多麼乏味、多麼平凡！在歷經險阻，遭受苦痛和折磨後，他們終於能夠安頓下來，心滿意足地過著中年生活。以前的娜塔莎是那麼甜美可愛、任性活潑、討人喜歡，現在卻變成挑三揀四、吹毛求疵、潑辣精明的家庭主婦；曾經那麼英勇頑強的羅斯托夫，現在成為固執己見的鄉紳；皮埃爾比以前胖了許多，還是那麼和藹可親，不過沒有以前聰明了。這個幸福的結局其實有些悲傷的意味。我想，托爾斯泰之所以會這麼安排結尾，是因為知道一切都會變成這樣，他只是說出了事實。

PART 3

怎樣的人寫出怎樣的書

小說家能創作出什麼樣的作品，
取決於他是什麼樣的人，
部分原因在於父母的不同基因
在染色體上的關聯，
還有部分取決於他所處的環境。
正是因為這些作家用他們
與眾不同的性格向讀者揭示生活，
並對生活進行觀察、判斷和描述，
他們的作品才有了鮮明的個性，
一直強烈地吸引我們。
歸根究柢，
作者所能呈現出來的就是他本身。

「作家派對」

在你舉辦一場聚會後，尤其是參加的客人們地位高貴時，等到送走最後一個客人，回到客廳後，你就會和妻子（假如你有妻子），或是和同居的朋友（假如你沒有妻子）一起喝一杯，談論那些賓客。A的狀態很好；B有一個惹人討厭的習慣，他喜歡在別人講得興起時打斷對方，掃了人家的興；但是A仍然滔滔不絕地繼續談論著，毫不理會B的插嘴，彷彿B從來沒有開過口，這實在是有趣。C和D有些掃興，他們沒有做出半點努力，也從未想過聚會的氛圍。為了幫他們辯解，你說其中一個人是因為害羞，另一個人則是因為有著自己的原則，要是沒有什麼值得他說的話就不會開口。你的朋友公正地反駁，如果我們都那麼嚴肅，就沒有什麼好聊的。你笑著，接著聊到E，他和平常一樣刻薄和暴躁。他感到十分不滿，因為覺得自己的優點沒有被人充分意識。功成名就的時候，他的性子會稍稍緩和，但要是少了幾分犀利，他的妙語可能就沒有那麼有趣。你想知道F最近的戀情進展如何，並且試著回憶那些令人捧腹的笑話。整體來說，這是一次不錯的聚會。你們喝完酒，關上燈，然後回到各自的臥室。

我在上文提到的小說家們陪伴下度過許多歲月，在和他們分別之前，想在腦海中總結一下他們留給我的印象，彷彿他們都是我的客人。

這真是一場歡快的宴會。起初話題的範圍很廣。托爾斯泰打扮得像農民，留著蓬亂的大鬍子，灰色的小眼睛飛快地掃視著周圍的人，饒有興致地談論上帝，粗俗不堪地講著性事。他沾沾自喜地說，自己年輕時是好色之人，但為了證明自己本質上是農民，他用了一個很粗俗的詞語。杜斯妥也夫斯基發現沒有人真正欣賞他的天賦，所以很長一段時間都不發一語，悶悶不樂。突然他破口大罵，要不是其他人都忙著聊天，沒有注意到他，可能就會引發爭吵。這場宴會分成幾個小團體，杜斯妥也夫斯基走到角落裡獨自坐著，當他注意到托爾斯泰的罩衫是由上等料子做成，每碼料子至少要花七盧布時，那張飽受摧殘的臉上露出嘲諷的冷笑。他無法原諒托爾斯泰，因為莫斯科一家雜誌的編輯剛為《安娜．卡列尼娜》付了很多錢，而拒絕購買他的連載小說。托爾斯泰居然把談論上帝當作自己的特權，這讓杜斯妥也夫斯基大為惱火：他難道從來沒有讀過《卡拉馬助夫兄弟們》嗎？杜斯妥也夫斯基的眼睛裡充滿冷漠，帶著陰鬱和厭惡，逐一掃視著房間裡的人，最後把目光落在一個獨坐的女人身上。她長得平凡無奇，蒼白的臉上充滿輕蔑和不滿，這讓他那飽受折磨的靈魂產生共鳴。她的表情中顯露出一種吸引他的靈性，他聽說這個女人是勃朗特小姐，於是走向她，在她的旁邊找了一個位子坐下。她的臉色變得通紅。他知道她很害羞，於是親切地拍了拍她的膝蓋。她嚇得把腿縮了回去。為了讓她安心，他開始對她講述他最喜歡的故事：在莫斯科的一個澡堂裡，一位家庭教師帶來一個小女孩，他強姦了這個小女孩。但是他的語速太快，法語也說得很蹩腳，這位年輕的小姐一個字都沒聽懂。他還來不及訴說對自己犯下的罪感到多麼悔恨、多麼痛苦，她就突然起身離開了。

客人們分散在房間各處，奧斯汀小姐選擇一個離人群有些距離的座位。斯湯達爾雖然在女人面前一直都畏首畏尾，但覺得自己有必要去搭話，可是對方冷漠的態度令他有些不安。他瞥了一眼正在和梅爾維爾交談的費爾丁之後，加入巴爾札克、狄更斯和福樓拜的熱鬧對話。奧斯汀小姐慶幸對方沒有來打擾自己，好讓她能把注意力集中在其他客人身上。她看見勃朗特小姐離開跟她談話的那個醜陋的小個子男人，獨自坐在沙發的角落裡。可憐的小傢伙，穿得這麼寒酸，衣服上還有著羊腿袖。她的眼睛很美，頭髮也很漂亮，但是她的穿著為什麼如此不得體？看起來就像一個悲慘的家庭女教師，身為牧師的女兒，她的出身自然是卑微的。奧斯汀小姐看她既失落又孤獨，覺得自己最好上前和她說說話，於是起身，而後在勃朗特小姐身旁的沙發上坐下。對方吃驚地看了她一眼，用幾個字尷尬地回答奧斯汀小姐友好的提問。奧斯汀小姐還注意到，勃朗特的姊姊們沒有受邀參加晚宴，不過她對此並不意外。這樣也好，因為她們對《傲慢與偏見》的評價不高，認為這部小說的作者缺乏詩意和感情；但是身為一個有教養的女人，奧斯汀小姐覺得應該禮貌性詢問一下夏綠蒂小姐的近況。勃朗特小姐又用幾個字回答她，奧斯汀小姐得出這樣的結論：對這個可憐的小傢伙來說，和不認識的人交談會讓她十分痛苦，所以她決定讓對方獨自待著會好一些。她回到原來的座位上，為了卡珊卓拉，她繼續觀察房間裡的其他人。當然，她想在信裡說的話實在太多，必須等到姊妹倆在查頓團聚時再說，她會對姊姊一一描述這些古怪的人，姊姊會發出開心的笑聲。一想到這些，奧斯汀的臉上就露出滿足的笑容。

狄更斯先生比奧斯汀小姐喜歡的那種男人來得矮，而且衣著過於考究，不過他有一張可愛的面孔和一雙美麗的眼睛。從狄更斯活潑的神色來看，她覺得對方應該很有幽默感，可惜太粗俗了。那邊還有兩個俄國人，其中一個人的名字很拗口，看起來很不友善，樣貌也很普通；另一個人是托爾斯泰，他有一副紳士的派頭，畢竟是一個外國人，她搞不清楚他到底是什麼樣的人。奧斯汀小姐不明白他為什麼會穿那件奇怪的罩衫，像是畫家的工作服，還穿著一雙笨重的大靴子。人們說他是一個伯爵，可是在她看來，除了英國以外，其他國家的貴族頭銜只會讓人覺得可笑。至於其他的人——貝爾先生，他們叫他斯湯達爾，他的身材臃腫、相貌醜陋；福樓拜先生笑得太大聲了，任何一個自視優雅的人都不會這樣笑；至於巴爾札克先生，他的舉止也很糟糕。事實上，在場唯一的紳士只有費爾丁先生，奧斯汀小姐想知道，跟他談話的那個美國人身上，到底有什麼讓他感興趣的東西？和費爾丁談話的是梅爾維爾先生，他的身材魁梧、高大挺拔，但是留了鬍子，看起來像是一艘商船的船長。他正在對費爾丁先生講一個饒有趣味的故事，惹得費爾丁先生開懷大笑。費爾丁先生有些嗜酒，奧斯汀小姐知道有許多紳士都是這樣，雖然這令她遺憾，但是並不為此震驚。費爾丁先生風度翩翩，頗有教養，本來可以和她哥哥愛德華的朋友在哥德瑪夏姆舉辦宴會，畢竟他和孟塔古夫人是表親，而且是哈布斯堡家族後裔登比伯爵的後代。費爾丁看到奧斯汀小姐的目光，於是起身離開這個陌生的美國人，走到她面前鞠了一躬，詢問是否可以坐在她的身邊。她微笑著點頭，表現得十分得體親切。他和奧斯汀小姐愉快地聊天，過了一會兒，奧斯汀小姐鼓起勇氣告訴他，自己小時候就讀過《湯姆．瓊斯》。

「我敢肯定，小姐，這對妳沒有壞處。」他說。

「完全沒有，」她回答，「對任何一個立場堅定、判斷力良好的年輕女性來說，閱讀這部小說都不會有壞處。」

費爾丁先生殷勤地笑了笑，詢問奧斯汀小姐，憑她的魅力、智慧和風度，為什麼還沒有結婚？

「我怎麼能結婚呢？費爾丁先生。」她快活地回答，「我唯一願意嫁的人就是達西，可是他已經和我親愛的伊莉莎白結婚了。」

狄更斯加入斯湯達爾、巴爾札克和福樓拜的對話，他覺得不太自在，雖然他們都很親切，但是他總覺得對方會把自己當成沒有文化的人，他們的態度直截了當：法國以外的作家不會寫出有文學價值的小說，英國人寫小說就像是一場滑稽的表演，像馬戲團裡訓練有素的狗所做的表演。斯湯達爾承認英國有莎士比亞這樣的偉大作家，還不時說一句：「生存還是毀滅。」福樓拜的聲音比平時還大，嘲弄地看了狄更斯一眼，低聲說：「餘下的只有沉默[1]。」作為派對上的靈魂人物，狄更斯盡可能讓自己看起來對他們的談話感興趣，實際上卻對這場派對興趣缺缺。他們隨心所欲地談論自己的性愛冒險，這讓狄更斯感到震驚。狄更斯對性不感興趣，當他們問他英國女人是否都是性冷感時，他不知道該怎麼回答。聽巴爾札克講述與維斯康蒂伯爵夫人（英國最高貴的貴族之一）的風流韻事，也讓他痛苦萬分。他們還拿英國人的拘謹取笑他，說英語詞彙中最常見的單字是「不合適」（improper），這也不合適，那也不合適……斯湯達爾說，在英國，人們會把褲子套在鋼琴腿上，這樣一來，學彈琴的小女孩們就不會因為情慾萌動而分散精力。狄更斯忍受著他們的玩笑，但是一想到他們根本不知道他和柯林斯去巴黎旅行時有多歡樂，就在心底嘲笑他們。在最後一次旅程中，當他們看到多佛白崖（White Cliffs of Dover）[2]時，柯林斯表現出罕見的嚴肅態度，對他說道：「狄更斯，感謝上帝，英國的體面完全建立在法國的不道德之上。」狄更斯一時之間啞口無言，當他意識到這句話的深刻意義時，眼裡滿是愛國的淚水，用沙啞的聲音低聲說道：「天佑女王。」柯林斯一向是一個紳士，他嚴肅地舉起禮帽，那是多麼令人難忘的時刻！

1 莎士比亞戲劇《哈姆雷特》中，哈姆雷特的最後一句臺詞。
2 位於英格蘭比奇角（Beachy Head），可以俯瞰英吉利海峽，遠眺法國海岸，在英國歷史占有獨特地位，兩次世界大戰中都被視為誓死抗敵的精神堡壘，被認為是英格蘭的象徵。

天賦以外的驅動力

顯然這些小說家都是個性鮮明、與眾不同的人，他們對寫作滿懷熱情，我們可以有把握地說，討厭寫作的作家並不多，這並不是說他們覺得寫作很容易，想要寫好是很難的，但他們仍然熱愛寫作，這不僅是他們生活的需求，而且是一種像吃飯和喝水那樣的需求。也許每個人都具備創造的本能，孩子們會玩彩色鉛筆、用水彩畫一些小畫，這是很自然的事，孩子們在上學時，也常常會寫一些小詩和小故事。我認為，人的創造本能在二十多歲時達到顛峰，但是有時創造力會被當作青春期的產物，再加上生活中的瑣事太多，壓力太重，沒有時間培養，導致創造力的枯竭。不過在有些人身上，創造力會繼續存在，並深深吸引他們。**他們之所以成為作家，是因為內心有著非常強的創作欲。不幸的是，創造的本能是強大的，但有價值的創造卻是稀少的。**

創造的本能必須與什麼東西相互結合，才能讓一個作家創作出一部有價值的作品？我認為是個性。**個性可能討喜，也可能不討喜，但個性讓作家能以自己特有的方式來看待事物，這才是重要的。**你可能不喜歡某位作家所看到的世界，例如，斯湯達爾、杜斯妥也夫斯基或福樓拜所看到的世界，就可能會令你反感，但是他們展現出來的力量一定會讓你留下深刻的印象。你也可能會喜歡這些作家的世界，比如費爾丁和奧斯汀眼中的世界。如果是這樣的話，你就會把這些作者放在心上。這取決於你自己的意願，與作品的價值無關。

我一直都很想知道，這些小說家究竟有哪些特質，讓他們能夠創作出那些被公認為偉大的作品。費爾丁、奧斯汀和艾蜜莉的生平鮮為人知，至於其他作家，要調查研究的材料就太多了。斯湯達爾和托爾斯泰寫了許多關於自己的書籍；福樓拜的書信透露很多事情；至於其他作家，他們的朋友和親戚都寫過回憶錄，傳記作家也曾詳細描述他們的生活。他們的文化修養似乎並不高，福樓拜和托爾斯泰的閱讀量很大，主要是為了獲得寫作素材；其他作家的閱讀量並不比身邊的人來得多。除了寫作以外，他們對任何藝術都不感興趣，比如奧斯汀覺得音樂很無聊；托爾斯泰倒是挺喜歡音樂的，還會彈鋼琴；斯湯達爾偏愛歌劇，這種娛樂方式能為不喜歡音樂的人帶來愉悅。斯湯達爾在米蘭時，每天晚上都會到歌劇院和朋友吃晚飯、打牌、閒聊，只有當一個著名的歌手唱了一段熟悉的歌詞時，他才會注意舞臺，他對沃爾夫岡・阿瑪迪斯・莫札特（Wolfgang Amadeus Mozart）、多米尼科・奇馬羅薩（Domenico Cimarosa）和焦阿基諾・羅西尼（Gioachino Rossini）也很欽佩。我還沒有發現音樂或雕塑對其他作家有什麼特殊的意義，造型藝術也一樣。眾所周知，托爾斯泰覺得所有的繪畫作品都毫無價值，除非它們能在道德上教化人們。斯湯達爾也因為李奧納多・達文西（Leonardo da Vinci）的作品沒有圭多・雷尼（Guido Reni）那樣具有示範作用而感到遺憾，還聲稱安東尼奧・卡諾瓦（Antonio Canova）是比米開朗基羅（Michael Angelo）更偉大的雕塑家，因為前者創作三十件傑作，後者卻只有一件。

創作一部好小說需要一種特別的智慧，也許這種智慧不需要十分高明。這些偉大的作家都很聰明，但是並非智力超群，他們往往會有一些十分天真的想法，接受所處時代的通識，當他們把這些通識運用到小說時，結果卻總是不盡如人意。事實上，思想不是他們關注的重點，因為小說家在關注社會思想時會戴著情感眼鏡。他們幾乎沒有概念性思維的天賦，對命題不感興趣，對現實中的具體例子卻十分感興趣。如果智慧不是他們的強項，會以其他更有用的天賦來彌補：他們有強烈的感情，甚至充滿激情；他們有想像力、敏銳的觀察力，能夠設身處地為自己創造的人物著想，為他們的歡樂而歡樂，為他們的痛苦而痛苦；最後，他們能把所見、所感和所想，強而有力又清晰鮮明地表現出來。

這些都是偉大的天賦，擁有這些天賦的作家是幸運的，但只有這些天賦卻不夠。加瓦尼說，巴爾札克在所有學科裡都是完全的「ignare」（無知者）。人們下意識地把這個字翻譯為「ignorant」（無知），但這個字來自法語，除此之外，還有其他的意思，指的是像白痴一樣愚蠢無知。加瓦尼接著說，但是當巴爾札克開始寫作時，他有了一種直覺，似乎對一切事物都瞭如指掌。我認為直覺是一種判斷，一種基於合理或認為合理的無意識判斷。巴爾札克顯然不是這樣，他表現出來的知識是沒有根據的。我認為加瓦尼用錯詞彙，「靈感」用在此處更為恰當，靈感是創作出傑作的另一個條件。什麼是靈感？我有幾本心理學方面的書，翻了一遍也沒有找到能啟發我的東西，唯一看到的一篇試圖說明這個問題的文章是愛德蒙・雅盧（Edmond Jaloux）的《詩歌的靈感與匱乏》（*L'Inspiration Poétique et l'Aridité*）。雅盧是法國人，寫的是自己的同胞——一位法國詩人，也許他們對精神狀態的反映比盎格魯撒克遜人更敏感。他如此描述這位法國詩人在靈感之下的樣子：他發生變化，他的面容平靜而容光煥發，臉部表情很放鬆，眼睛裡閃爍著一種奇異的光芒，眼中帶有一種奇怪的欲望，渴望觸及某種不真實的東西，這是一種不容置疑的存在。但是雅盧接著說，靈感不會永遠存在，靈感消失後便是才思的枯竭，可能會持續一段時間，也可能持續數年。隨後作者就會像是失魂一樣，終日鬱鬱寡歡、痛苦不堪；這不僅讓他感到沮喪，而且讓他變得咄咄逼人、懷恨在心、消極厭世，嫉妒其他小說家的作品，痛恨自己失去的創造力。我感覺很奇怪，令人震驚的是，這種狀態和那些神祕主義者是多麼的相似——在通靈的時刻，他們覺得自己與上帝合為一體；在靈魂的暗夜時刻，他們感到枯竭和空虛，彷彿被上帝拋棄了。

雅盧寫得好像只有詩人才有靈感，也許靈感對詩人比對散文家更重要。詩人因為職業要求而寫出來的詩，和他受到啟發時所寫的詩句相比，肯定有著明顯區別。雖然散文作家和小說家也有自己獨特的靈感，但是《咆哮山莊》、《白鯨記》、《安娜・卡列尼娜》中的某些段落和濟慈或珀西・比希・雪萊（Percy Bysshe Shelley）的詩歌一樣。小說家也許會有意識地依賴這種神祕的事物，杜斯妥也夫斯基在寫給出版商的信上，經常說起自己在腦海中構思的一些場景，如果他在創作時靈感湧現，就能寫出一部傑作。靈感往往在年輕時出現，很少能持續到老年，意志力無法將它喚醒，但是作者發現可以透過哄騙讓它重新變得活躍。弗里德里希・席勒（Friedrich Schiller）在書房裡工作時，為了喚醒靈感，會聞一聞放在抽屜裡的爛蘋果；狄更斯的書桌上必須放置特定物品，否則就一個字也寫不出來。這些物品能夠帶來靈感，但一般來說是不可靠的，一個作家乍現的靈感可能和濟慈寫下偉大頌歌時出現的靈感一樣，但寫出來的東西可能毫無價值。這裡又和神祕主義者有一個相似之處：聖女大德蘭（St. Theresa）對修女們的陶醉和幻想不以為意，除非它們落實在工作上。

我希望把靈感說清楚，可是不知道最終的答案，只知道它是一股神祕的力量，讓作者寫出連自己都不清楚的東西。小說家回顧創作過程時，會詢問自己：「我究竟是從哪裡知道這些東西的？」我們知道，艾蜜莉總能寫出一些她不知道的人和事，這讓夏綠蒂感到困惑。一旦作者擁有這種力量，各種思想和形象都會湧上心頭，覺得自己只不過是一件工具、一個速記員。無論一位作家具備怎樣的天賦，倘若沒有這種神祕力量的影響或驅動，他們就不會有什麼作為。

小說從來不是原封不動地套用生活

三十歲以後還能擁有靈感是很反常的，從某些方面來看，這些作家都不正常，只有奧斯汀除外，因為她似乎具備一個女人所能擁有的全部美德，但是又不至於成為人們不勝其煩的楷模。杜斯妥也夫斯基患有癲癇，福樓拜也是如此，大多數人都認為他服用的藥物影響創作。我想起這樣一個觀點，就是身體殘疾或悲慘的童年，是影響一個人創作能力的決定性因素，也就是說如果拜倫不是天生跛足，就不可能成為詩人；如果狄更斯沒有在鞋油工廠待過幾個星期，就不會成為小說家。我認為這根本是無稽之談，很多人的腳天生就畸形，許多孩子被迫投身覺得不光彩的工作，但他們從未寫出詩句或散文。人人都具備創作的天分，但是只有少數一部分人能讓靈感保持活躍。要是跛足的拜倫、患有癲癇的杜斯妥也夫斯基、在亨格福德平臺度過悲慘童年的狄更斯，沒有與生俱來的強烈創作欲，就絕對不可能成為作家；而健康的費爾丁、奧斯汀和托爾斯泰也擁有同樣強烈的創作欲。身體或精神上的殘疾會影響作者的創作，這在某種程度上讓一個小說家和其他小說家區分開來，讓他具備自我意識與偏見，讓他站在不同的立場（通常是不平常又不適當的），看待世界、生活及同類。我敢肯定，要是杜斯妥也夫斯基沒有罹患癲癇，就不會創造出現在這些作品；但我也毫不懷疑，就算如此，他仍然會是多產作家。

整體來說，除了艾蜜莉和杜斯妥也夫斯基以外，和這些偉大的作家相處一定很愉快，他們極具活力，十分健談，能讓每個和自己接觸的人留下深刻印象；他們很會享受，熱愛生活中的美好事物。創造力非凡的藝術家並不總愛待在自己的閣樓，他們天生熱情活潑，富有表現欲。他們喜歡奢華，大家應該還記得費爾丁的肆意揮霍、斯湯達爾的漂亮衣服和馬車、巴爾札克無意識的炫耀、狄更斯舉辦的盛大宴會，以及他擁有的漂亮房子和馬車。他們天性樂觀，喜歡揮霍財富，而且不一定總是以正當的手段獲取錢財。如果這是一個缺點，也是我們大多數人都能理解的。但是除了一、兩個人外，即使是性格最寬容的人，也難免會被他們的脾氣惹得不愉快。他們以自我為中心，對他們來說，除了工作以外，其他的事情都不重要，隨時可以毫不猶豫地犧牲自己認識的每一個人。他們自視甚高，不顧他人感受，自私固執，毫無自制力，從不考慮自己的一時興起，會為其他人帶來怎樣的痛苦。他們似乎不太想結婚，就算結了婚，暴躁和朝三暮四的性格也難以帶給妻子幸福。我想，他們結婚是為了擺脫自己激動不安的天性，婚姻似乎能為他們帶來和平與安寧，他們將婚姻看成能躲避外面狂風暴雨的庇護所，然而逃避、安寧、休息、安全，是最不適合他們性情的事物。婚姻需要雙方不斷妥協，但他們生來就是頑固的利己主義者，又怎麼能指望他們妥協呢？他們曾經有過愛情，但是似乎對自己和愛人都不太滿意。這不難理解：真愛是忍讓，是無私，是溫柔，他們並不具備這些美德。除了再正常不過的費爾丁和好色的托爾斯泰外，似乎其他作家的性慾並不強。有人還覺得，他們在戀愛時，更多的是為了滿足自己的虛榮心，或是證明自己的男子氣概，而不是因為他們被那種不可抗拒的力量所吸引。我冒昧地推斷，當他們達成目的後，就會鬆一口氣，繼續回去工作。

這些都是概括性的說法，不過概括性的說法或多或少屬實。我曾嘗試瞭解他們之中的一些人，並做出相應的評論，這些評論很容易被誇大。我沒有考慮筆下作者所處的生活環境和輿論氛圍（這種表達方式雖然已經過時，但是用起來很方便），這些因素顯然對他們產生不容忽視的影響。除了《湯姆．瓊斯》外，我提到的小說都在十九世紀出版，這是一個社會大變革的時代，人們拋棄過去一成不變的生活方式和思維方式。在這樣一個時代裡，人們不再無條件地接受過去的信仰，巨大的騷動在空氣中彌漫，生活成為新鮮刺激的冒險，這樣的時代有利於塑造傑出的人物，產生偉大的作品。如果願意將十九世紀延長到一九一四年的話，就必須承認十九世紀創作的小說是古往今來最偉大的小說作品。

我認為，小說大致可分為現實主義小說和奇情類型的小說。它們之間的界限很模糊，因為現實主義作家有時會插入一個奇異的事件；相反地，奇情小說的作家會試圖透過現實的細節，讓自己敘述的事件更加合理。人們對奇情小說的評價不高，但是你不能因此不屑一顧，否定巴爾札克、狄更斯和杜斯妥也夫斯基都曾使用的方法，它只是一種不同的流派。偵探小說的大受歡迎，足以表明它對讀者的巨大吸引力，奇情小說家會借助暴力或誇張的事件，吸引你的注意力，讓你體驗到興奮、震撼和痛快，而他因此承擔的風險是讀者可能會質疑小說內容的真實性。但是正如巴爾札克所言：「讀者必須充分信任作者所說的話。」為了做到這一點，他創造出一些不尋常的人物，並且讓他們的行為顯得還算可信。奇情小說中的人物會比真實人物更誇張一些，這就是杜斯妥也夫斯基所說「比現實更真實」的人物：他們有著難以抑制的激情、魯莽的性格及惡劣的品格，通俗劇是他們展現的舞臺，反對這些作品，就會像因為立體主義畫不夠具象而進行貶抑一樣不合情理。

現實主義者想要描述生活的原貌，就會避免提到激烈的事件，因為整體而言，這些事情並不會發生在人們身邊的普通人身上。他敘述的事件不僅要有發生的可能性，還要有必然性。他不打算讓你大吃一驚或是熱血沸騰，他渴望被認可，渴望你瞭解他讓你感興趣的那類人，熟悉他們的生活方式，感受他們的思想和感情，因為他們和你很相似，他們的遭遇很可能也會發生在你身上。然而生活是單調的，所以現實主義小說家總是擔心自己的作品可能會讓人厭煩，於是受到誘惑，開始寫一些奇異的故事，小說的基調被迫改變，也讓讀者大失所望。因此在《紅與黑》中，斯湯達爾採用的是現實主義風格，但是于連去了巴黎，和瑪蒂爾德接觸後，故事情節就變得奇異。雖然你的心裡不悅，卻還是跟隨著作者，沿著他選擇的一條莫名其妙的新道路前進。當福樓拜著手創作《包法利夫人》時，他清楚意識到枯燥乏味的風險，認為只有借助優美的文筆才能避免這一點。奧斯汀憑藉一貫的幽默，才避免小說變得枯燥無味。但是像福樓拜和奧斯汀一樣，能夠將現實主義貫徹到底的小說家並不多，這需要高超的技巧。

我在前面曾引用安東・契訶夫（Anton Chekhov）的一句話，既然說到這一點，我就冒昧地再引用一次。「人們不會到北極去，再從冰山上掉下來，」他說道，「他們只會去辦公室，和妻子吵架，喝一些白菜湯。」這種說法過分縮小現實主義的範圍。人們確實去了北極，就算他們沒有從冰山上掉落，也會經歷同樣艱巨的冒險，他們還會到非洲、亞洲和南太平洋。這些地方發生的事情，並不會發生在布盧姆斯伯里（Bloomsbury）文化圈[1]，或南岸（South Coast）的海濱度假勝地。這些故事可能是有些聳人聽聞，但如果是常見的事情，現實主義小說家沒有理由不描述。普通人的確會去辦公室、和妻子吵架、喝白菜湯，但現實主義者的職責是把普通人身上的不尋常之處表現出來，這樣一來，喝白菜湯可能就和從冰山上掉下來一樣重要。

現實主義作家不會原封不動地套用生活，他會為了達到自己的目的編排情節，會盡其所能地避免不太可能發生的事，但有些不可能發生的事情是非常必要的，而且非常普遍，以至於讀者毫不猶豫地接受。例如，如果小說中的主角想要立刻見到某個人，就會在皮卡迪利大街擁擠的人行道上遇見對方。「你好，」他說，「我沒想到會見到你！我正要去找你。」這件事發生的可能性就像一個橋牌玩家拿到十三張黑桃一樣低，但是讀者會對此欣然接受。根據讀者的水準高低，事情發生的可能性也會隨之變化：一個曾經被忽視的巧合，如今卻會引起讀者的懷疑。我想，得知伯特倫爵士從西印度群島回來的那天，正好是他家舉行私人戲劇演出的日子，當時《曼斯菲爾德莊園》的讀者不會覺很奇怪，但是如今的小說家會覺得有必要

1 布盧姆斯伯里團體是真正意義上的劍橋文化精英的沙龍，是當時倫敦文化圈的核心。

寫得更符合現實。我提出這一點只是為了表明：雖然現實主義小說更為微妙和含蓄，但是並不比奇情小說更貼近生活。

每個人都能在書中找到自己想要的

我在這幾頁所講的小說各不相同，但是它們有一個共同點：小說的故事很好，作者的講述方式非常直接，他們沒有借助任何無聊的文學技巧來敘述事件和探究動機，比如意識流和倒敘，這些手法讓許多現代小說變得空洞乏味。這些現實主義作家直截了當地把故事告訴讀者，而不像是現在流行的寫作方式，讓讀者去猜人物是誰、是做什麼的、有什麼樣的處境。事實上，為了讓人們閱讀得更輕鬆，他們盡了最大的努力。他們不打算憑藉精妙技巧讓讀者留下深刻印象，或是依靠自己的獨特構思來震撼讀者。作為人，他們已經足夠複雜；作為作家，他們卻驚人地簡單。他們巧妙而獨特，就像出口成章的茹爾丹先生[1]一樣自然。他們試圖說出真相，卻不可避免透過自身特質的扭曲鏡頭來看待真相。他們本能避開那些暫時引人關注的話題，因為這些話題會隨著時間的推移而失去意義，**他們討論的是人類長期關注的話題：上帝、愛恨、死亡、金錢、野心、嫉妒、驕傲、善惡。**簡而言之，**他們關注的是人類自古以來共有的激情和本能。正因如此，一代又一代的人都能在這些書中找到自己想要的東西。**正是因為這些作家用他們與眾不同的性格向讀者揭示生活，並對生活進行觀察、判斷和描述，他們的作品才有了鮮明的個性，一直強烈地吸引我們。歸根究柢，作者所能呈現出來

1 法國作家莫里哀（Molière）的小說《貴人迷》（*Le Bourgeois Gentilhomme*）中的人物，喜歡向「上等人」看齊，模仿貴族的談吐、舉止和打扮。

的就是他本身。這些作者都具有特殊力量、奇思妙想，所以儘管隨著時間推移，出現不同的生活習慣和思維方式，他們的小說仍然獨具魅力。

他們有一個奇怪的地方：儘管他們寫了又寫，而且大部分作品都在不停修改，但他們不算是偉大的文體學家，似乎只有福樓拜在鑽研文體這方面做出努力。最諷刺的是，福樓拜在《包法利夫人》上花費巨大的心血，卻因為小說文風上的問題，法國知識分子反而更欣賞他那些草率寫就的書信。幾年前，克魯伯特金（Kropotkin）公爵和我談起托爾斯泰和杜斯妥也夫斯基，他說托爾斯泰的寫作風格像紳士，而杜斯妥也夫斯基寫的文章像歐仁・蘇（Eugène Sue）[2]。如果他的意思是，托爾斯泰是以受過良好教育、出身高貴的人的文風寫作，在我看來，這種寫作風格很適合小說家。不得不提的是，奧斯汀的寫作風格和她那個時代的貴婦人談吐很像，這種風格非常契合她的小說。小說並不是科學論文，每一部小說都要有自己獨特的風格。福樓拜很清楚這一點，所以《包法利夫人》的風格有別於《薩朗波》，《薩朗波》的風格也和《布瓦爾和佩庫歇》不同。據我所知，還沒有人說過巴爾札克、狄更斯和艾蜜莉的作品有什麼與眾不同的地方。福樓拜表示他讀不下斯湯達爾的作品，因為對方的文風太糟糕了。實際上，即使從翻譯來看，杜斯妥也夫斯基的文筆也明顯很粗糙。這樣看來，**文筆優美並非小說家必備的條件，更重要的是作者的生命力、想像力、創造力和敏銳的觀察力，以及他對人性的瞭解、興趣和同情，作品的多產能力與他的智慧。儘管如此，文筆優美總比文筆糟糕來得好。**

奇怪的是，這些傑出作家的文筆並沒有好到哪裡；更令人奇怪的是，他們居然還能當上作家，並不能從遺傳的角度解釋他們的天賦，他們的家庭或多或少是受人尊敬的，但整體而言非常普通，既不是特別有才智，又算不上非常有教養。他們小時候也沒有接觸對文學和藝術感興趣的人，既不認識作家，又算不上特別用功。他們和同年齡、同地位的男女一樣，有著類似的職業和娛樂活動，沒有什麼能表明他們具備非凡的才能。除了托爾斯泰是貴族出身外，其他作家都屬於中產階級，從他們所處的環境和成長背景來看，人們覺得他們可能會成為醫生、律師、政府官員或商人，他們像羽翼豐滿的鳥兒投向天空的懷抱一樣投身於寫作。說來也的確奇怪，像奧斯汀和姊姊、杜斯妥也夫斯基和哥哥在同樣的家庭出生，過著同樣的生活，在同樣的環境中長大，彼此相親相愛的兩個人，卻都只有一個人具備超群的天賦。我已經說過，**偉大的小說家不僅要有創造力，還要有敏銳的感知力、專注力、吸取經驗和教訓的能力，最重要的是對人性有著濃厚的興趣；只有將這些能力巧妙結合，才能成為真正的小說家**。但是為什麼只有一個人具備這些能力，而不是另一個人呢？為什麼擁有這種能力的是一個鄉下牧師的女兒、一個沒沒無聞醫生的兒子、一個窩囊律師或一個狡詐政府職員的兒子呢？這是一個無法解釋的謎。沒有人知道這些小說家罕見的天賦是如何獲得的，這似乎取決於他們的性格，而人的性格，除了少數例外，大多是由可貴的特質和邪惡的缺點構成的。

---

2 法國小說家（一八〇四－一八五七），作品以奇幻小說為主，描寫城市生活的陰暗面。

藝術家的獨特天賦，他的才能（或天資）就像沉睡中的蘭花種子，偶然掉落在熱帶叢林的一棵樹上，雖然在樹上生根發芽，但卻是從空氣中獲得養分，然後開出一朵朵奇異又美麗的花。這棵樹被砍倒，做成木材，或是沿著河流漂流而下，到達鋸木廠，如此一來，這棵生長著繁茂奇異花朵的樹木，就和原始森林裡的其他幾千棵樹沒有什麼兩樣了。

國家圖書館出版品預行編目資料

毛姆閱讀課：最偉大的10部文學經典／威廉・薩默塞特・毛姆（William Somerset Maugham）著；趙安琪譯. -- 初版. -- 新北市：方舟文化，遠足文化事業股份有限公司，2023.06
面；　公分. --（心靈方舟；52）
譯自：Ten novels and their authors
ISBN 978-626-7291-27-6（平裝）

1. CST：小說　2. CST：文學評論

812.7　　112005433

心靈方舟 0052

毛姆閱讀課：最偉大的10部文學經典

Ten Novels and Their Authors

作　　者　威廉‧薩默塞特‧毛姆
（William Somerset Maugham）
譯　　者　趙安琪
封面設計　井十二設計研究室
內頁設計　Atelier Design Ours
內文排版　菩薩蠻電腦科技有限公司
特約編輯　蘇淑君
主　　編　錢滿姿
行銷主任　許文薰
總 編 輯　林淑雯

讀書共和國出版集團

社長　郭重興
發行人　曾大福

業務平臺

總經理　李雪麗
副總經理　李復民
實體暨網路通路組　林詩富、郭文弘、賴佩瑜、王文賓、周宥騰、范光杰
海外通路組　張鑫峰、林裴瑤
特販通路組　陳綺瑩、郭文龍
印務部　江域平、黃禮賢、李孟儒

出 版 者　方舟文化／遠足文化事業股份有限公司
發　　行　遠足文化事業股份有限公司
地　　址　23141 新北市新店區民權路 108-2 號 9 樓
電　　話　（02）2218-1417
傳　　真　（02）8667-1851
劃撥帳號　19504465
戶　　名　遠足文化事業股份有限公司
客服專線　0800-221-029
E-MAIL　service@bookrep.com.tw
網　　站　www.bookrep.com.tw
印　　製　通南彩印股份有限公司
電　　話　（02）2221-3532
法律顧問　華洋法律事務所｜蘇文生律師

定　　價　480 元
初版一刷　2023 年 6 月

本書繁體中文版由四川天地出版社有限公司通過四川文智立心傳媒有限公司代理獨家授權

特別聲明：有關本書中的言論內容，不代表本公司／出版集團之立場與意見，文責由作者自行承擔

方舟文化
官方網站

方舟文化
讀者回函